圣地寻芳

陈齐贵　著

讴歌绿色往事　弹拨励志心弦　催生奋进力量　凸显强军屐痕

北方联合出版传媒(集团)股份有限公司

春风文艺出版社

·沈阳·

图书在版编目（CIP）数据

圣地寻芳/陈齐贵著. —沈阳：春风文艺出版社，
2017.12（2021.1重印）
ISBN 978－7－5313－5334－8

Ⅰ．①圣… Ⅱ.①陈… Ⅲ.①散文集 — 中国— 当代
Ⅳ.①I267

中国版本图书馆CIP数据核字（2017）第281947号

北方联合出版传媒（集团）股份有限公司
春风文艺出版社出版发行
http://www.chunfengwenyi.com
沈阳市和平区十一纬路25号 邮编：110003
永清县晔盛亚胶印有限公司印刷

责任编辑：寿天舒	责任校对：陈 杰
装帧设计：梁世东	幅面尺寸：165mm × 235mm
字 数：300千字	印 张：17
版 次：2017年12月第1版	印 次：2021年1月第2次
书 号：ISBN 978-7-5313-5334-8	
定 价：48.00元	

目　录

序　言

第一辑　红土叠印

知是行之始，行是知之成；知而不行，只是未知。中国共产党在革命、建设和改革进程中，形成了许多伟大精神，涌现了许多先进典型。然而，在和平岁月的风化下，那些典范日渐褪色和漫漶。闲暇里，我们不妨去看一看那些老屋旧址，品一品那些硝烟往事，旨在发扬红色传统，传承红色基因。

第二辑　忠贞涅槃

　　中华民族，历经生与死的磨砺而凤凰涅槃；中华儿女，曾受血与泪的洗礼而浴火重生。我们不会忘记，那些直面死亡的残酷与冰冷，那些遭遇绝境的美丽与凄怆，一定是精神品质高贵的英雄演绎的经典故事。这是涵养新一代中华儿女思想观念和价值追求，须臾不可缺少的养料。

第三辑　枪刺出击

　　枪刺宁折不屈，是武器最高贵的灵魂。当子弹消耗殆尽，枪刺才在士兵的使命、热血、信仰和追求中开始苏醒，恢复野性。搏杀的结果，要么浩气凛然地生，抑或义愤填膺地死。身为新时代的人民解放军，应在枪刺出击上发出心声与怒吼、挥洒精神与气节。

第四辑　绿灯引航

雷锋，精神的标本，时代的楷模。其形象的出现，似一盏灯，点燃梦想，激活能量，照亮前程，指引人走过黑暗旅途。其精神的弘扬，文化的传播，使人民军队成为培育雷锋传人最有成效的集体，让助人为乐、热情似火、勤俭节约、无私奉献、爱岗敬业等道德元素成为和谐社会的主旋律。

第五辑　沙场论见

经典动人的文学作品，要么揭示事物的真相，要么阐释真理的本质，要么弘扬人间的真情……那种语言和思想的张力，常让文思与脉络同频共振。一般读者品味这些文字之瑕美，是摸索套路、研习蹊径，提升阅读之境界。而军人鉴赏这些思想之睿智，无异于吮吸血性基因，砥砺精神利剑。

军旅的强音

——序陈齐贵散文集《圣地寻芳》

焦凡洪

　　铁流滚滚，军威雄壮。在庆祝中国人民解放军建军 90 周年沙场阅兵上，那排山倒海的英武方阵令世界瞩目、国人震撼，它标志着人民军队又在新的历史起点上踏向了开创强军伟业的征程。开新要固本，强军要强基，因而培养"四有"新一代革命军人、锻造"四铁"过硬部队，便成了全军将士践行强军目标的重要任务。陈齐贵是一位一手握枪一手执笔的作家，是部队"一线指挥部"的指挥员，他深知自己的责任，于是他以超出常人的刻苦与勤奋坚守于军事和文化两个阵地，一方面靠知识强心益智，领兵带兵，为固基培元尽力；一方面用作品立言抒怀，写兵、唱兵，为强军文化增色。由此，在读到他新的散文集《圣地寻芳》的时候，便感到一种兵营气息的鲜活和时代脉博的激扬。这既是作者军旅自强心音的引吭，也是广大官兵重整行装再出发的铿锵步履的合鸣，充盈着高昂的旋律和绵长的情韵。

一支军队的强盛首先是思想的强大。在党的旗帜指引下，我们这支军队从小到大、从弱到强、从胜利走向胜利，已经跨越了90年历程。在这条连绵似锦的红飘带里，是党的思想理论铸就了其辉煌灿烂。而党的建军思想、战争理论、治军方略无不产生于脚下的土地，因此那些被红军、八路军、新四军、解放军等革命队伍用鲜血浸透的土壤，便成了这支队伍发展壮大的生命之基、动力之源，就是在当下改革强军的新征途上，也无疑是我们前行的精神坐标。从红色老区走进绿色营区的作者，深知那些革命圣地里有着无尽的宝藏，于是他以"朝圣"般的虔诚和执着进行着"红色旅游"的行走，从沈阳的九一八历史博物馆到武昌的毛泽东旧居；从湖北的红安县到河北的西柏坡，去回望我们党带领人民军队为追求真理而开天辟地的信仰之光、为坚持斗争而星火燎原的理想之炬、为夺取胜利而百折不挠的信念之旗；去聆听我党我军运筹帷幄的电台的嘀嗒声、广大官兵浴血拼杀的枪炮的隆隆声、人民群众奋勇支前的推车的吱扭声；去重温草鞋的故事、红星的故事、军号的故事；去破解我们前辈用大刀长矛和小米加步枪打败了武装到牙齿的国内外一切敌人的制胜密码。不忘初心励斗志，鉴昔思来著华章。依此，作者写下的一篇篇红色游记，像《红安为啥这样红》《再谒七里坪》《丰碑》《凝聚力量谁能敌》等，便底蕴厚重、寓意深邃、激情饱满。这些作品从现场回忆战场，以真实抒发真情，使我们党关于革命的战争思想和军队的建设理论有了生动的形象感、质地感，使我军的光荣传统和优良作风彰显着鲜艳的色彩并弥漫着醇厚的芳香，从而深接地气，温暖可人。我想，让这些红色记忆在当代军营"刷屏"，必将丰富和美化广大官兵的思想谱系，因为这些从红色土壤中生长的传统基因已经澎湃成了滋养我们这支军队精神骨骼的血脉，在新形势下对它的赓续和传承，一定会使其焕发出兴军强军的巨大能量。

思想是心灵的火焰。我们要燃亮人生理想的灯塔，必须塑造光明的心灵。"献身国防现代化的模范干部"——苏宁曾这样说过："三百六十行，唯有军人是用鲜血和生命为国家服务的。"这就需要当兵的人具有博大的胸襟、忠贞的肝胆、壮美的心灵，富有家国情怀、战斗品格和牺牲精神。我军一直有着革命"大熔炉""大学校"的美誉，这是因为它恒久地保持并不断地发展着昂扬的政治生态、激越的军事生态和纯美的人文生态，以此净化着官兵的心灵，培塑着军人的成长。对此，作品做了精彩呈现。《槐花魂》《寻访"北门门"》《高寒禁区春意浓》等篇章，表现了驻守在黄海前哨和北极边陲的军人的生存状态和精神状态。读到此，我的耳畔不禁响起了在军营久唱不衰的那首歌："毛主席的战士最听党的话，哪里需要到哪里去，哪里艰苦哪儿安家。祖国要我守边卡，扛起枪杆我就走，打起背包就出发……"这些散文作品与此声乐作品同频共振，表达了战斗在边海防线上的官兵的共同心声。那些置身于条件最艰苦、形势最复杂的环境下的军人，如海礁磐石般的牢铸着听党指挥的军魂，任风吹浪打毫不动摇；似塞外洁雪般的守望着忠诚祖国的责任，任千难万险绝不懈怠。像在边境战事中牺牲的19岁的战士任久林、在海岛演习中献身的指导员郑合等烈士，更是把鲜血和生命融入了祖国海疆的航标和边境的界碑，大写了军人的操守和国家的尊严。海水潮起潮落，边关四季更迭，哨位的钢枪永远睁着警惕的眼睛。一代代戍边人，不仅在哨所旁种下了树的种子、花的种子，还在心底里扎下了坚定的信念和顽强的意志，因此才有了国旗下万木葳蕤、莺歌燕舞的一片繁荣景象。

习主席指出："安享和平是人民之福，保卫和平是人民军队之责。"军队是为打仗而存在的，军人所面对的生态只有战争和战争准备，特别是处于和平环境中的军人，必须把自身置于未来战争的氛围之下，在模拟的战场上为企及打赢目标而进行不懈的探索和永远的进击，而这种无以终极的临战姿态，随时都经受着灯红酒绿的影响和各种利益的诱惑，从这个意义上讲，和平时期的军人首先要战胜的对手就是自我。《嗜枪》《老兵情怀》《亮剑须砺剑》等篇什，深刻反映了广大基层指战员的这种自省、自砺和自强精神。那位曾参加过南部边境自卫还击作战的"表哥"，操场上练兵精武打先锋，战场上英勇杀敌称英雄，先后4次荣立二等功、三等功，就是后来转业到地方依然保持着军人品格和战斗情愫，在另一个"战场"上建功立业，8次被省市评为"先进工作者"。还有作者所在的新兵连被官兵们称为"军事大拿"和"枪王"的连长及老班长，他们抓训练是那样的一丝不苟、精益求精，他们不但教给战士过硬的军事技术，还引导战士强健自身的心理素质。那位新兵连指导员更是对军人的职能做了形象概括："真正的军人要靠枪杆子立身，让子弹说话！否则，打赢就是一句空谈。"在这些作品所展现的军营生活里，处处充盈着一种霸气和血性，洋溢着战斗精神。由此，我们对当代官兵在未来的信息化战场上能打仗、打胜仗充满着信心，因为这应对了作者所引用的军事名家的那句名言："心胜则兴，心败则衰，真正的力量，发自内心。"

作品还用一些篇幅书写了官兵爱、战友情，像《入门时的饺子味儿》《信守诺言》《雪原·血缘》《山沟又响军歌声》等，反映了军营一种独特而盎然的人文生态。我们这支被冠名以人民的军队自组建以来，平等的官兵关系、亲密的战友之情，构成了其鲜明的精神特质和政治优势。因为这种纯粹的情感是建立在共同理想基础之上的，是经受了血火考验的，所以才牢不可破、历久弥坚。文中所讲述的那位从边境战场下来转向地方市场的指导员，坚持30年用自己积攒的财富救助伤病残战友和烈士父母的故事；那位从雪域高原退伍的老兵，

50 年痴心不改一直寻找曾经挽救了自己生命的战友的故事，就是这种"战友战友亲如兄弟"的情感表达。"感人心者，莫先乎情。"固然，在炮火硝烟的战场上、急难险重的任务中，这种用鲜血结成的友谊以及对此的守望是摄人心魄的；而在和平的军营里、平常的生活中，一餐由连队干部亲自包制并为新兵送上饭桌的"入营的饺子"、一个由复转老兵离别时向战友致以的最后的军礼以及对此的经常回味，同样也暖人肺腑。这些炽热的文字是对我军官兵关系、兵兵关系尚大义、重真情的真实写照，正如此，这支军队才凝聚成了上下同欲、勠力同心的铜墙铁壁，永远坚不可摧。

足音是心音的回响。回首过去的峥嵘岁月，我军以壮阔的足迹创造了光辉的业绩；展望未来的强军之旅，我们必须开新图强迈出崭新的步伐。作为基层官兵来说，就是既要仰望星空，又要脚踏实地，要把岗位当战位，立足本职强素质，聚焦打仗练硬功，以"抓铁有痕、踏石留印"的精神意志砥砺前行。书中的《人生路上三盏灯》《心若平衡》《军旅，因嗜书而进取》《钢枪》等篇节，就映现了广大干部战士的这种坚实的脚步。像那位一身正气、两袖清风、用人公道、办事公平的孙政委；那个面对亲人屡遭不幸、家庭生活雪上加霜，依然挺直腰杆、忠职尽责、在工作岗位上屡创佳绩的士官小刘；还有那个痴迷训练、苦练技能、成为军事比武场上"金牌王"的班长小姚等等，他们只是战斗在军事一线的无数普通官兵的代表。这一个个迷彩群阵的步履的强劲，必将汇聚成磅礴的力量，延伸着我军兴军强军的康庄大道，因为他们踏响了一个共同的强音："向前，向前，向前……"

2017 年 8 月 8 日

（作者系北部战区陆军白山出版社社长，中国作协九大代表）

第一辑 红土叠印

知是行之始，行是知之成；知而不行，只是未知。中国共产党在革命、建设和改革进程中，形成了许多伟大精神，涌现了许多先进典型。然而，在和平岁月的风化下，那些典范日渐褪色和漫漶。闲暇里，我们不妨去看一看那些老屋旧址，品一品那些硝烟往事，旨在发扬红色传统，传承红色基因。

红安为啥这样红

隽语点睛

　　"究天人之际，通古今之变，成一家之言。"当然，红安红的原因还有很多，不可一一赘述，但一言以蔽之，还是红安人视忠诚的信念为永远不落的太阳，才遇敌牢不可破、坚不可摧，方显英雄本色、圣地光环。

　　黄安县是大别山区革命圣地。中华人民共和国成立后，为纪念胜利，更名为红安县，与我的老家大悟县毗邻，相距仅 40 公里。作为家乡飞出的一只"九头鸟"，我却不谙山区之幽深、底蕴之肥沃，只知在两位国家主席和两百多名将军的光环下引以为荣、鞭策思齐。

　　真正走近红安，是 2014 年春季来武汉参加国防信息学院学习培训。党史军史课堂上，红安星火燎原的故事搅动了学员波平如镜的记忆，一时令大家神思心动，情随事迁。在一个周六的上午，细雨绵绵，队党支部组织学员拜谒红安黄麻起义和鄂豫皖苏区革命纪念园。登车前，随队的王洪飞教授动员时特别提醒：去进行革命传统教育和开展红色之旅的人都问，红安为啥这样红？

因为红安创建了红四方面军、红二十五军、红二十八军三支主力红军，是红色起源之圣地；

因为红安诞生了董必武、李先念两位国家主席、副主席和秦基伟、韩先楚、陈锡联等223位将军，是全国最著名的"将军县"；

因为红安英雄儿女要革命、不要钱、不要家、不要命，图奉献、不图名、不图利，牺牲了十四万人的生命，诠释了"忠于信仰、坚定信念，无私奉献、不计得失，敢斗敢争、敢拼敢打"的红安精神……

一路上，大家聊天不离主题，众说纷纭："红安人也是人，那时为啥不怕死？为何至死不渝地跟党走？是什么力量支撑他们救国救民……"我边听边思，缄默无语。

一个小时后，车行至红安县城关镇陵园大道1号，即目的地。导游介绍，该园占地面积340亩，主要建筑物有"一碑两场两园五馆"：黄麻起义和鄂豫皖苏区革命烈士纪念碑，纪念碑广场、历史纪念馆下沉广场，将军墓园、老红军墓园，黄麻起义和鄂豫皖苏区革命历史纪念馆、黄麻起义和鄂豫皖苏区革命烈士纪念馆、董必武纪念馆、李先念纪念馆、红安将军馆。

雨越下越大，但前来参观的百姓和军人仍络绎不绝，我们只好重点参观董必武纪念馆、历史纪念馆和烈士纪念馆。在导游的引领下，目睹和耳闻的轨迹像两条被车轮碾出的泥印清晰可见、脉络至深。

红安红，最主要的是革命星火燎原、遍地开花。在董必武纪念馆，我看了他青少年时期、革命时期、为新中国做贡献时期的三部分展厅，内容反映了他由一名民主主义战士向马克思主义者转变并成为革命运动的先驱的经历，记录了他在中华人民共和国成立前后为党和国家做出的不可磨灭的贡献。点睛的是，董老的律诗《九十初度》："九十光阴瞬息过，吾生多难感蹉跎。五朝弊政皆亲历，一代新规要渐磨。彻底革心兼革面，随人治岭与治河。遵从马列无不胜，深信前途会伐柯。"令人思维豁然开朗。原来，是党的正确思想指导，才使红安红色起源成为必然。20世纪初，湖北省的许多进步青年积极参加辛亥革命和建党两件大事，且成为得力骨干，仅党的一大13名代表中，湖北籍的就有5位，尤其是以董必武为代表的红安革命知识分子，积极创办黄安师范讲习所，通过《黄安青年》等革命刊物，既宣传马克思主义，又传授文化知识，还暗地发展党、团组织，帮助农民开启思维、指引行动、统一思想，使革命种子在红安遍地生根发芽。1927 年 11 月，黄麻起义首战告捷，使红安人民群众认准了一个理儿，跟中国共产党干才能有出路。陵园纪念碑基座上，镌刻着当时传唱的歌谣："小小黄安，人人好汉，铜锣一响，四十八万，男将打仗，女将送饭。"不难看出，红安人民铁心跟党走的信仰和信念是靠党的理论的渗透和维系，才逐渐成为精神支柱的。由此感到，在当前践行强军目标中，我们不仅要相信党的理论，而且要自觉学习、宣扬和发展党的创新理论，使其成为观察世界、指导人生、校正偏差、纯洁思想的强大思想武器，时刻用抵制"军队非党化、非政治化"等错误思潮的行动，来表达对党的忠诚、纯洁和可靠。

红安红，最动人的是信念忠贞不渝、宁死不屈。红安人参加革命不计得失、敢为人先。为了民族解放，他们不图地位高低、不计个人得失，即使蒙受冤屈也绝不叛党。1932 年，红安有 63 名区、乡党政干部，因被误扣上"改组派"罪名的帽子而要处决。临刑时，第五区委书记徐德聪哭着对枪手说："今天虽免不了一死，但我们的心还是红的，你们把枪收起来，还是用刀砍吧，省下这些子弹，说不定可以消灭几十个敌人。"多么忠贞哪，在被错杀时，还想着为党节省子弹，这种信念实乃可歌可泣、可敬可佩。在陵园烈士纪念馆里，我们还看到戴家满门忠烈炳千秋、程氏兄弟姐妹献忠骨、王鉴夫妻烈士同捐躯、王秀松大义灭亲、吴焕先破家济民等英雄事迹。与其对比，时下改革开放和市场经济发展带给我们不少考验，特别是形式主义、官僚主义、享乐主义和奢靡之风时有弥漫，令人触目惊心、深恶痛绝，这就要求我们务必学习传承这种忠贞不渝、宁死不屈的信念。如果把这个传统和本色丢掉了，我们党和人民军队就会危机四伏、止步不前，甚至消亡。因此，作为军人，要带头落实党的"八项规定"和群众路线教育要求，让官兵在熏陶中净化自我、完善自我、提高自我，以责任的担当、进取的精神和扎实的工作，把军事斗争准备抓得更紧、更实，在实现强军梦的伟大实践中维护祖国和人民的利益。

红安红，最过硬的是打仗不落窠臼、别具一格。不论是黄麻起义、黄安战役，还是勇抗国民党反动派和日本侵略者的"会剿""围剿""清剿"，红安革命者始终敢斗敢争、敢拼敢打，他们不因敌人强大而畏缩，不因条件艰苦而消沉，始终突出灵活机动，体现智勇双全，创造了具有特色的游击战军事思想和灵活机动的战略战术。如在敌第三次"围剿"中，红四方面军主动发起黄安战役，派"列宁号"飞机在敌上空扔炸弹、撒传单，创造了陆空协同作战、军事进攻与心理战结合的新作战样式。另外，还总结出了"实施与敌周旋，避强击弱"的作战方针、便衣队"不打正面仗、不吐当面痰、不踩一路草"的对敌斗争方略和著名的军事著作《与"剿赤军"作战要诀》等，这在党领导的军事斗争史上有着重要的价值。由此可见，敢斗敢争、敢拼敢打的铁血本色始终是军队克敌制胜的重要法宝。我们学习时，首要的是牢筑武德思想，树立正确的生死观，在国家和人民的利益受到侵害时，敢于拼搏，敢于斗争，即使牺牲自己的生命也在所不惜；还要研究规律，讲求科学，树立依靠科技打胜仗的观念，充分利用科技资源进行军事教育训练，缩小与发达国家的时代差，培育适应信息化战争需要的战斗精神；更要适应需求，团结协同，强化联合作战意识，确保部队的高度集中统一和整个作战行动的协调一致。

"究天人之际，通古今之变，成一家之言。"当然，红安红的原因还有很多，不可一一赘述，但一言以蔽之，还是红安人视忠诚的信念为永远不落的太阳，才遇敌牢不可破、坚不可摧，方显英雄本色、圣地光环。

哦，圣地红安，我们精神的家园，洗净了心灵深处所有的阴霾、尘埃……呈现至真至纯至敬的国防绿。

（原载 2014 年 12 月 21 日《前进报》）

再谒七里坪

隽 语 点 睛

倘若在春秋的阴雨天来长胜街，您会发现七里坪女子也有江南水乡的柔情与妩媚，她们着一袭花布旗袍，撑一柄油布青伞，三三两两，漫步于长胜街，那种优雅的风韵才叫袅娜养眼、浪漫萦心哩。

历史幽深，往事斑驳，但凡有巷子的老街往往呈现刻痕见证，浸润红色底蕴。湖北省红安县七里坪镇长胜街就是这样一方红色的圣地，至今闪耀着鄂豫皖革命中心的璀璨之光。

说来真是惭愧，七里坪镇离我老家不到 20 公里，少年时虽道听途说了一些红安的革命史，但那认识只是些皮毛。直到当兵离开家乡 20 年后，即 2014 年春季，我在武汉国防信息学院学习，赴七里坪镇长胜街参观时才有理性认识。

长胜街是七里坪镇中一条具有古朴底色和灵动天性的老巷，长约 400 米，宽仅 7 米；街道两头青石牌坊门，门上对称翘起四个燕尾式瓦檐，如现代电子眼监控着街道的安危；街道两边是青砖黑瓦屋，高高低低、曲曲折折，满目紧凑与生动，如茂密的藤萝自然舒展，还有木质门窗、花岗岩石地面和"七里坪工会旧址""郑位三革命事迹陈列馆""鄂豫皖特区苏维埃邮政旧址"等牌匾，浸润着大别山区革命历史的魂魄，长年累月地吸引着成千上万的游客来此探寻革命的精神图腾和制胜密码。倘若在春秋的阴雨天来长胜街，您会发现七里坪女子也有江南水乡的柔情与妖媚，她们着一袭花布旗袍，撑一柄油布青伞，三三两两，漫步于长胜街，那种优雅的风韵才叫袅娜养眼、浪漫萦心哩。

其实，七里坪备受关注，不在于它的气象，而贵于其地处鄂豫交界，周围崇山峻岭，自古是工业和生活用品买卖交易的要地。当年人们称此镇为"小汉口"，誉长胜街为"六渡桥"，地理优势和物产丰盛注定这块圣地要成为大别山区的历史数轴。

中国共产党诞生之初，董必武、陈潭秋等革命前辈在武汉办起了"武汉中学"，吸引家乡众多思想进步青年投身学习，马克思主义思想的种子很快在黄安遍地萌芽，随即各种农民协会和夜校秘密成立，反封建反压迫的运动也悄然而生。1927年初冬，在党的八七会议精神的

图为作者（第三排左一）与学员队战友在长胜街门口合影留念

指引和湖北省的领导下，中共黄麻特委在七里坪长胜街的文昌宫召开会议，成立了"黄麻起义"指挥部。在会议的运筹和精心准备下，黄麻两县农民于11月13日晚10时举行了武装起义，以刀、矛、土铳等各种武器武装起来的两万余农民起义军从七里坪出发，翌日凌晨直捣黄安县城，一举全歼城内反动武装，活捉县长贺守忠和反动军政人员，随即成立了鄂豫皖边区第一个工农民主组织——黄安县农民政府，诞生了鄂豫皖地区第一支革命军队——中国工农革命军鄂东军，也就是红四方面军最早的源头。在这次起义的影响和推动下，鄂豫皖地区又先后爆发了商南起义、六霍起义，武装斗争的烽火迅即燃遍大别山区。可见，继南昌起义和秋收起义之后，七里坪是中国革命早期武装暴动的又一策源地。

初战告捷，使七里坪出现"圣代无隐者，英灵尽来归"的喜人局面。1930年，为了指导鄂豫皖山区革命顺利发展，中央特派员曾中生来七里坪主持召开中共鄂豫皖边特委紧急会议，决定成立平汉特区行动委员会、中共鄂豫皖边特委，把七里坪命名为"列宁市"，决定在长胜街设立"鄂豫皖特区苏维埃银行"，发行人民政府自己的纸币、铜币和油布凭票，还设立中西药局，创办鄂豫皖特区第一个苏维埃经济公社和饭堂合作社。从此，长胜街买卖兴隆、人丁兴旺，为山区革命"暗度陈仓"创立了更为便捷的条件。

1931年11月7日，长胜街又演绎了新的历史，使七里坪真正成为大别山区革命的大本营。红四军和红二十五军三万多人合编为中国工农红军第四方面军，在七里坪西门外河滩上召开成立大会，徐向前任总指挥，陈昌浩任政治委员，刘士奇任政治部主任，指挥部驻扎在长胜街，这支队伍成为中国三大主力红军之一，为中国革命的胜利立下了不朽功勋；1938年3月，红二十八军在七里坪改编为新四军第四支队东进抗日，9个月后，第四支队在七里坪的留守力量又组建成抗日游击第五、第六大队，并纳入到新四军第五师，由李先念率领，这时第五师仍以七里坪为中心，续写了大别山的辉煌战绩；解放战争中，刘邓大军千里跃进大别山，逐鹿中原鄂豫皖，也曾驻扎过七里坪……如今，从七里坪红色沃土中，先后走出了郑位三、秦基伟、徐深吉等143位共和国将军和省部级以上领导干部，还有徐向前、徐海东、王树声、曾中生、许继慎等外省籍高级将领曾长期战斗在以七里坪为中心的革命根据地。

历史应如镜，勿使惹尘埃。七里坪的历史是厚重的、不朽的，但那毕竟是硝烟岁月的往事，如今天下太平、国富民强，作为家乡新一代儿女，又如何弘扬历史传统，续写新的篇章呢?!

前不久回家探亲，我特意驱车路过七里坪，让在红安县工作的表弟找了一位党史专员为我解读。他叫周少怀，曾任红安县党史办主任，现任红安县红四方面军研究中心主任，在长胜街门口一见面，他就滔滔不绝地为我讲解。

周主任阅历宽广，知识渊博，上知天文，下晓地理，是名副其实的党史专家。他告诉我，战争年代，从黄安党组织的建立，到黄麻起义，再到全国解放，历时 26 个春秋，红安县对中国革命中人力、物力资源的贡献，革命基地和革命军队建设的贡献，以董必武和李先念为首的安邦治国杰出人才的贡献，党的创建和马克思主义传播的贡献，还有革命理论和革命精神的贡献是可圈可点的，基本上是以七里坪为中心演绎出来的。和平时期，七里坪继承红色革命传统，大力发展旅游、光伏发电、农副产品、水产和畜牧养殖业，带动经济快速发展，目前全面建设在红安县各乡镇中是名列前茅的。

我很佩服周主任的记忆力，他对红安历史的相关数据如数家珍。第一次部队授衔，当时全国排出了十大将军县：湖北红安 61 人，安徽金寨 59 人，江西兴国 54 人，湖南平江 52 人，江西吉安 46 人，江西永新 41 人，河南新县 40 人，湖北大悟 36 人，安徽六安 34 人，湖南浏阳 30 人。红安 61 位将军按乡镇分布：七里坪 18 位，高桥 12 位，华河 8 位，二程 5 位，上新集 5 位，城关 4 位，永河 3 位，八里 2 位，杏花 2 位，觅儿、太平各 1 位。

这些开国将军个性鲜明、风格各异，如智勇双全王建安、大智大勇陈锡联、旋风将军韩先楚、百战将星秦基伟、"疯子"将军王近山、传奇将军胡奇才、红医将军詹少联……他们每人都是一本教科书，对养育过的红土地有着浓浓的黄安情结。七里坪开国少将秦光远对家乡总是深感内疚："我对革命和家乡有'罪'呀。"遥想当年，他带领村中71 名青年投身革命，到中华人民共和国成立后，却只剩自己活着。为安慰长眠地下的战友，他在家乡为战友修建烈士纪念碑。1953 年，他得知家乡筹建小学，立即出钱购木材、水泥等建筑材料，还有吊钟、哨子、粉笔等教具，从此每年都向学校捐款捐物，直到 2002 年 9 月 9 日，他在援建家乡一所乡村小学后，回到武昌就病逝了。

战地将星创伟业，幕后英雄更可敬。红安不愧是信仰的圣地，无论是百战将星还是平民百姓，始终对党组织忠贞不渝。据周主任介绍，大革命前，红安 48 万人参加革命，到 1949 年全国解放时只剩下 34 万人，锐减的 14 万人要么是战死疆场，要么是遭敌人杀害，可惜中华人民共和国成立后登记在册的烈士仅为 22552 人。其中，最著名的烈士戴克敏，全家 14 人参加革命，11 人参加黄麻起义，11 人牺牲在战场。他 1905 年 5 月 13 日出生于七里坪镇戴家村的一个书香世家，1923 年考入省立第一师范附属高级小学，受董必武直接教育后走上革命道路，1925 年由团员转为党员，同年升入省立第一师范。1927 年 3 月入武昌中央农民运动讲习所学习，聆听了毛泽东的讲课，随后成为"九月暴动"和黄麻起义领导人，起草了《黄麻起义计划》，曾任鄂豫皖特委委员，红二十五军七十五师政委。但不幸的是，1932 年盛夏的一天，戴克敏在"肃反运动"中被逮捕，深知张国焘想置他于死地，便对看守人员说："我走了，请告诉我的父亲，我是清白的，是革命的，希望他和全家不要为我难过，大家努力革命到底！"最终，在河南省光山县新集镇西南的一个偏僻的山沟，戴克敏被秘密杀害。中华人民共和国成立后，党和政府为戴克敏平反昭雪，追认他为革命烈士。1997 年 10 月，人民出版社出版了彭希林撰写的《戴克敏烈士与他的一家》一书，时任中共中央总书记、国家主席、中央军委主席江泽民为书题词"革命业绩，永存人间"，还有刘华清、张震、洪学智等中央领导同志和革命前辈也为本书题词。

历史是最好的教科书，实践是真正的灵魂师，窘迫的步履虔诚的心，急匆匆的念想忧重重的情，来长胜街一遛儿，感觉这里的历史像河水一样在缓缓地流淌。

在长胜街旁一隅，室内张贴红安籍将军的图展吸住了我们的脚步，进门一看，四壁从上至下布得满满的，正墙中央悬挂着毛泽东同志画像，像前还点着蜡烛、燃着线香，看来这家对将星的崇拜像佛家子弟礼佛一样虔诚。

周主任好奇地问东家大爷："您贵姓？这些资料是从哪儿来的？为啥张贴这些画像？"

"姓程，我，我，我从网上下载的，就是一种业余爱好。"大爷支支吾吾地答。

周主任一听，就知程大爷没说实话，立即纠正："网上根本没有这么系统的好资料，您这是从我编的《红安开国将军画卷》书里复制的。"

"您贵姓？"程大爷立即追问。

"姓周。"

"您是周少怀吧？"

看着周主任微笑地点了点头，程大爷一下子握住他的手，激动万分地说："您就是周少怀呀，您编的书太好了，我非常喜欢收藏大别山区将军的历史资料，曾跑遍全县近 400 个革命旧址、遗迹和将星故居，捕捉到的资料都不很满意，最后还是您的书了结了我的心愿。听说您很忙，经常在外面做报告，这几年我一直想请您当面指教，今天终于盼到了……"

"其作始也简，其将毕也必巨。"走出程大爷家，望着街道货坛上琳琅满目的红军帽、红军鞋、红军枪、刺绣、油布雨伞等红色旅游商品，听着店老板很耐心地为登门的游客讲解商品与当年红军的联系，我内心豁然欣慰，传递红色革命接力棒已成为每一个红安儿女义不容辞的责任。这看得清的是一种文化现象的展示，思无期的是一种传统脉络的延伸哪。

抚摸逆境中的忧伤

隽语点睛

　　毛泽东为了革命半辈子生活在逆境坎坷中，但他敢于、惯于、乐于在"探索真理，求真务实，挥斥方遒"中抚摸内心的忧伤。反思现实，很多人总是把无法解释的巧合称为缘分，把不愿接受而又无力改变的结果叫作宿命，难道这不值得反思借鉴吗？

　　一座美丽的城市，需要历史的积淀、文人的探究、媒体的渲染。否则，无论它有多么雄奇秀丽，总会缺少一些灵气，恍如"养在深闺人未识"。来武汉学习，多次参加社会课堂，认识更趋理性，总结愈感尤甚。

　　武汉是一座历史文化名城。从大禹治水，到木兰从军，再到辛亥首义、中华人民共和国成立，积淀了3500年厚重的历史，并演绎出诸多将相王侯、才子佳人。如今，英雄虽逝，但青山犹存。若漫步那些老街古巷，认真聆听旧居、旧址、会址的片砖片瓦，一草一木诉说的往事和愁情，心湖会漾起层层思绪。

　　2014年4月15日上午，学院组织我们队参观被国务院列为全国重点文物保护单位的毛泽东旧居。吃完早餐，我们在车流中行进了近 40 分钟，终于到达武昌区都府堤 41 号。

走下车门，首先跃入眼帘的是一青砖民宅，门楣上悬挂着一块郭沫若题写的"毛泽东同志旧居"的红色牌匾，打眼看房型，没啥独特风格，也就是三进三天井的砖木结构，面积约 300 平方米，比起周围高高耸立的群楼，它平凡如斯、质朴如素。

细观室内，光线阴暗，设施简陋，几张床铺、桌椅和座钟等孤零零地摆在那儿，好像在诉说着人世的寂寞与沧桑。但导游解说游刃有余、简洁有力："这里的原建筑于 1957 年修武昌儿童公园时被拆除，1967 年经省、市委批准重建，在原址上复原了毛泽东与杨开慧、杨开慧的母亲与保姆、蔡和森、郭亮及毛泽民住过的卧室。1926 年 12 月至 1927 年 8 月，毛泽东筹建中华全国农民协会，携夫人杨开慧、儿子毛岸英、毛岸青、毛岸龙在这栋民宅居住，他边负责主持武昌中央农民运动讲习所教学及日常工作，边在深夜写出了热情洋溢的著作《湖南农民运动考察报告》，成为指导农民运动的旗帜……"

解说悦耳动听，如同一首古老的歌谣，在吟唱岁月的沧桑，再看看这一件件实物，亦像品尝几百年的老酒，令人如痴如醉。大家紧随导游，细闻其详，好奇的表情、咂舌的声音、拍照的闪光……瞬时给屋内增添了几分生机与活力。

于是，我的脑海中构思出这样一个动人场景：早春的凌晨，风儿萧瑟，一位美丽的少妇带着三个孩子站在长江码头和亲人作别，挥手的身影渐渐模糊在湿润的视野中，魁梧的身材站在船头，呆呆地望着伊人的方向……

这时，导游打断了我的思绪："中华人民共和国成立后，除了中南海，毛泽东居住时间最长的地方就是武汉，他多次重温武汉昔日工作的地方，但唯独没来此地，因为这儿是他的伤心隅。下面，请参观西侧 100 米处的中央农民运动讲习所旧址。"闻听此言，我的神经像导电似的，立即随电波传输到革命年代，触及当年毛泽东的那些辛酸事。

毋庸讳言，毛泽东是个胸襟坦荡、开拓进取之人，但这不是天生就有的，而是在逆境中磨砺出来的，用孟子的话说，就是"天将降大任于是人也，必先苦其心志，劳其筋骨，饿其体肤，空乏其身，行拂乱其所为，所以动心忍性，曾益其所不能"。

大革命时期，毛泽东壮志未酬、步履艰难，精神世界深陷低谷。

党外，表面上在与国民党合作，实际上常受其排挤，最终关系破裂，荆棘丛生，出路难寻；党内，很多同志探索救国真理，机械、盲目地学用马列主义，生搬硬套"苏联路线，工人是主要武装力量"的做法，排斥他"结合国情，农民是主要革命队伍"的观点。荒唐的是，党内过于强调领导人出身的阶级成分，在中共四大上竟把工人出身的向忠发选举为党的总书记，但向忠发立场不定、信念缺钙、能力不足，被捕叛变，旋即被杀。

那时，毛泽东毕竟人微言轻，但他善于联系实际，勤奋好学，深谙中国历史与国情，坚持认为中国的根本问题是农民问题，革命的实质是农民革命，党关键要把马克思主义灌输给农民，才能动员组织起中国人口的主体。为证明自己的观点，他历时 33 天，行程 700 公里，赴湖南考察湘潭、湘乡、衡山、醴陵、长沙五县的农民运动情况，返回武汉后，于 1927 年 3 月在武昌写出了著名的《湖南农民运动考察报告》。一个月后，中共在武汉召开五大，毛泽东信心百倍地向大会提交"迅速加强土地斗争"的议案，结果在陈独秀的操纵下，不但遭到拒绝，反而把他排斥于大会之外，并剥夺他大会表决权。

伤心至极，毛泽东与妻子杨开慧登上武昌蛇山排忧解闷。当时，正值初夏，虽然毛泽东通晓古人对秋风感喟、见黄叶伤情的意境，但热风吹动他的衣袂，江水荡起他的悲凉，黄鹤闪现他的才情，满目的生机还是止不住内心苦楚的澎湃，于是那首《菩萨蛮·黄鹤楼》诞生：

> 茫茫九派流中国，
> 沉沉一线穿南北。
> 烟雨莽苍苍，
> 龟蛇锁大江。
>
> 黄鹤知何去？
> 剩有游人处。
> 把酒酹滔滔，

心潮逐浪高！

名词抒发出毛泽东对党深沉的忧思，表达要同反动势力斗争到底的决心。

不久，党在武汉召开八七会议，总结革命失败的经验教训，清算陈独秀右倾投降主义的错误，毛泽东的调查报告总算为在会上提出"政权是由枪杆子中取得的"著名论断提供了决策的依据，也为党找到了一条农民运动与武装斗争相结合的希望之路。

这些实践表明：社会在发展前进，任何人都不可能阻隔文化和真理的传承；伟大人物的伟大之处，恰恰就在于他敢立于时代的浪头，鞭辟入里、激浊扬清。这也许就是武昌毛泽东旧居在中国历史中浓墨重彩的意义。

至于令毛泽东伤心的另一个重要原因，那就是对爱妻杨开慧患难与共、心心相印的思念，而此处恰恰是睹物思人、触景生情的缩影，会让他锥心刺骨、痛不欲生。

1920 年冬，27 岁的毛泽东与 19 岁的杨开慧结为志同道合的夫妻。那时他常奔波在外，深夜孤独难眠，便有感而发，写下《虞美人·枕上》：

堆来枕上愁何状，
江海翻波浪。
夜长天色总难明，
寂寞披衣起坐数寒星。

晓来百念都灰烬，
剩有离人影。
一钩残月向西流，
对此不抛眼泪也无由。

相思之苦，感人至深。

1923 年 12 月底，毛泽东去广州参加中国国民党第一次全国代表大会，离长沙之际，写下《贺新郎·别友》赠妻子杨开慧：

挥手从兹去。
更那堪凄然相向，
苦情重诉。
眼角眉梢都似恨，
热泪欲零还住。
知误会前番书语。
过眼滔滔云共雾，
算人间知己吾和汝。
人有病，
天知否？

今朝霜重东门路，
照横塘半天残月，
凄清如许。
汽笛一声肠已断，
从此天涯孤旅。
凭割断愁丝恨缕。
要似昆仑崩绝壁，
又恰像台风扫寰宇。
重比翼，
和云翥。

儿女情长，尽显其中。

1930 年 10 月，杨开慧不幸被捕。狱中，她受尽酷刑，宁死不屈，最终从容就义。此时在江西指挥红军反"围剿"的毛泽东得知消息，寄信给杨家，说"开慧之死，百身莫赎"。一语感动杨家人，激励众人志。

中华人民共和国成立后，毛泽东仍常怀念杨开慧。1957 年 5 月，他给故人柳直荀的遗孀李淑一回信时写下《蝶恋花·答李淑一》：

我失骄杨君失柳，
杨柳轻飏直上重霄九。
问讯吴刚何所有，
吴刚捧出桂花酒。

寂寞嫦娥舒广袖，
万里长空且为忠魂舞。
忽报人间曾伏虎，
泪飞顿作倾盆雨。

此词表明毛泽东与"骄杨"开慧的儿女私情已升华为革命大爱。

回顾这些历史，我觉得从内心忧伤的角度来看武昌毛泽东旧居，既会凸显历史意义，又能看出毛泽东无论身处任何逆境，总是那样从容不迫、镇定自若、以词排忧、激励斗志的个性。若套用几个典故来形容，定位会更精到：面对逆境，他具有韩信"背水一战"的勇气和项羽"破釜沉舟"的决心，表现出李白"长风破浪会有时，直挂云帆济沧海"的豁达胸襟和谭嗣同"我自横刀向天笑，去留肝胆两昆仑"的激壮情怀。

其实，毛泽东是一个普普通通的人、一个有血有肉的人，为了革命半辈子生活在逆境坎坷中，但他敢于、惯于、乐于在"探索真理，求真务实，挥斥方遒"中抚慰内心的忧伤。反思现实，很多人总是把无法解释的巧合称为缘分，把不愿接受而又无力改变的结果叫作宿命，尤其面对逆境挫折时就牢骚满腹、怨天尤人，难道这不值得反思借鉴吗？

在此，我呼吁乐山爱水者，尤其是在人生路上爬坡探路之人，不妨到武昌毛泽东旧居来看看，那里是真正抚慰忧伤的圣地、畅快心灵的殿堂，一定能够让您领悟到人生"会当凌绝顶，一览众山小"的境界。

（原载《大众文化休闲》2015 年第 3 期）

东正楼里话诚信

隽语点睛

近些年，世界发展局势并不太平，金融和生态等危机迫在眉睫，中国主动承担国际责任和义务，设立南南合作援助资金，构建"一带一路"，目的是让和平、发展、进步的阳光，永远驱散战争、贫穷、落后的阴霾。

我的老家虎踞中原鄂豫边区。过去，那里山穷水瘦，但地势险要，为兵家必争之地。

党的星火燎原时，近邻的黄麻起义似一阵飓风助燃了穷人翻身的信念之火，县内随即爆发了汪洋店、夏店、芳家畈暴动和宣化店起义。再后来，国共两党兵戎相见，家乡地盘就像比赛的足球被鄂豫两省争来夺去。直到1952年，经政务院裁定，家乡才名正言顺地有了自己的户籍"大悟县"。

从此，家乡被国家称为大别山革命老区，那些硝烟往事便随着时代的发展越来越凸现浓厚的红色文化底蕴。

乙未年霜降时节，我回家探亲。脚踏故土，山区已是层林尽染，深秋景致，但蓬勃发展的景象在诉说着一种新的风情。远看群楼，鳞次栉比，近观商铺、饭店、住房门面，焕然一新，似出嫁新娘，尽显姿色，尤其路边新竖的"刘华清将军故里""徐海东将军故里""何辉燕将军故里""伍瑞卿将军故里"等牌子，如城市路标不时跃入眼帘，令人无比熨帖和快慰。我不由得啧啧称赞，为家乡政府对这些共和国将领的尊崇感到无上光荣和格外自豪。

见我兴头十足，前来接站的侄子边开车边得意地说："现在的家乡不同以往，高铁、机场和高速公路非常便捷，经济发展更是突飞猛进，政府和百姓的腰包可鼓哩，听说宣化店中原突围纪念馆又建了个新馆，是全面介绍家乡革命史的，有时间您去看看。"

提起中原突围纪念馆，我从未去过，但记忆似远又近。称远，是因为以前学识浅薄，涉世不深，对事关政治的问题不感兴趣，极少关注那些党派的逸闻趣事；说近，该馆坐落于宣化店镇街一隅，距我的老家仅30公里，实属近邻。

听了侄子的建议，我更为兴奋。因为到了不惑之年的我，或许历经岁月的磨砺，大概是职业责任的驱使，也可能是阅历的沉淀，愈来愈爱搜寻硝烟往事中最有价值的精神颗粒。为此，我抑制回家团聚的思绪，毅然催促他开车前往。

该馆由中原军区旧址、中原突围纪念馆新馆、中原军区旧址景区和其他革命历史旧址组成，总面积达七十余亩，目前是著名的全国重点文物保护单位、全国爱国主义教育示范基地、全国百个红色经典景区之一、湖北省十佳红色经典景区。

如今，家乡县委县政府为挖掘历史资源，尊重历史地位，凝聚后人对先辈的敬意，弘扬红色文化新风，2013年一次性就投资5000万元对景区广场基础建设、景区园林绿化、新馆陈列布展、旧址安防消防、旧址本体5个部分进行修建，决定在2016年6月底举行开馆仪式。可惜，新馆还没竣工，我只好聚焦那些旧址。

旧址的房屋极为普通，由一栋三进两天井的旧式建筑组成，至今有四百多年的历史，大门上方写着遒劲有力的"湖北会馆"四个大字，表明这里过去是当地商家财主做生意和转运货物的重要场所。这类建筑在湖北旧址群中很常见，不足为奇，但青砖黛瓦诉说当年周恩来与美蒋代表谈判的故事却引人入胜。

　　抗战胜利前，宣化店由国民党统治，当地的会长以蒋总统的名讳把此馆命名为"中正楼"。1946 年 1 月，中共中央中原局、中原军区司令部、中原解放区行政公署移居宣化店，标志毛泽东思想在此生根发芽，又更名为"东正楼"。不久，蒋介石集团在美帝国主义支持下，采取假谈真打的反革命手段，蓄谋发动全面内战，密令 11 个正规军、26 个整编师，共计 30 多万人于 1946 年 5 月 5 日至 9 日发起总攻，妄图一举消灭中原解放军，清除向华东、华北乃至东北发兵的重要障碍。为此，党中央和中原军区针锋相对地予以谴责，周恩来同志先后在重庆和南京公开揭露其阴谋，并力促美蒋代表同赴宣化店视察、谈判。

　　在该馆谈判桌上，摆放着美国代表白鲁德、国民党代表王天鸣和我方代表周恩来、李先念、王震的名牌。奇怪的是，在我方座次安排上，周恩来和王震竟然在李先念左右，从当时三人职务来看，这是极为不妥的。导游解释说，原来三方商定，由首席代表美国马歇尔和国民党张治中出席与周恩来谈判，结果对方没诚意，纷纷派部属前来搪塞了事。所以，为了让身份对等，在 5 月 8 日下午谈判时，周恩来只是作为旁听，由中原军区司令员李先念和副司令员兼参谋长王震两人具体进行。

　　其实，这次谈判的内幕一直是由周恩来操作的，表面看来，我党落了下风，实则抢占先机，成功签订了《汉口协议》。在其内容的钳制下，中原军区 6 万官兵于 6 月 26 日晚巧用"空城计""声东击西""破袭战""攻坚战"等战略战术，成功摆脱了 30 多万国民政府军的"围剿"。

　　真是愚妄可笑，蒋介石的野心不但没实现，反而使中原军区的组织功能由点向面地得到加强。据悉，中原军区兵分四路突围，一路由司令员李先念率第二纵队和干部队伍一万多人，从宣化店出发，经河南到陕西，建立了鄂豫陕革命根据地；第二路由副司令员王树声率第一纵队大部分官兵一万多人，从宣化店出发到达鄂西，建立了鄂西北革命根据地；东路由第一纵队第二旅旅长皮定均率本部 6000 余人在驻地完成掩护任务后，再向东突围到苏皖南解放区，与华中军区部队会合；第四路由独二旅政委张体学率 9000 多人，在宣化店完成掩护任务后，向东突围，最后又返回大别山区继续建立游击根据地。时光流逝，这些早已成为遥远的记忆，似乎只有那些见证历史褶皱的旧址时常为此沉重地叹息，这是国民党反动派"咎由自取，罪有应得"呀！

不难看出，宣化店谈判使全面内战爆发的时间延迟了 50 多天，为中原军区顺利转移近千人的重伤病员、干部家属等赢得了时间，也为中原突围做好了充分准备，更使全国人民认清了蒋介石假和平真内战的嘴脸，并赢得很多国际爱好和平人士的同情和支持。也就是说，解放战争的第一枪是从大悟县宣化店打响的，它与武昌起义和南昌起义并驾齐驱为中国革命史上的"三枪"，其战略意义和历史地位永远是抹杀不了的。

古人讲，以史为镜知兴替。上述这段历史不外乎诠释着一种希望、胜利、智慧、勇敢，乃至信仰和价值追求等，但这些都是红色文化意义的代名词，极具普遍性。如果深究其特殊性，那就是国民党背信弃义、穷兵黩武的行径值得深思和警醒。唯物辩证法讲到，认识应坚持从特殊到普遍，再到特殊的过程。我们拜谒中原突围纪念馆，从历史中引出诚信的话题，应该是最为华丽的精神际遇。

自古以来，诚实守信一直是中华民族的精神脊梁和传统美德，从春秋孔子的"民无信不立"，到西汉刘向的"人背信则名不达"，再到现代鲁迅的"诚信为人之本"，无不强调这一思想。然而，现实生活中，虚假广告、劣质产品、坑蒙拐骗等诚信缺失的事例仍屡见不鲜，好在国家大抓精神文明建设，极力弘扬社会主义核心价值观新风，这是值得肯定和推崇的。

实践表明，无论是国家、社会、民族，还是团体或者个人，诚信始终是不可缺少的精神养料。否则，人的能力、智慧、正直和善良就缺少存在的依据，难有发展的空间。在我们老家，山区百姓最朴实，特纯真，认为不讲信用的人可耻、可恨、可悲。如果哪家哪户有这种德行，左邻右舍都会远离他们，鄙视他们，指责他们，最终成为嫁女娶媳的严重障碍。

由此，想到当下的某些国家，公然篡改侵略历史，不思战争罪过，还不遵守公约，我行我素，恣意妄为，完全丧失诚信的品行，受尽世界舆论的谴责，实在有失国家尊严。再说国民党，第一次国共合作时，蒋介石不讲诚信，发动五次战争"围剿"共产党未达目的；第二次国共合作，也是国民党违背诺言，撕碎和平协议，全面发动内战，最终人心尽失，兵败而逃，留下千古罪名。

与其形成鲜明对比的是，共产党最讲诚信，自从诞生起就始终站在人民的立场上践行党的宗旨，哪怕是点滴小事，也从不含糊，因而赢得拥护和至尊口碑。在宣化店，至今还流传着谈判时的小插曲。1946年5月6日，周恩来和美蒋代表到宣化店谈判，途经黄陂的十棵松大河时，河水暴涨，车辆无法前行。这时，美国代表要求老百姓抬人和车一起过河，国民党代表让老百姓背过去，唯有敬爱的周恩来同志徒步涉水过河，其亲民爱民形象似一座丰碑至今仍屹立于家乡百姓的心中。

做人讲良心，诚信走天下。对内，共产党把诚信当作一种神圣的使命和内在的义务，表现得兢兢业业、勤勤恳恳、无怨无悔；对外，共产党把诚信视为一种实现利益和促进发展的手段，彰显出大手笔、大风范、大魄力。近些年，世界发展局势并不太平，金融和生态等危机迫在眉睫，中国主动承担国际责任和义务，设立南南合作援助资金，在2015年联合国发展峰会上，中国国家主席习近平承诺，中国首期提供20亿美元支持发展中国家，力争2030年援助资金达到120亿美元。此外，我国还派军队巡航亚丁湾和出国维和，搭建"一带一路"合作大平台，东连亚太，西接欧洲经济圈，形成纵贯亚欧非、统筹陆海、面向全球的世纪蓝图，目的是让和平、发展、进步的阳光，永远驱散战争、贫穷、落后的阴霾，深受世界爱好和平人士的高度称赞和敬仰。

《论语》说："君子坦荡荡，小人长戚戚。""言忠信，行笃敬。"愿人人远离尔虞我诈和圆滑世故，多一点表里如一和言行一致，让中华民族诚实守信的传家宝永远闪耀在世界的东方。

（原载《大众文化休闲》2016年第3期）

丰　碑

隽语点睛

　　在西柏坡，并非只有办公地儿简陋，其他生活场所也都非常简单、朴实，但蕴含着共产党人的大智慧、大战略、大胸怀。参观时，我一直思考着这里的生存之道和发展之本，最后视觉、听觉和理性聚集反馈，除了特殊的自然地理环境，更重要的是浓郁的历史文化意蕴。

　　中国的乡村数以万计，西柏坡，因它独特的历史地位，闪耀着神圣的光芒。在我心里，它和革命圣地陕西延安、江西井冈山、湖南韶山、贵州遵义一样，占据着重要的位置。

　　2014 年，我在石家庄陆军指挥学院学习期间，有幸和学友们一起目睹了它的风采。其实在此之前，我已在这里学习很长一段时间了，只是因为学业紧张，一直没能成行。

　　一个心仪已久的地方，就像一位神交已久的老朋友似的，终会有见面的一天。10 月的一个党团活动日，恰逢学院开展庆祝中国人民解放军建军 87 周年活动，我和学友们参观了心仪已久的西柏坡。那天，天气晴朗，大家的兴致很高，就连大客车也似乎理解了大家的心情，挣脱石家庄陆军指挥学院门岗的羁绊，就匆匆挤入市内车流，很快，驶入高速公路撒欢儿地跑起来，像一把梭子插进巍巍太行山腹地。司机更知趣，特意放出河北平山民歌，一首《走山梁》很快温热了车内的氛围。

你走你的那个山梁哎我走我的沟
望着那影子呀摆摆手
三十里的那个河沟哎四十里的水
五十里大堤呀你朝前走
…………

这首歌，是由人民音乐家施光南先生记谱并流传下来的。

我曾无数次听过它，每次听，都会有不同的感受。这次，坐在开往西柏坡的客车上，看着窗外飞逝的风景，感受比起以往更有不同。歌声纯朴、高亢而悠长，此时，置身在太行山麓的我一直在想，60多年前的那个初夏，毛泽东等党的领导人是不是也听着这动人的歌儿亲近太行山怀抱的？我想，一定是。正因为伟人们富有浪漫情怀，西柏坡才被赋予了神秘和神圣。我的脑海里，竟浮现出当年伟人们进驻西柏坡时穿行在太行山中那一行长长的旌旗漫卷的行军队伍。

当年，伟人是去谋划决胜方略，探索救国救民的真理，而此刻，我们是为了回眸历史，感受光辉岁月带来的精神洗礼。

那是个不起眼的小山村，是太行山深处众多村庄中的一个，因其背靠太行山东麓，足踏滹沱河北岸，地势易守难攻，被伟人们选为作战指挥部。此时的西柏坡，葱茏翠绿，满目生机，像一颗明珠，静静地镶嵌在太行深处。如今，当地政府积极开发红色旅游业，使这里的一切焕然一新，散发出勃勃的生机和活力。

来此之前，我对西柏坡的历史了解并不深，只知它是中国革命的最后一个农村指挥部，毛泽东在那里工作了1年10个月。那里虽然是简陋得近乎"原始"的家什，清贫而节俭的生活，但中国共产党人在这个偏僻的山村却做出了惊天动地的伟业，雕刻在中国历史年轮上的则是闪烁着时代光芒的深刻痕迹。60多年前，一代伟人毛泽东和他的战友们在这里纵横捭阖，运筹帷幄，指挥了震惊中外的三大战役，迎来了共和国的黎明。它是党中央进入北平、解放全中国前最后一个农村指挥所，是中国革命史上一座不朽的丰碑。我想，这正是它作为中国革命圣地之一的意义非凡之处吧。

西柏坡纪念馆是个思想路线图，阅罢方知，重温这段历史并不是为唱赞歌、摆实力，而是为了反思历史、镜鉴当下、把握未来，难怪习近平等党和国家领导人，还有社会各界都走近它、仰望它，就连国内外许多政客、名人，甚至国民党战犯也常来此探寻红色基因。据说，1975年秋天，被俘的国民党高级将领黄维被特赦后，第一件大事就是到西柏坡查找失败的原因。当看到作战指挥部只有10平方米，简陋的设施无法与豪华的南京总统府比拟时，不禁仰天长叹，感慨万千。

在西柏坡，并非只有办公地点简陋，其他生活场所也都像老百姓的民宅一样，非常简单、朴实，却蕴含着共产党人的大智慧、大战略、大胸怀。

流连驻足时，和所有来访者一样，我一直思考着一个问题，这个本在中国历史上名不见经传的小山村，

图为作者在五大书记铜像前留影

之所以能在解放战争史上留下重彩，除了独特的自然和地理环境，更重要的是这里经久萦绕的红色记忆。

我在全国土地工作会议旧址——小稻场前驻足，思考"土地改革、颁发大纲"的大智慧，深深体会到，为民服务始终是党发展奋斗的目标。中国革命的中心问题是农民问题，农民问题是土地问题。谁解决好土地问题，谁就赢得中国绝大多数人口的拥护。以毛泽东为代表的中国共产党人早就悟透了这一制胜机理，从红军时期起就打土豪、分田地，抗日时减租减息，抗战胜利后又推动土地改革。在国民党撕破和平协定、发动内战之际，我们党及时召开土地改革会议，制定颁发《中国土地法大纲》，掀起土改高潮，才废除了封建土地所有制，解决了当时全国 80% 的农民拥有 20% 土地的根本利益问题，使他们政治解放、经济翻身，真心支持和拥护共产党，从而推动了解放战争的进程。由此想到当下，中国发展极不均衡，贫富悬殊大，很多农民生活水平仍很低下，但是党中央解民所难，及时吹响改革冲锋号，全面建设小康社会，打破垄断格局，惩治腐败顽疾，千方百计解决三农问题，改善了农民生活，固强了综合国力，提升了国际地位，赢得全国上下的称赞和拥护。这再一次向世界证明，中国共产党的宗旨始终是为老百姓干革命、打天下和谋福利的，须臾不得动摇。

我在中央军委作战指挥部旧址——小土房前参观，思考"运筹帷幄之中、决胜千里之外"的大战略，我想，这就是我军民克敌制胜的法宝。那个土房内极为简陋，也就是墙上挂着几幅作战地图，地面摆放几张桌椅，桌上放着一部手摇式电话机。

据说，在西柏坡近 10 个月的时间里，以诗人著称的毛泽东没写过一首诗词。彼时，正值中国革命的重要关头，因为战事连连，日理万机，经常废寝忘食。毛泽东在西柏坡共拟写了 300 多封电文，指导全国军政工作，其中关于"三大战役"的即达 190 封。同时，毛泽东在西柏坡还写下了 22 篇著作。繁忙的工作使得毛泽东没有闲暇进行诗词创作，但他把诗情化作激情，以伟大革命家、伟大诗人的胸襟统揽全局，放眼神州，亲自指挥了三大战役，为中国人民的解放事业倾注了全部心血，用伟人的巨手颠覆了蒋家王朝宫殿，打造出一个红彤彤的新中国。毛泽东在西柏坡写下的经典著作和众多电文，恰似一道道革命的风景线，胜利的咏叹调，摄人心魄的交响音乐诗，彪炳日月的千古绝唱！西柏坡时期，成了毛泽东无诗的峥嵘岁月；而对于中国的伟大历史来说，"此时无诗胜有诗，惊天动地教后人"。

其实，这只是战役胜利的一方面因素，最关键的是党在谋划战争力量时，始终把人民群众的力量放在最重要、最可靠、最基本的位置，坚信赢得民众的支持和拥护就能战胜一切敌人。解放军打到哪里，老百姓就支援到哪里，前线需要什么，老百姓就送什么。三大战役期间，动员民工 886 万、担架 363,000 副、大小车辆 1,010,000 辆、牲畜 2,067,000 头、粮食 85,476 万斤。难怪陈毅元帅评价说："淮海战役的胜利，是人民群众用小车推出来的。"

不难看出，军人是打仗的主力军，人民群众也是制胜的决定性力量。基于此，党认识到"兵民是胜利之本"的重要作用，至今非常重视这一谋略的运用，走出了中国特色军民融合式发展的路子，从过去单一的物质拥军，转为当下多元的文化、精神和科技等拥军。这些经验表明，在未来高技术战争中，任何政党的兴衰存亡，归根结底取决于主力军在推动历史前进中的作用，更取决于人民群众对这种作用的认可程度。

我在中共七届二中全会旧址——小食堂前追忆，思考着我们党"谦虚谨慎、艰苦奋斗"的大胸怀，感到探求规律始终是党执政兴邦的保证。中华人民共和国成立前夕，党在西柏坡就一直摸索治国理政的思路。在那个小食堂里，党中央召开七届二中全会，毛泽东提出"两个务必"："务必使同志们继续保持谦虚、谨慎、不骄、不躁的作风，务必使同志们继续地保持艰苦奋斗的作风。"这两个务必凝结着深刻的历史经验，体现了中国共产党的根本宗旨，展示了共产党人的政治本色。在离开西柏坡前，毛泽东用进京"赶考"强化忧患意识，教育党员干部要吸取李自成教训。是的，如果不懂得敬畏历史、总结经验教训，就可能犯同样的错误。抚今追昔，历史上有两个进城的故事耐人寻味，颇有启迪。一个是李自成进城，起义军上下骄奢淫逸，转瞬被人民推翻走向灭亡；另一个是中国共产党进城，谦虚谨慎，艰苦奋斗，带领人民从胜利走向胜利。正由于党善于总结治党治国经验，今天才诞生出令世界许多国家借鉴的"社会主义建设规律"

"共产党执政规律""人类社会发展规律"和"四个全面"战略规划。这说明，任何政党的先进性和执政地位不可能一劳永逸、一成不变，务必开拓创新、与时俱进、遵循规律、适应形势。

来到毛泽东、周恩来、朱德、刘少奇和任弼时五大书记塑像前，看到红色花坛中凸显出黄艳艳的"新中国从这里走来"八个大字，我思维顿时彻底通透，感慨汩汩而出。

遥想当年，我们党从南湖红船出发，走过南昌、瑞金、遵义和延安，一路举步维艰，直到西柏坡奠定胜局阔步铿锵奔向前，整整走过了27个年头；看今朝，我们党用理论武装，更新思想观念，尽展改革开放春天，全民一致奔小康，成果令世界瞩目；展未来，"两个百年"目标在招手，实现中国梦并不遥远。

当我们离开了西柏坡，坐在飞驰于现代化高速公路的大客上，我和学友们陷入了沉思。西柏坡的叮咛，哺育了千千万万具有钢筋铁骨的战士，至今还昂首挺胸地在神州大地战斗着；历史和现实也无情地告诉我们，那些视西柏坡的嘱托为"耳旁风"而背叛事业的匆匆过客，已经或将被永远钉在历史的耻辱柱上。当我们穿越历史的时空，回顾共和国走过的不平坦道路时，深深地感到，无论是过去、现在还是未来，"两个务必"永远是中国共产党带领人民排除万难，不断夺取新的胜利的保证。

西柏坡，一个英雄的村，一座永远矗立在我心中的丰碑。

（原载《鸭绿江》2015年第12期）

凝聚力量谁能敌

隽语点睛

如果不走出农耕时代养成的守旧民族心理、落后思想观念、惯性文化生态，即使中国全面深化改革，也难以走出类似甲午战争的败局。所以，根治这些弊病，我们要敢于对权力圈、利益圈、腐败圈亮剑，及时斩断遍布改革路上的那些藤萝枝蔓，为发展营造风清气正的环境。

日本，一个弹丸岛国，竟丧心病狂、胆大妄为，三十多年先后两次大规模发动侵华战争，凯觎侵占我泱泱大国。

其罪行至今遭世界唾弃谴责！

其伤痛始终令华夏刻骨铭心！

其教训时刻让生活警钟长鸣！

毋庸置疑，这两次掠夺是惨无人道的。

"殷鉴不远，在夏后之世。"

72 年过去了，民族的硝烟早已散尽，中华的伤疤完全愈合，但日本野心仍未覆灭，过去想用枪杆子征服没得逞，而今又用笔杆子篡改侵略历史，试图文化颠覆，就像会摇尾巴的狼一样又露出了吃人的本性。

再放眼看世界，天下仍不太平，不少国家还遭霸道与强权欺凌，民众痛不欲生、苦不堪言。尤其在建军90周年来临之际，我国周边群狼虎视眈眈，演习硝烟四起，大有箭在弦上、一触即发之势。

作为中华儿女，怎能忘记国耻？作为党员干部，怎能淡化职责？作为职业军人，怎能安于和平？

许是情感久了便凝成壮美，抑或职责驱使便催生力量。一周六上午，我携家人前往驻地九一八历史博物馆参观，希望从那方圣地探寻制胜机理、磨砺精神利剑。

步随景移，展厅中"日本侵华""军民抗战""中日建交"三部分映入眼帘，看那浸染战争血迹的头盔、战靴、枪炮、刑具、尸骨等什物，内心屈辱、苦难、伤痛的印痕似刻刀愈凿愈深。

情由思动，回味日本鲸吞中国的步履，从甲午破门而入，到占旅顺、割台湾、进东北、逼北平，再到七七事变，步步都生正义与非正义、反侵略与侵略之风。

哲人说："一个能深刻自省的民族才是最有希望的民族。"是呀，当前面对波诡云谲的世界格局，我们最要紧的是以史为镜、总结教训，注重结合实际锻造强大国民、砥砺民族精神、凝聚国家力量，为促进中华民族伟大复兴的进程而贡献自个儿点点滴滴的力量。

淬炼信仰支柱、激励情感认同，方能上下同欲

步入纪念馆展厅门，见一6岁左右小孩儿头戴红军帽，身穿红军服，在父亲的指引下义务解说。别看他年龄小，但表情丰富、声音悦耳，一身行头恍如职业导游，聚焦了厅内所有欣赏的目光。

当听到"日本大陆政策的形成及早期侵华""中日甲午战争"等具体细节时，我脑海立即闪现首要的警示信号：人没信仰苟且偷生，军没信仰一击即溃，国没信仰软弱无能；反之，民族和国家才会兴旺发达、繁荣富强。

"千里之堤，溃于蚁穴。"当年倭寇像饥饿的豺狼无时不肆虐中朝

边防，继而得寸进尺、私欲膨胀，引起头狼——日本政府的关注和密谋，最终群起而攻之，打响甲午第一枪。

兵法有言，知己知彼，百战不殆。这群狼之所以胆大，主要是充分地进行了战略运筹，抓住清王朝信仰缺失的软肋：

从"国民性"来分析，日本认为中国封建专制扼杀了国人的思想自由和自主意识。在那皇权年代，无论是朝廷官员还是普通百姓，均口口声声称自己为"奴才"，这一"奴性"导致上下习惯明哲保身、各人自扫门前雪。如大敌来临，清政府招募新兵竟然招不到，而日本计划增兵 20 万却因报名踊跃实招 24 万多；30 多年后的南京大屠杀，无一民众敢于反抗；整个抗日期间，汉奸与伪军总数在 300 万以上，数量比侵华日军还多……后来很多战争事例表明，日本战前的分析是很有合理性的，更说明日本国民意识强是取得甲午战争胜利的一个重要法宝。

从"学习与实践"来分析，日本认为中国思想守旧、止步不前。洋务运动看似开拓创新，实际没从根本上改变思想观念，大脑深处仍是守成、守旧、守摊，尤其在战略运筹上，清政府缺乏明确的应敌方略，更无统筹全局的战争规划，所有决策都是走一步看一步。而日本在向西方学习时，不像清王朝停留在器物层面，而是抓住变革的精髓，倡导"和魂洋才"，致力"去旧更张"，让国民在政治上有参与权，在经济上有支配权，从而萌发整体对国家和民族的强烈认同感。所以，比洋务运动晚 8 年的明治维新后来却效果居上。

从凝聚力来分析，日本认为清朝朝廷各自为政，一盘散沙。体现最明显的是在核心领导权上，光绪皇帝与慈禧太后两派明争暗斗，这样的领导机构怎能让官员和百姓凝心聚力、同仇敌忾呢？还有，在朝廷内部以李鸿章、左宗棠分别为首的两派"窝里斗"，导致朝廷决策忽左忽右，朝令夕改。最要命的是用人唯亲，打仗让无能之辈"挑大梁"，而德勇之人只能作壁上观……

如此各为其主，各谋其私，各争其利的政府；如此没有共同的社会信仰、没有统一意志的清王朝；如此缺乏凝聚精神支柱的民族，在日本精心筹划的战争面前岂能不败？！

不难看出，只有坚定信仰，才能激发人乐于吃苦、不惧艰难；只有追求信仰，才能激发人勇于战斗、无坚不摧；只有践行信仰，才能

激发人顾全大局、团结有为。所以，信仰才是国之脊梁，共产党人须
臾不可缺失也。

再分析抗日战争，就迥然有别。在整个抗日战争期间，中国共产
党将信仰的力量发挥到极致。

一方面建强组织、唤醒国民、团结一心。甲午战争的惨败最终让
爱国人士觉醒，中国要想发展图强，务必有自己的旗帜、自己的方向、
自己的力量。于是，从黑暗中诞生了中国共产党和人民军队，把为老
百姓翻身谋幸福、肩负民族独立与国家富强的使命作为自己追求的信
仰；于是，中国共产党发展壮大，用"信仰"的力量将中华民族的一
盘散沙空前地凝聚起来，让广大百姓皆知，为民族解放而战、为正义
而战、为信仰而战，是自己最崇高的思想觉悟。所以，抗战期间出现
全民皆兵的局面，也就是说国民意识广泛得到加强。

另一方面勇于担当、敢于探索、善于攻坚。全面抗战爆发后，中
国共产党积极主动寻求御敌之策和制胜之道，坚持边打仗边摸索战略
指导，尤其面对"亡国论"与"速胜论"动摇民心、蛊惑民意时，及
时有效揭示抗日战争的三个规律："抗战是持久战，最终中国会胜利"
是基本规律；"抗战要经历防御、相持和反攻三个阶段"是发展规律；
"抗战基本是游击战，但不放松有利条件下的运动战"是指导规律。这
一理论竟神奇般地武装起广大军民的头脑，最终凝聚群体力量赶走日
本侵略者。

历史反复证明，军民有信仰，国家才有力量。当前，我国周边面
对有形和无形的威胁，以习近平同志为核心的党中央谋出大智慧、大
胸怀和大手笔，对外排险情、促团结、谋共享，世界各国交口称赞；
对内破僵局、抓改革、治腐败，国家上下众志成城。因此，不管是普
通百姓还是政府官员和人民军队，在新的征程上，我们只有对党忠诚，
坚信不疑，共同筑牢国家和民族信仰的铜墙铁壁，才能真正抵抗侵略、
维护和平，实现富民安邦、扬眉吐气。

突破利益羁绊、营造净土环境，方可改革创新

参观时，一展板上的文字引起我高度关注："抗日期间，中国军

民伤者 1500 多万人、亡者 2000 多万人，直接经济损失 1000 亿美元、间接经济损失 5000 亿美元。"

在那个贫困年代，如此损失是巨大的、惊人的，但全国上下愈损愈战斗、愈损愈团结、愈损愈进取，这不由得使人惊醒：利益，人皆向往，但个人利益要服从单位集体利益，单位集体利益要服从国家大局利益，国家大局利益要突破羁绊才能促进整体生存发展，否则就会彻底倾覆。

反思清朝政府，制度保守、观念闭塞、风气腐化等弊端，其实都与利益的羁绊有关，从皇帝到大臣缺乏统筹和大局意识，更没有处理好局部与整体利益之间的关系，导致战争爆发时三方面问题突出：

一是"领头羊"不力。甲午战争爆发，关键时清朝政府没人能真正"挑大梁"，倘若光绪皇帝与慈禧太后配合默契，有一人独掌皇权，上下就会同心，不至于相互掣肘，很多决策与落实就会迎刃而解。如在与日本的作战过程中，居然只有李鸿章的淮军在参战，而皇帝下了几道诏书调遣南方的部队和军舰竟无人听命。

二是缺乏全局观。不谋全局者，不足谋一域。慈禧太后作为清朝朝廷垂帘听政者，手里也算握着半壁江山，当大敌来临时，她不是设法巩固国防，反而挪用海军军费建庄园、大搞寿诞庆典，只顾自己的颜面与享受，导致打仗时每艘战舰上只装备零星炮弹。

三是私利重于国利。清王朝没有多少人考虑国家生死存亡，就连边防百姓在日军进攻时，为了蝇头小利竟把敌人自引家园。臭名昭著的是淮军将领卫汝贵开赴前线之前将 8 万两白银军饷运回家中，战争打响之后便弃城逃跑 500 里，后来日本人拾到其妻劝他逃跑的信至今被他们作为败军亡国的反面教材警示后人。

与其形成鲜明对比的是，抗日战争爆发后，国民党仍实施"攘外必先安内"政策，中国共产党为顾全抗战大局，不计前嫌，主动合作，让步压缩编制，削弱组织功能，最终达成国共统一抗日战线。此举让工农商学兵各界各族人民，各民主党派、抗日团体、社会各阶层爱国人士和海外侨胞深刻觉醒，全民族空前团结，民族精神得以升华，民族凝聚力得以形成。虽然他们政治立场不同、经济地位迥异，但国难当头时都义无反顾地奔赴战场，共御外侮。这种"天下兴亡，匹夫有责"的爱国情怀和"舍己为公，顾全大局"的利益观是抗战胜利的一个重要因素，这笔珍贵的精神财富永远值得后人学习和推崇。

历史已经证明并将继续证明：社会发展变则进、不变则退，变要改革、突破利益羁绊，不变要僵化、陷入故步自封。

想想中国历史上那些变革的教训，"商鞅变法使得秦国统一中国，但加速了秦朝的灭亡""王安石变法虽提出超时代的变法思想，但没有拯救宋朝""张居正变法，虽缓解明朝灭亡的步伐，但为明朝灭亡留下最大的隐患"……

前事不忘，后事之师。如果不走出农耕时代养成的守旧民族心理、落后思想观念、惯性文化生态，即使中国全面深化改革，也难以走出类似甲午战争的败局。所以，根治这些弊病，我们要敢于对权力圈、利益圈、腐败圈亮剑，及时斩断遍布改革路上的那些藤萝枝蔓，为发展营造风清气正的环境。

由此想到，当前国家改革进入深水区，横亘在我军面前的思想坚冰和观念桎梏依然比比皆是，如机关臃肿尾巴长、"大陆军"思维和狭隘军种观念至上等羁绊不解决，国防和军队改革就深不下、化不开。面对这些难题，军委习近平主席及时洞察时代风云，把军队改革放在世界军事博弈的大棋局中思考，带领中央军委大刀阔斧抓深化军队体制编制调整改革，对军队现行的领导管理体制、组织机构编制、作战指挥模式等重大战略问题进行科学论证，有序推进落实。作为军队的每名官兵，需要我们积极响应党的反腐倡廉热潮，以壮士断腕的勇气和魄力斩断私利脐带，为军事改革清除障碍，换来一片净土和热土，从而开创军事征程的崭新未来。

重燃精神火炬、灼烧思想杂质，方为致命武器

在"军民抗日"展厅一隅，一玻璃罩扣着抗日英雄赵一曼写给儿子的信："宁儿，母亲对于你没有尽到教育的责任，实在是遗憾的事情。母亲因为坚决地做了反满抗日的斗争，今天已经到了牺牲的前夕。母亲和你在生前永远没有再见的机会了。希望你……"

看着这封信，我非常敬仰女英雄视死如归、大义凛然的精神风范，

对祖国和人民利益高于一切的理解入木三分；看着这封信，我想到杨靖宇、赵尚志、左权、彭雪枫、"狼牙山五壮士"，认为他们一不怕苦、二不怕死才是战斗精神的生动诠释；看着这封信，我想到了长征、解放战争、抗美援朝战争，顿感人民军队富于战斗精神的尚武雄风，曾令多少强敌胆战心惊……

想着，想着，思路就越开阔，瞬时觉得这些英雄群体、抗日将领和胜利战争都折射出了一个共性特点："我军作战骁勇、以气克刚、以劣胜优的战斗精神具有穿越时空、与时俱进的时代价值和永恒魅力，这永远是人民军队打胜仗的撒手锏。"

纵览中华民族发展史，从春秋战国时代的"礼、乐、射、御、书、数"六艺，到刘邦的"大风起兮云飞扬，威加海内兮归故乡"，再到汉唐时期文武并重创下的"文景之治""贞观之治"盛世，中华民族的发展与繁荣无不需要尚武精神的充盈与支撑。

遗憾的是，自汉唐以降，尚武精神就日趋衰落，到清朝末年，中国人的血性几乎被摧残殆尽，变成一群萎靡颓废、任人宰割的绵羊。

且看甲午战场，习惯了马背与刀枪作战的官兵，突然听到炮声，普遍胆怯、惊惶失措，有的战之魂飞胆散，有的退之蜂拥而去，有的消极避战、叛变投敌，有的撒腿逃跑，开始抢劫仓库、工厂、店铺等，使军人的地位和尊严荡然无存。

日军围攻金州时，大连守将赵怀业忙于督促兵勇搬运行李物资，准备逃跑，拒不支援金州，致金州最后孤立无援而失陷，而赵听到金州失陷时，竟一炮未放就跑往旅顺，防御工事完善的大连就这样拱手送给日军。当日军进犯旅顺时，除徐邦道孤军奋战外，其他的清军将领早已逃之夭夭，日军又占领了固若金汤的旅顺，接着就开始灭绝人性的大屠杀。

应该说，从丰岛海战开始到《马关条约》签订，清军的战斗精神总体低落、不堪一击，几乎每场战斗都有临阵脱逃的将领，甚至出现整体清军逃逸的局面，只有少数的像邓世昌、左宝贵等部分官兵为了抵抗侵略，浴血奋战、为国捐躯，表现了英勇顽强、不怕牺牲的战斗精神，多少为中国人民挽回了一点颜面，他们不愧是民族脊梁和精神标本。

　　甲午战败后，国人醒悟，血性回升，催生人们开始做国家强大的主人。在抗日战争中，我党采取整风运动进行精神教育，运用法规制度规范军民行为，通过经验总结推广游击战，使广大军民视死如归、前赴后继、英勇作战，奏响了气壮山河的英雄凯歌。

　　八路军第一一五师三四三旅六八五团二营五连，在平型关伏击战中担任突击队，与日军进行白刃战时，排长牺牲了，班长顶替；班长牺牲了，战士接着指挥，全连打到只有 30 多人，仍顽强地与敌人拼杀，一直坚持到战斗胜利……

　　还有地道战、地雷战等战斗作风和英雄气概，贯穿大江南北，成为人民军队克敌制胜、无坚不摧的精神利剑。

　　回顾中华民族尚武历史，这些由盛到衰再到盛的轨迹表明：尚武精神兴，则民富兵强，国运昌盛；尚武精神衰，则民弱兵废，国运颓萎。

　　马克思主义战争观也表明，物质因素决定着战争胜负的可能性，精神因素则是将这种可能性变为现实性的决定因素。

　　想想当年的抗美援朝战争，刚刚站起来的中国为何能抗衡世界最强大的美军？毛泽东的答案是"美军不行，钢多气少"，而我们是"钢少气多"；美军研究人员的答案是，中国军队的威力源自他们特殊的"内核"，也就是今天所说的人民军队的核心价值观"忠诚于党、热爱人民、报效国家、献身使命、崇尚荣誉"。

　　是呀，心中有团火，什么也不怕。当前，在文化强国、文化强军建设中，党中央号召我们褒扬中华传统武德精神，大力彰显不屈不挠、坚不可摧、勇猛无前的尚武雄风。广大指战员坚信，不管世界如何动荡，有中国梦强军梦的核心力量做支撑、有改革强军的坚强后盾做支撑、有强军兴军的磅礴动力做支撑，人民军队必定勇往直前、所向披靡。

（原载《大众文化休闲》2017 年第 7 期）

学院里的梧桐

隽语点睛

　　水乡垂柳虽然婀娜，山间桃李虽然绚丽，但这些只是一种外表美，不能给人以力量。而梧桐却不同，那些数目繁多、重重叠叠的叶子，不仅给人好看的印象，还给人以启发、深思、勇气，就像学院教员传道授业解惑一样，激励青年学子天天向上。

　　梧桐，树干高大，根深叶茂，人见人爱。如果媲美，它不逊于多数人赞美的贵族化的楠木和茅盾笔下极不平凡的白杨。倘若为树木投票排名，我将郑重地把第一票投给梧桐。

　　敬畏梧桐不自今日始。自古以来，很多文人墨客由衷地发出"宁知鸾凤意，远托椅桐前""大风吹倒梧桐树，自有旁人说短长""高楼目尽欲黄昏，梧桐叶上萧萧雨"等礼赞和歌吟。

　　梧桐是林木中的骄子，的确值得称赞。它深受气候适宜城市的垂青，被人们视为一种著名的观赏树种。

　　且说那猪耳朵样的叶，绿迷彩般的皮，让人一看就有好感，连动物也亲近三分。据古代传说，凤凰个性独特，非梧桐树不栖。于是，"种下梧桐树，引来金凤凰"的说法就流传了下来。

若道梧桐的价值，可谓材尽其用。它的树皮可用于造纸和做绳索；种子可食用，亦可榨油；叶、花、果、根可药用，治腹泻、疝气、须发早白，有清热解毒，去湿健脾的功效；木材宜制乐器和家具。

更不用说在夏天，梧桐浓荫匝地，枝叶像一把太阳伞挡住炎炎烈日，令人心生惬意，流连忘返。初尝这种感觉是 2001 年盛夏，我到大连陆军学院参加专升本入学考试。一进大门，不到 80 米就步入浓荫长廊，闷热的天气立即凉爽了很多。我是南方人，怕热，对这样的绿荫地格外亲近。我瞅了瞅树干，高大魁梧，向上直升，气势昂扬，最大的需两人伸手合抱才能围住，最小的也有洗脸盆口那么粗，估计这就是基层部队干部常夸的陆院梧桐。

在新闻敏感意识的激活下，我请教树荫下修花草的花匠："大伯，早就听说大连陆军学院军事技术、作风修养、人文环境在全军有名，现在看的确名不虚传。这些好看的树就是梧桐吧，你能介绍它的来历吗？"他看了我一下，不假思索地说："对，是梧桐。以前大连的行道树多为白杨，但它根系浅，不耐涝，而大连风大雨多，白杨常被吹倒。梧桐树就不同，无论风吹雨打，总是岿然挺拔，精神奕奕……"大伯的回答引起了共鸣，我们沈阳部队里栽的白杨树，也常有被风雨吹倒的。看来，梧桐比白杨的根钻得深、扎得牢。从那时起，我对梧桐深深地扎根精神日渐敬仰起来。

那年 9 月，我很荣幸地拿到了录取通知书，来到南京政治学院学习，看到校园主道边也栽有梧桐树。南京是个火炉城市，广大学员对梧桐树荫依恋的情愫更为浓厚，课余饭后总是在梧桐树下学习、散步、聊天。

也许是触景生情，睹物思人。每次漫步林荫道，我就产生联想，并赋予人格化。想松树就忆起志士，想修竹就忆起隐者，想芭蕉就忆起美人，想白杨就忆起农民……而梧桐呢，越品越觉得像我们这些充满智慧、抱负，但仍显稚嫩的军校学员，其求生存的本能就像学员求知若渴的精神，在为今后驰骋军事舞台深扎根系。我不禁感慨，梧桐如此，学员亦然。根系不牢，生命危在旦夕呀，从细微说，就是个人前途命运必渺茫；从大处讲，就是国家社稷江山必危殆。翻开历史，我们发现东吴、东晋、南北朝的宋齐梁陈，还有太平天国起义、国民党政府不都是因为根系不牢，最终衰败于南京吗？

我还常想，水乡垂柳虽然婀娜，山间桃李虽然绚丽，但这些只是一种外表美，不能给人以力量。而梧桐却不同，那些数目繁多、重重叠叠的叶子，不仅给人好看的印象，还给人以启发、深思、勇气，就像学院教员传道授业解惑一样，激励青年学子天天向上。从这个角度来诠释，我想这是学院乐于栽种梧桐的最佳初衷吧！于是，我非常敬畏梧桐那种要求人的甚少、给予人的甚多，不屈服于挑战、勇于向上求生存的扎根精神。

是呀，每名军人尤其是党员干部，都应该像梧桐一样，不管在怎样的情况下，都能茁壮地生长，永不屈服于恶劣环境；不管在什么时候，都要贡献出自己所有的精力，甚至献出最宝贵的生命。因为具有这种精神的人越来越多，军队建设才能更好更快地发展，才能时刻在世界军事舞台亮剑显威，永不言败！

在南京政院的两年学习中，我无时不受到心灵的洗礼和人格的陶冶，就像梧桐的根系扎根土壤一样，早已融入我生命的血液，渗进我理想的骨髓。去年初，我被提拔到大连在 8 年前由陆军学院精简为某基地的机关工作。报到那天，一进单位大门，我就迫不及待地去看阔别已久的梧桐。震撼的是，机关楼后长廊路一侧的梧桐，都从脖子齐刷刷地锯了，秃秃的树桩大小不一，有的像伤员一样被包扎，有的痊愈生出细枝。一阵风吹来，仿佛能听到它们忧伤的低语和痛苦的呻吟。

我问随行的同事："多好的梧桐啊，咋变成这样呢？"

他说："道边砌的防护墙阻碍了梧桐树根的生长，水分到不了树枝，基本上是半死不活的，唯一拯救的方法是锯掉树枝让它们劫后重生，等树根扎深后会恢复以往的青春。"

听了解释，我若有所悟。小树虽多，但长大成材的毕竟少数。人才的成长规律也像树木一样，务必从幼苗起，历经岁月的洗礼和风雨的摧残，最终以年轮见证能力、资历和经验。

我又问同事："咱们学院以前培养了多少学员，有多少人成才，统计过吗？"

"学院成立 55 年来，共为部队培养各类学员 6 万多名，他们扎根基层，艰苦奋斗，建功立业，成为部队基层建设的骨干，许多同志相继走上军师团领导岗位，并有 40 多人成长为共和国将军。"他一口气回答。

　　听着介绍，我自觉欣慰起来，仿佛看到眼前一棵棵长得高大、粗壮的梧桐，就是学院培养栋梁之材的身影。

（原载《散文选刊·下半月》2013 年第 6 期）

寻访"北门岗"

隽语点睛

北国边陲虽冷，但军民互助蔚然成风。那种风很暖，很给力，能融化冰雪、驱逐寒冷、惩治邪恶，成为引领社会建设的风向标。其中，见义勇为道德模范邰忠利就是这种风滋养出来的全国全军重大典型，其事迹传开，又激励更多的张忠利、李忠利、吴忠利、田忠利诞生。

著名作家魏巍称朝鲜战场上的志愿军为"最可爱的人"，这是对英雄主义至高的赞美。然而，64 圈年轮的拔节，似乎漫漶了英雄儿女的那种血性与无畏，人们越来越质疑魏巍笔下咏叹的军人形象能否再现。是呀，36 年曙光映照，我军没与对手过招，难道当年的战斗风采就真的逊色了吗?! 为荡涤思维、深究认识，在担负军区理论宣讲重任之际，我特意申请到最艰苦的东北边防部队寻求制胜机理。

时今正近春分，沈阳早已暖意融融，气温升至零上 15 摄氏度，而边防大地仍冰雪覆盖，寒风刺骨，我坐车到哈尔滨、黑河，再辗转到漠河、北极村，边为 3000 多名官兵宣讲答疑，边采撷边防的点滴感动，忙活了八天八夜、颠簸了 4000 多公里才返回沈阳。

一路虽艰辛，但累有所值。当合上采访本时，我情感的堤坝再也挡不住泪腺的涌动，这时不得不感慨：边防环境恶劣、寂寞难耐，但军人气冲天地，胆慑苍穹，如出征的勇士时刻镇守着祖国的北大门，时时展现人民子弟兵有灵魂、有本事、有血性、有品德的光辉形象。

满目覆辙励兵志

自古边疆多战事，铁血男儿筹壮志。1858 年，沙俄东西伯利亚总督穆拉维约夫武力胁迫清朝黑龙江将军奕山签订《瑷珲条约》，强占了中国黑龙江以北 60 多万平方公里土地。这一屈辱史警示官兵：责任事关边防强固，边防强固事关国家安危。所以，边防的一茬茬官兵都牢记沉甸甸的戍边职责，眼睛始终像鹰隼一样紧盯江边的风吹草动，丝毫不敢懈怠地捍卫祖国领土的尊严。

在边防某团聊起官兵忠于职守事，政委王达随口就说出一件："中苏关系紧张时，我方吴八老岛主权有争议，苏联士兵经常上岛驱赶我国种地的老百姓。1969 年 5 月 19 日下午，奉上级命令，我边防工作站副站长石运昌带队冒险登岛巡逻值勤，随队战士任久林遭苏军扫射，不幸身亡，年仅 19 岁，后被上级批准为革命烈士，追记一等功。那个岛屿就在我部三合观察哨跟前，您最好前去看看，会了解更详细。"我应允前往。

这时，夜幕降临，60 公里距离，车哧溜溜地行了 75 分钟才到达营房。在指导员李志杰的引领下，我顺山路一口气爬到山顶的哨位，通过夜巡灯看了一圈，吴八老岛就在山脚前，俯瞰全景，不足 2 平方公里的岛屿，全被白雪覆盖，呈帽形附在江畔。据李指导员介绍：1973年，英国著名国际时事评论家马克斯维尔受毛泽东的邀请来此勘察，他回国后专门发表一篇文章，阐明吴八老岛应归中方所有，这为我方在国际上赢得了政治上的主动权。连队为纪念这位爱好和平的国际友人，在哨所旁特修建六角休闲亭，命名为"马克斯维尔亭"。

听之，我瞬时明白，原来边防官兵责任的动力不仅有以上率下基因的驱动，还有使命的鞭策，更有屈辱史的激励和英雄主义的传承，从而贲张出惊人的勇气、智慧和力量。

来到黑河某部，听到一桩桩感人事，灵魂受到更为强烈的洗礼。黑河江北，现为俄罗斯布拉戈维申斯克市，那里曾是沙俄侵略者制造震惊世界的"海兰泡惨案"，屠杀中国百姓的血腥地。历史虽是一面镜子，但如今两岸开放、友好往来，商家络绎不绝，成为边防一道独特的经贸风景线。这对江南岸站岗执勤的八连官兵来说，责任更为重大，履职更为严峻。

每年进入冬季，气温低至零下40多摄氏度，滔滔的江面冻得可以行走任何大小车辆，为企图越境、偷渡走私、蓄意闹事分子提供了便捷途径。所以，八连官兵冬天站岗执勤任务最繁重，大家自觉不向组织提休假要求。

2012年1月中旬，中央电视台新春走基层栏目记者王刚到八连采访，听说四级军士长王继腾爷爷的生日是大年三十，他想为老人尽个孝心，却连续十五年没能如愿。为此，记者兵分两路，一路到小王的江苏老家为其爷爷过九十大寿，一路在北疆把江苏传来的录像给小王观看，面对镜头，他失声痛哭。中央电视台对这事进行了专题报道，著名节目主持人郎永淳给予至高短评。

更考验人的是，冬季冰封雪盖的黑龙江上到处有清沟和空膛冰暗布，巡逻时稍不留神就发生险情，可八连官兵从不畏惧、灵机处置，关键时自觉视集体利益高于个人利益，甚至不惜牺牲自身生命。

2011年12月初，黑河段江面返水，岸边架的两米多高的阻隔钢板网被江水淹了一半。闻讯，八连排长李云飞带领三名骨干，穿上水衩子，跳进齐腰深的水中抢拆，否则会冻上，来年冰融化就被江水卷走。知易行难呀，零下35摄氏度，手握铁扳手，不是在寒流中敲打就是在冰水中拧拆，开始冻得钻心痛，一会儿就失去知觉，但他们没有退却，从上午9点一直干到下午3点，共拆卸2000多米长阻隔钢板网，挽回经济损失20万元。回到连队，四人手指苍白，毫无血色，军医见状束手无策，准备送医院截肢。反复思量，便试着用三十多度的温水浸泡。一小时后，三名骨干的手指舒缓，而李排长的右手指头变黑，出现瘀血。后来，慢慢敷冻伤药，李排长手蜕一层皮，指甲盖脱落，30多天才痊愈。

为体验江面站岗执勤的苦楚，我乘车来到八连八号哨位。那天虽晴，但江面还是冷，气温比地面低三四度，下车就有寒气袭身之感，不由得哆嗦了几下。我紧握哨兵朱志广的手问："小兄弟，苦不苦，累不累？"他却笑着说："报告首长，习惯了，最苦最累在隆冬，站岗穿上绒衣绒裤、棉衣棉裤、皮裤子、皮大衣和一双三四斤重的毡靴，戴上线手套、皮手套、脖套、皮帽子，但风一吹还是透，两三个钟头下来，冻得头昏沉、脚麻木，那才考验人呢。"

看着哨兵红扑扑的脸蛋儿，我忽然想起唐代卢纶歌颂戍边军人的诗句"月黑雁飞高，单于夜遁逃。欲将轻骑逐，大雪满弓刀"。那情那景，现实重现，难道这不可敬、可爱吗？！

时刻准备剑出鞘

边防高寒禁区有"月牙尖嘴，冻死小鬼"之说，提及令人畏惧三分，当地居民过秋就猫冬，而我听到的、看到的官兵形象，就像大兴安岭漫山遍野生长笔直的獐子松一样，不屈不挠、齐刷刷向上地傲立风雪中。

其实，兵直如松，并非一日之功。在边防部队，早就流传一句"下江代表祖国，上岸代表军队"的口号，这是黑龙江省军区党委多年的倡议，各部队积极响应，以此规范职责要求、锤炼高寒血性。

每年冬训，各边防部队都摸索适应严寒训练的路子，首先从思维观念抓起，他们研究悟透许多兵冻惨败之旅的战例。像我国古代蒙古军与金军大战，金军有步骑 5 万，而蒙古军只有 3000，蒙古军采取疲劳战术将金军围于三峰山，时逢天降大雪三尺，"刀槊冻不能举"，金军僵立而败，从此一蹶不振，翌年金国亡；在第一、二次世界大战中，法、德、美、苏因冻伤而吃亏等经典例子都熟烂于心。

为消除对高寒的恐惧，各部队定期组织官兵爬雪山，打雪仗，洗雪浴，住雪窝，踢雪地足球，培养官兵爱冰乐雪之情，让大家自觉亲近冰雪，融入严寒，挑战极限。寒冬早晨，不论天有多冷，基层连队按时跑 3 公里，为的是让战斗员百分之百地达到耐寒训练的目的。一次，北极哨所仨哨兵执勤返营时，军犬突然趴在地上缩成一团，说啥也不走，检查发现，其脚掌被冰碴子划伤，大家便把它抱回连队。这真够冷

图为作者在北极哨所前留影

的，连最忠于主人的狗在严寒中也没坚守住本性的底线。从此，军犬也享受战斗员待遇，上岗时穿鞋套，下岗时大家轮流把它抱一抱、捂一捂、暖一暖。每到退伍时，老兵与军犬依依不舍的镜头总是揪人心痛。

在边防，多数连队执勤线荒原百里无人烟，冬天路险、天候险、执勤任务险是最严峻的挑战。据说，某团二连至三连路段间，28公里路程就有66道急弯，5米宽的路，一边是山坡，一边是山崖，稍不留神就会车毁人亡，这要求官兵开车巡逻时必须技术过硬，熟悉路况。为此，每年冬季来临前，各单位都对巡逻车驾驶员进行一个月的封闭训练，入冬后又组织所有基层干部骨干对摩托雪橇车驾驶进行培训，达到人人会操作驾驶、通基本修理的目标才让上岗。2008年1月的一天，天下大雪，俄罗斯哨兵清理某部中俄会晤通道积雪，推雪机不小心掉进江里的清沟，舱门被冰卡得严严实实，驾驶员无法逃生，大家眼巴巴地看着机身陷入江水。这时，某团驾驶员张晓峰闻讯赶来，冒险爬到舱顶，使劲拉开天窗，一下把他从机舱中揪出。瞬时，岸边掌声四起，大家问小张从哪儿学来的点子。他说："从书上学的，我们的推雪机有别于俄罗斯，一个不同之处就是驾驶舱——我们舱顶密封，他们有天窗。"听之，众人皆竖指称赞。

以前，我一直认为站岗执勤是边防部队的主业，其他工作按部就班即可，没想到他们的专业训练名震国际。某团机动步兵连是一个历史厚重的连队，先后 6 次荣立集体二等功、10 次三等功，李忠等 5 人 24 次在国际军事五项比赛中荣获世界冠军，连队被誉为"世界冠军的摇篮"，至于军区和省军区的荣誉那就更多得没法提及。据悉，该连出名的秘籍是叫响"第二就是失败"的口号。如干部手枪——练习射击，规定优秀成绩的起点是 40 环，该连要求 42 环；5 公里徒手越野成绩起点是 23 分，该连要求 19 分。还有，连队训练要求人人过好严格的耐寒冷、练"四百"、跑万里、抢大锤、托砖头五关，其标准非常苛刻，没有超常毅力难以做到。据了解，其他部队训练也不示弱，各有千秋。被誉为"百名功臣团"的某部，营区有一道亮丽的风景墙，上面是团队集体一等功、3 个分队集体一等功、7 个分队集体二等功、6 个分队集体三等功，3 名个人一等功、18 名个人二等功、78 名个人三等功的简介，令人敬而仰之。

3 月 23 日上午，作为军区理论宣讲团成员的某通信团副政委陈齐贵，围绕"着力培养'有灵魂、有本事、有血性、有品德'的新一代革命军人"为某边防团全体官兵宣讲后，来到该团一营三连"全国见义勇为道德模范"邱忠利展室，结合英雄的先进事迹，为连队官兵上了一堂生动的随机教育课。

祝家亮、张群 摄

图为《前进报》刊登作者在边防连队宣讲事迹

"你们整天看家护院，似箭在弦上，引而不发，可日子总是如此平淡，生活还那么艰苦，激情和青春就这样一天一天地消耗，难道内心就没有遗憾吗？"在官兵中解疑答问时，我常提及类似的问题，可得到的答复基本凸显着"盛世背后往往潜伏着种种杀机，只有居安思危、忧患在先，方能弭战患于未萌、保和平之长久"的哲理。

投桃报李续新风

北国边陲虽冷，但军民互助蔚然成风。那种风很暖，很给力，能融化冰雪、驱逐寒冷、惩治邪恶，成为引领社会建设的风向标。其中，见义勇为道德模范郜忠利就是这种风滋养出来的全国全军重大典型，其事迹传开，又激励更多的张忠利、李忠利、吴忠利、田忠利诞生。军民——拾取，营养民族脊梁！

2006 年 3 月的一个周末，某部三连列兵宋红举，到驻地北红村小学参加义务劳动，发现正课时间两个年级的孩子在室外玩，打听才知全校只有两名语文和数学教师，师资紧缺导致孩子们只能以玩消磨时间。小宋听了心里很不得劲，再看看被烟熏火燎的教室、破旧不堪的课桌椅、芳草"凄凄"的庭院，更是心酸。回连后，他深思熟虑，主动向连队党支部申请，义务担任北红村小学代课老师。经军地协调，他当月就担负起小学的英语、思想品德和体育教学。当时，连队还未通电，他用津贴费买来一包包蜡烛，每晚在昏暗的灯光下写教案、批作业。白天，他坚持步行 3 公里去给孩子们上课，有时一天要往来四趟，一走近 6 年。这期间，他用微薄的收入资助 16 名学生重返校园，所带的班级连续 5 年在大兴安岭地区名列前茅，有 30 名学生以优异成绩考入县重点中学。2011 年 8 月，宋红举提干，被送军校深造，连队又精心挑选骨干接过他的教鞭。铁打的营盘流水的兵，如今，虽然三连的兵员始终在流动，但北红村小学兵老师任教的义务一直在赓续，且教学内容向计算机、绘画、乐器等方面拓展，无私为孩子们健康成长开辟更宽、更阔的希望之路。

近些年，受社会坑蒙拐骗、沉渣泛起的负面影响，一些人路遇困难、险情时熟视无睹，睫前不见，甚至避而不观，绕道行之，可北陲官兵从不打奔儿，总是第一时间挺身而出，且不计任何名利。

2006 年夏季，某部汽车排战士康广志外出送执勤用油，途中遇到一面包车翻倒在地，三名伤员躺在路上危在旦夕，他急忙扶起送往百里外医院，直到病人转危为安才隐名离去。

某部二连驻地湖通镇村土地贫瘠，常年缺饮用水。20 年前，在上级的帮助下，该连打出了一口深达 155 米的水井，从此免费为当地村民供水，百姓称该井为"爱民井"。据统计，20 年来，连队为村民供水所耗的电费就达 12 万元。

每年 5 月至 10 月，某巡逻艇大队官兵一直在江面执勤，各艇组野外生存，与当地百姓结下深情厚谊。一中队某艇组值勤点在黑河郊外 80 公里的白石砬子村，官兵不会做馒头，当地大娘手把手教；官兵生活缺物资，大叔从 10 公里外的集市往回捎；官兵节日想家，乡亲们送来特产，嘘寒问暖……业余时间，官兵也帮助居民劈柴、挑水、种园子、收庄稼、贴地砖、筑围墙，关系胜似一家人。所以，官兵每次下江到执勤点和收江返营时，白石砬子村民都自发到江边迎接和欢送。

此外，像帮扶老人、英勇救人、扑火救灾等好人好事太多了，无法一一赘述。

当问起边防鱼水情深的奥秘时，某部政治处主任卢兴旺一语中的："我们省军区每年号召各部队开展为老工业基地建设、为新农村建设、为扶贫开发建设、为生态环境建设、为平安龙江建设做五项贡献活动，我部结合自身特点，号召官兵'当好国门卫士、当好群体雷锋、当好武装市民'，驻地黑河市也提出'不亏待军队、不亏待军人、不亏待军属'的口号。"

这真是"爱出者爱返，福往者福来"呀。抚今追昔，我军不仅是威武之师，还是文明之师、仁义之师，过去积累了很多军民团结战斗的经验做法，如"地雷战和坑道战赶日寇""十送红军渡难关""小车推出淮海战役""汶川和玉树抗震救灾"等典例有口皆碑、可敬可叹。而今，虽说我军多年没经战争检验，但军民融合发展的路子仍方兴未艾，这不由得人不坚信那句俗语："军民团结如一人，试看天下谁能敌！"

情感共鸣求同欲

北陲官兵艰苦显而易见：冬春气温极寒冷，夏秋船舱极潮湿，巡线百里无人烟，职业疾病人皆有。但是，边防部队各级党委，采取很多措施满足物质和精神需求，让官兵释放出生龙活虎、朝气蓬勃的姿态，使一颗颗不安的心像獐子松的根一样深扎黑土地。

边防连队文化有声有色，令人大开眼界。如快板文化连、腰鼓文化连、石头文化连、树皮文化连、剪纸文化连、大刀文化连、甲板文化连、沙滩文化连、粮食文化连等特点鲜明，风格各异。

最体现官兵聪明才智的要数森工文化，那一件件精品杰作留存着官兵思想成熟的记忆，展现着官兵追求梦想的印痕。某巡逻艇大队文化活动中心走廊评比的工艺品别出心裁，官兵用雪糕棒制作的森林公寓、用树皮制作的战舰惟妙惟肖、叹为观止；在某团四连，官兵用桦树皮、杨树毛、松枝、柳条、黄豆、黑米、绿豆、锯末等，制作成约两平方米的强军目标和奥运会主题工艺展板悬挂在荣誉室、走廊和饭堂显眼处，不走近细看，还以为是画家的水彩杰作呢，真难想象这出自普通官兵之手。

至于冰雕雪塑，那是边防文化的标签。入冬后，各部队都积极调整训练执勤与冰雪活动的时间安排，发挥官兵聪明才智，拓展官兵想象思维，广泛采用浮雕、深雕、描绘、抛光等技术，制作设计精美、寓意深刻、造型别致、巧夺天工的冰雪作品矗立在营区，成为一道道美不胜收的风景，让官兵真正乐有所好、乐有所长、乐有所得。

感人心者，莫先乎情。采访时，边防官兵纷纷反映暖心、鹊桥、维权、就业四项工程的感人事，说单位党委如何想方设法完善单身干部宿舍、士官公寓，筹建集娱乐、健身、休闲等功能于一体的家属院，采取措施如何鼓励官兵安心基层、扎根边防、立志成才……我觉得这是组织应尽之责，但做到"上下同欲"的确难能可贵。某巡逻艇大队上士梁青虎述说一件细微举动的事令人为之一震。官兵每年明水期下点执勤，一走就是五个多月，临走时看一眼妻子穿裙子的样子却成了难以满足的奢望。那是 10 年前的一次下江，教导员马晓辉无意中露出心迹，妻子赵淑清答应穿红色连衣裙送他。第二天，马教导员站在甲板上，一眼就认出了送行队伍里的妻子。消息不胫而走。翌年下江，没有约定，岸上送别的全是欢呼雀跃的红裙子，虽然军嫂们冻得直哆嗦，但大家的心却暖丝丝、甜蜜蜜。因为红裙子不仅寄托着家人的平安祝福，也饱含着夫妻的幸福深情，更偾张着丈夫的热血激情；因为妻子是丈夫生命里的根须，而红裙子恰恰是补充丈夫生命根须的叶绿素……是呀，有如此充足的叶绿素滋养国防绿的根须，我们军队能不生机勃勃吗？！

其实，边防部队各级组织能力也有限，受位置偏远、设施简陋等客观原因制约，生活中还有一些自身难以解决的问题，他们便借助上级法律、文化、心理、医疗、生活五个服务到一线的途径，化解官兵思想疙瘩，满足官兵心理需求。2012 年 8 月，某团一名战士父母对他期望高，但自己能力有限，加之失恋，一时思想压力大，心里想不开，产生了轻生念头。为此，团队专门请来军区心理专家单独帮其打开了心结。临走时，心理专家没有公开这名战士的名字，只是提醒团党委关注这类倾向性问题。至今，该团一直平安无事。

在反思边防部队各级党委为兵服务的真情实感时，我才意识到，他们是不断用先进思想引领兵，用温暖行动感召兵，用和谐氛围凝聚兵，用戍边精神鼓舞兵，最终达到催生强悍战斗力、牢固闩住祖国北大门的目的。看来，绝不能小觑，解兵之所想、所急、所盼，也是不断积小胜为大胜的破题良策。

短评：军旅价值的唯美构建

军事文学的独特魅力在于描写纷纭的战争形态和战争中军人的精神状态。而反映和平军营生活的军旅文学，因少了战火硝烟便也少了读者所期待的惊心动魄的风景。若再一味铺陈军营生活的紧张艰苦，浅层表现军人的"牺牲""奉献"，只不过是为社会生活穿上了一件迷彩而已，失去了军事文学本应有的光华。令人欣慰的是，沈阳军区作家陈齐贵的散文作品独辟蹊径，他在精心展现和平军旅典型生活中抒发了当代军人特有的情感，进行了一种唯美的价值构建，带给了我们温暖和感动。《寻访"北门闩"》反映的是驻守在祖国"北极村"官兵的工作生活，这些兵面对的是极端恶劣的气候环境和十分艰苦的生活条件，但他们没有丝毫的哀怨和牢骚，没有任何的迷茫和懈怠。他们以信仰的光耀披荆斩棘，用心灵的温暖融冰化雪，走出了人生的精神高度，谱写了华彩的军旅篇章，充盈着光荣和自豪。作品正是在崇高精神向度的折射和美好情感的意境营造中，彰显了军人高尚思想品德的质地。作品就是在这种唯美价值的建构中，升华着思想情感的品位，使当代军人的精神闪现着时代光焰。**（焦凡洪）**

（原载《散文百家》2015 年第 8 期）

山沟又响军歌声

隽语点睛

　　我很理解山沟百姓依恋的情愫。俗话说，靠山吃山，靠水吃水。凡是部队驻扎地，都会给当地居民的生活与经济带来福利。我以为他们热情相迎，是为了满足揩油的小九九，没想到与一位大爷的聊天，却让我出乎意料、敬意顿生。

　　久居城市，我逐渐意识到生活环境的重要性，总是渴望天蓝蓝、地绿绿、水清清。2014 年冬天，在平原某市学习，整天灰蒙蒙的，300 米外人影匿迹，那种外出务必戴口罩、裹丝巾的"武装"防护，使我对车流喧嚣、人群拥挤和雾霾弥漫的压抑环境厌恶至极点。

　　说句心里话，18 岁那年，我是憧憬走出农村、步入城市才入伍的。如今，理想目标早已实现，在城市生活了近 20 年，但面对城市生态危机、长期审美疲劳和感觉乏味，我又向往归根。多少次，梦回故里，蓝天净土下，我挑水，妻浇园，儿骑牛，狗撒欢儿，无忧无虑笑开颜……

　　这终归是梦想。但，梦想也有真实成分，我是在驾着水牛、扶着木犁的田园里长大的，如今反刍那吃喝原生态、空气忒新鲜、玩耍有情趣的农村生活，实乃有嚼头。

过去，鄂北家乡是贫困老区，但改革春风吹进山区后，高铁、高速公路开化了家乡封闭的思想观念，带动经济快速发展，百姓生活日新月异，住房鳞次栉比，耕种完全机械化，以前司空见惯的牛哞、羊咩、猪哼的叫声在农村已成记忆。近些年屡次回家探亲，我总是欣慰地品味家乡变化的细节，但看到发臭的河水、被砍伐得像瘌痢头的山岭，就想寻找故土纯天然的记忆展痕，结果总是望乡兴叹。每次归队后，我还是不安于现状，闲暇时常去沈阳周边亲近自然，聆听春之鸟语、夏之蝉鸣、秋之雨落、冬之雪舞，希望弥补缺憾的记忆。

北方乡下也林木茂盛，气候湿润，清爽怡人，与我的老家相比，发展虽有差距，但令人留恋。

辽南某地有个山沟，三面环山，呈太师椅形，人们都说那儿风水不错、人才辈出。过去，山脚驻扎一个英雄的团队，40多年，从团队走出的干部，近30人成长为少将、中将、上将。为了纪念这些将军和延续灵气，团队在山的右侧——"椅子的扶手"上建了一个亭子，名曰"将军亭"。可是，亭子一立起来，团队就在1998年军队改革调整中被裁撤了。于是，很多人开始指责团队决策的失误，说"将军亭"读音犯忌，动土建亭断了当地的龙脉。

其实，人世间的许多事就是这样怪，很难用科学道理解释清楚。我第一次听到这个故事时，觉得建亭孰对孰错，也无法定论，但十分敬仰山沟圣地，渴望有朝一日能实地考察，挖掘当地更为动人的故事。

2009年5月，我部慕名到该山沟驻训。仔细打量，山沟土地湿润肥沃，沟谷近千平方米，几条规则的土路划分出树林、田野、村庄和废旧营房，一条由北向南的小河沟依恋着村庄，日日夜夜诉说着这里贫穷的生命史。

山沟的天儿，除了刮风下雨，时常飘着朵朵白云，有时蓝得晶莹、均匀，没有一点瑕疵，简直就是无边无际的蓝色水晶，看着令人十分舒坦。官兵在这种纯净与浩瀚的天空下训练与欢歌，像豢养的鸟儿逃出笼子，既新鲜又超脱，每天总有使不完的劲、流不尽的汗。清早起床，我总是沿着土路跑操，累了就停下脚步，看看青青苞米叶上的晶莹水珠，闻闻五彩缤纷野花释放的芳香，听听树林里的喜鹊和不知名鸟儿的叽叽喳喳声，内心常常生发"清气澄余滓，杳然天界高"的感慨或漾出"蝉噪林逾静，鸟鸣山更幽"的意境。甭说，山沟晨练的过程就是净化心灵的过程，以往很多内心的困惑和烦恼在清新的运动中，会突然开窍、顿时释然。

如果碰到山沟刮风下雨，过后欣赏景致是很怡人的事情。平时云雾缭绕、模糊不清的山体轮廓，这时分外清晰、鲜明，身上、心里好像也受到风雨的涤荡，一洗久存的尘俗和忧愁，备感爽朗、清凉和松心。要不是亲身体会，很难理解王维在辋川山庄里吟出"空山新雨后，天气晚来秋"诗句之绝妙。更惬意的是，山沟平时细流涓涓、浪花轻卷、潭水盈盈的小河，映现了童年无数捉鱼和戏水欢乐的记忆，还有散养的鸡肉、鸭肉、羊肉、猪肉和各种野菜的清香，吃起来满口流香，一连几天也挥之不去。

坦率地讲，山沟环境虽清新优美，但观村容屋貌，居民生活并不富裕。记得第一次进山沟时，村里公路坑洼不平，各种家畜的粪便和垃圾散在路上无人拾掇，那种气味熏得人心翻江倒海。我们扎营后，获悉村里中青年长年外出打工，留下的基本都是儿童和老年人，便立即出动300多名官兵为村里修路和打扫卫生，孩子乐得屁颠屁颠地跟着官兵戏耍，大爷大娘笑脸相迎，不停地夸咱们不次于村里当年驻扎部队的官兵。

我很理解山沟百姓依恋的情愫。俗话说，靠山吃山，靠水吃水。凡是部队驻扎地，都会给当地居民的生活与经济带来福利。我以为他们热情相迎，是为了满足揩油的小九九，没想到与一位大爷的聊天，却让我出乎意料、敬意顿生。

以前，山沟驻扎团队时，军爱民、民拥军的故事，一直在当地成为佳话。平日里，官兵每天维护着村里的土马路和卫生，干干净净、平平整整，使村里人像穿上干净衣服一样体面；村里哪家有喜忧事，团队会派人随份子；过去村里不少家庭十分贫困，有的连队炊事员会偷偷地送些馒头或米饭；改革开放前，山沟放露天电影是很稀罕的事，团队会邀请居民与官兵一起分享；春节来临，团长、政委代表团队挨家挨户给居民拜年。而村里人也非常拥护团队，不管是官兵个人还是单位有棘手事，居民获悉后准保鼎力相助。据说，有位干部的妻子分娩后没有奶水，村里一奶妈像对待自己孩子一样喂养3年。后来，这个干部当上了集团军军长，第一次到该团检查工作，当团长、政委毕恭毕敬地在驻地门口迎接时，没想到军长的小车直奔村里当年奶妈的家。

像这样鱼水情深的故事太多了，大爷边讲边叹息："可惜呀，这么好的英雄团队，说裁就裁了。现在不光百姓留恋，就连远在广西、云南等全国各省的退伍老兵也恋旧，他们常隔三岔五地回来看老团队，看到你们一来就为村里修路打扫卫生，又找到了当年的感觉喽。"说着，大爷脸上就漾出得意的表情。不难看出，如今山沟居民生活虽有了很大改善，但他们仍不忘过去团队呵护下干净舒适的自然环境，更渴望拥有昔日军民共筑、和谐相处的精神家园。这是居民由物质需求向精神需求的升华呀！

当我和大爷聊得正热乎时，一位中年妇女凑上前不停地打听，问我们走不走、住多长时间、啥时再来。她的话题涉及了军事秘密，我避而不答。

大爷领会了我的意图，慷慨地说："小伙子，不用提防，她是前面路边山庄的老板，也是拥军模范哪。近些年夏秋，来山沟看老营房和到百姓家串门的老兵特别多，有时晚点，老兵会就地借宿，她家有个场子，房子多，常义务提供老兵住宿。后来，她干脆投资开起了山庄，没想到生意越做越红火。"

大爷边介绍，妇女边笑容满面。最后，她热情地说："这都是为老兵提供点方便，有时老兵真多，成建制地来老团队体验军营生活，吃住都在我山庄，他们的活动都军事化，编连编排编班、点名、报告正规有序，一点儿也不逊当年。兄弟，姐的山庄环境好，非常实惠，欢迎你们随时光临，我自己散养有鸡、鸭、鹅、羊、牛，可以垂钓，还有烤全羊，你们官兵家属若来队，我保证免费提供住宿。"

我仔细品味二位的话，虽朴实，但有一番哲理。心想，退伍老兵和山沟百姓心灵如此地萦系老营房，无疑是当年结下的鱼水之情和友谊之爱感动了良知，成为支撑他们生命不可缺少的基因，所以今天才格外留恋那种精神之根。

反思现实，生活亦如此。人的精神家园是充满感动的，因为只有感动自己，才能感动别人。感动自己是心灵的洗礼，感动别人是美丽的征服。由感动到行动，是一次心灵净化的过程。虽然感动者未必去付诸行动，但行动者必然曾经感动。回顾自己人生的许多感动，脑海至今有两道烙印尤为深刻。

1998 年 8 月，沈阳军区各精英部队云集哈尔滨抗洪。一天，我从双城市双城乡到哈尔滨市内洗照片，当我向一位拉活的大叔打听彩扩社时，旁边 20 多人立即把我围了起来，纷纷问我去哪里，争着为我带路。他们过度的热情让我有点提防，为避免挨"宰"，我选择了一位憨厚的大叔送我。10 分钟后，大叔骑着摩托车把我送到目的地，我掏出 10 元钱表示谢意，他却拒绝："你们子弟兵抗洪太辛苦，我尽这点义务是应该的。"说完，他骑上摩托车就消失在人流中。瞬间，我眼角濡湿。心想，一个普通战士竟赢得了那么多陌生人的热情相助。

2008 年 5 月，四川汶川等地发生地震，我部接到搬运救灾物资的重任。一天晚上，我带领全营官兵在辽宁红十字会备灾中心向四川灾区搬运救灾物资，从仓库到卡车，短短的 100 米距离，我营官兵拉成人墙，轮番上场，那些原本很重的包裹在大家手中轻松传递。为鼓舞士气，我安排一骨干组织唱歌助威："咱当兵的人，有啥不一样，只因为我们都穿着，朴实的军装……"那歌声是冲锋的号角，也是激进的动员令。不到半小时，近千名志愿者闻讯而至，一起投入战斗。当时，不巧天空下起了冰雹和瓢泼大雨，军民却干劲未减，人墙在雨雾中形成了一道迷人的风景线。翌日，当地电视台进行了宣传报道。

回忆这段真挚的情感体验，我更坚信生活需要感动，更理解山沟居民和那些留恋团队的退伍兵追寻精神圣地的热望和执着。三天后，恰逢周末，果然有十多名退伍老兵来看老营房，转了一圈后就下榻附近的山庄。夜幕降临，山沟非常幽静。突然，一阵欢快的军歌声从山庄中飘出："日落西山红霞飞，战士打靶把营归把营归，胸前红花映彩霞，愉快的歌声满天飞……"一阵风吹来，那旋律徐徐飘向天空，响得很远很远。于是，山沟因响起了这军歌而格外精彩。

（原载 《大众文化休闲》 2016 年第 10 期）

第二辑　忠贞涅槃

中华民族，历经生与死的磨砺而凤凰涅槃；中华儿女，曾受血与泪的洗礼而浴火重生。我们不会忘记，那些直面死亡的残酷与冰冷，那些遭遇绝境的美丽与凄怆，一定是精神品质高贵的英雄演绎的经典故事。这是涵养新一代中华儿女思想观念和价值追求，须臾不可缺少的养料。

家教是"根"，儒学是"水"

隽语点睛

　　孔子曰："学而不思则罔，思而不学则殆。"习近平总书记教育党员干部要通过学儒学提升综合素养，总结历史经验与规律，我认为落到实处应"准确把握'本义'，化知识为思想""多方参考'他义'，化思想为智慧""系统形成'真义'，化智慧为德行"方为继承创新和发扬光大。

　　家兴人旺，源远流长。但凡小有成就的人，尤其是名门或望族的形成，其背后必不可缺少典范家教涵养的因素，如《朱子家训》《弟子规》《曾国藩家训》《颜氏家训》等家训家风彪炳千秋、影响万古，至今被人追捧、令人敬仰。可见，好家教是立世做人的有效根基，是发家扬名的不二法门。

　　"人之初，性本善。"婴儿从呱呱坠地就开始接受家人言行的熏陶和人文的哺育。客观讲，家长教育引导好，孩子才能健康成长，家才能和顺美满、兴旺发达；家长育人思想偏失，是要误人子弟，难免殃及子孙、贻害社会。很多年前，社会上就流传一则故事：一犯人临刑前要吃母亲一口奶，结果犯人吃奶时咬掉了乳头，责怪母亲平时溺爱他、宠爱他，不以道德标准和法律准则去教育他、要求他，造成他是非不分、为所欲为，最终沦为阶下囚，丢掉性命。如此"上梁不正下梁歪"的事实表明，父母是子女人生的第一任老师，其言行的确决定孩子成长的方向。

哲人有言，人如草木，根底深，水源足，枝叶茂，就像非洲草原的尖毛草一样，上半年干旱深扎根，下半年雨足疯长叶。无须赘言，父母优良的基因和正派的家教才是深扎人生之根，后天持续的学习实践和磨砺锻炼才是成人成才的水润保墒。二者循序渐进，紧密联系，不可分割。可以说，深扎根，勤水润，人生才能实现从无知到渐知再到深知的渐进过程。这是我们成长须悟透的生活哲理。

更值得提醒的是，两千多年以来，泱泱中华始终视儒学为人生、社会和国家之"水脉"，因为儒学具备道德、政治和法律、信仰三位一体的社会功能，蕴含着十分丰富的治国理政的历史经验和宝贵的思想文化遗产，其中包含着许多涉及对个人、社会、民族、国家的成与败、兴与衰、安与危、正与邪、荣与辱、义与利、廉与贪等经验与教训，是"修身""齐家""治国""平天下"的至理法宝。抚今追昔，儒学不是空泛的哲学或僵化的伦理，而是有着生动的实践性和与时俱进的生命力，我们需结合实际，灵活运用。

吮吸儒学的"水"，重在分辨。儒学是智慧学，内容丰富，有先秦子学、汉唐经学、宋明理学、清代实学、近现代新儒学和当代新儒学六种基本形态，它推崇仁政王道的政治观、义利辩证的经济观、与时俱进的历史观、道德实践的知行观、万物和谐的生态观五种基本主张，还具有道德理性、人文性、整体性、实用性和开放性五大基本特性。从儒学的整个发展历程来看，它经历了春秋末到战国末的兴盛期、战国末至汉武帝执政的衰退期、汉武帝执政到东汉分裂的兴盛期、魏晋至隋唐的动荡期、宋元至明清的兴盛期、清末至当代的传统儒学全面衰落和现代新儒学的酝酿重建期。其思想轨迹有起有落，总体上对古老中国的发展产生了深刻影响，但在学习实践时，我们需时刻注意克服其局限性，如"朴素唯物史观"和"三纲"等思想就不适合新时代的要求，还要会区别对待当前敌对势力散布的鱼目混珠的言论，如歪曲事实的"历史观"

和"英雄观"等。高山仰止，景行行止，虽不能至，心向往之。所以，我们要增强理论自信，择其善者而继承，择其不善而摒弃，坚决不能厚古薄今、以古非今，而要古为今用、互融相通。

消化儒学的"水"，难在实践。实践是检验真理的唯一标准。儒学的"道德""仁爱""清廉""礼义""忠敬""勤学""齐家"等修身立德论，看似简单明了，实则知易行难。如"仁"作为儒家思想的核心概念，孔子每每论及时，都不说仁"是什么"，而是说"如何做到"仁，他再三强调人只有通过不断实践，才能近于仁、依于仁、安于仁。另外，儒学的"礼法合治""德主刑辅""民生为本""选贤举能""取信于民"等治国理政论博大精深，对开拓创新，破解危局难题提供了一种科学务实的思维方法和精神动力，对救治当今社会不同程度存在的道德滑坡、唯利是图等弊端无疑是一剂对症良药。如解释"王道"与"霸道"的区别：前者依靠自己的道德风范，受到别国人民的敬仰，心悦诚服地主动前来投奔，从而逐步强大起来；后者倚仗自己的军事实力强行兼并别国，虽然被征服者表面上迫于威力而屈服，但内心满怀仇恨，一有机会就会起来反抗。由此想到某些国家为了利益到处围追堵截、杀人放火，受害国家满目疮痍，百姓苦不堪言，而我国伸张正义、维护和平，采用"一带一路"等倡议帮助许多弱国脱贫致富，生动地诠释了我国王道的本质。对此，我们不难理解，目前世界上很多国家设立孔子学院研究儒学，有的一个国家就设立近百所，他们潜心研究和运用儒学的举动实在令人敬佩，但其过程和结果令人费解与叹惜，因为中华文化经天纬地、博大精深。

涵养儒学的"水"，贵在自觉。儒学推崇"知行合一"的实践论，且重在"行"上，其意指认知与实践辩证统一，不可分割。即"知"是"行"的出发点，是指导"行"的，而真正的"知"不但能"行"，而且是已在"行"，如博学、审问、慎思、明辨皆是行；"行"是"知"的归宿，是实现"知"的，而真切笃实的"行"必有明觉精察的"知"在起作用。反思现实，有的人说一套，做的是另一套，尤其是有些领导干部，会上与会下"知""行"完全脱节，不知礼义廉耻和天理良心，结果身败名裂，锒铛入狱，其罪恶行径极大破坏了党政军形象与权威。为此，习近平总书记在一系列讲话中特别强调"知行合一""以民为本""以德兴国，以文化人"等思想，这充分体现了习总书记对儒学精髓的正确把握，同时也表明儒学不是僵化的，而是具有强大生命力和实践意义的鲜活文化。还应反思到，在实现中国梦的当下，有些人最缺的是"魂"，导致社会人心失衡，行为失范，社会失序，我们应掀起广泛学习儒学的高潮，树立正确的义利观、荣辱观和发展观纠治民心，让全社会确立以"良知"为核心的道德自觉，这种安魂工程对民族复兴无疑具有唤醒人文精神和点燃理想之光的积极意义。

孔子曰："学而不思则罔，思而不学则殆。"习近平总书记教育党员干部要通过学儒学提升综合素养，总结历史经验与规律，我认为落到实处应"准确把握'本义'，化知识为思想""多方参考'他义'，化思想为智慧""系统形成'真义'，化智慧为德行"方为继承创新和发扬光大。

纪念烽火永旺

隽语点睛

纪念抗战，不是沉湎于苦难、停留于悲情，而是求发展大计、谋强军之策。抗战中，党动员人民、武装人民、依靠人民打响人民战争，广泛采取军队与民众、内线与外线、公开与隐蔽、前方与后方等方式相结合，特别是敌后军民独立自主地开展游击战，创造了人类战争史上的奇迹。

纪念抗战，镜鉴当下。回眸战后振兴这 70 年，各种抗战的影视精品迭出、国耻的警钟响彻寰宇，网络和文坛的抨击更是振聋发聩、深入人心。尤其是在甲午殇思之际，国家确定每年 9 月 3 日为"中国人民抗日战争胜利纪念日"、9 月 30 日为"烈士纪念日"、12 月 13 日为"南京大屠杀死难者国家公祭日"，邀请外国首脑出席反法西斯胜利 70 周年阅兵式，这些举动令中华儿女扬眉吐气、拍手称快。反思轨迹，不难看出，抗日的硝烟虽已远逝，但纪念的烽火越燃越旺，中华民族注重时刻从那沉甸甸的历史中总结经验教训、汲取智慧韬略，才能逐步摆脱贫困、奔上小康、展望辉煌。

前事不忘，后事之师。日本侵华战争，中国人民付出的代价是非常惨痛的，每每想起百万无辜者的殒命、看到烧杀掠夺的图文，就有剜入心骨、痛彻肺腑之感。70年来，饱尝战争苦难的中华民族深知胜利与和平来之不易，从来都没有停止过研究、反思和纪念抗战，目的就是要铭记历史、警示未来、珍爱和平、遏制战争。所以，不管国际形势如何变幻莫测，中华民族总是果断抉择，勇挑重任，沉着应对，坚定维护和尊重各国的主权、安全和发展利益，做到永不称霸、永不扩张，让那些否认、歪曲、篡改、抹杀历史的企图遭到世界良知的谴责、正义的唾弃。应该说，纪念抗战，镜鉴抗战，与中国改革发展和繁荣富强是一脉的自觉行动，是相伴的永恒课题，我们务必全力以赴、积极参与。

纪念是为重温历史，凝聚万众一心的抗战力量抵御外敌。我们纪念抗战，深度挖掘与解读抗战，是一种对历史的文化关怀，更是一种对民族的现实关切。九一八导火索点燃后，在民族危亡的重大关头，中国共产党挺身而出，以民族大义为重，率先举起抗日大旗，积极与国民党合作，团结全体中华儿女凝聚起御敌的磅礴力量，形成万众一心、共同抗日的战略态势，最终赢得伟大胜利。这一历史虽渐行渐远，但意义弥足珍贵、无法替代，由此引发的国防之思、海权之思、利益之思等等，事关国家和民族生存发展的命脉。当前，世界体系大变革、格局大调整，政治、安全依然是"西强东弱"，经济上是"东兴西衰"，全球治理则"南升北降"，国际反华势力为遏制我国发展，极力投棋布子、摆兵设阵、制造矛盾，"围、追、堵、截、拖"，我方形势日益严峻，甚至在意识形态领域大力渗透错误思潮，企图分裂和颠覆我国政权。面对这样一个复杂多变、极具挑战的战略环境和多元复杂的安全威胁，我们急需通过开展纪念活动，搞好思想总动员，引导端正认识，激发爱国热情，团结全体中华儿女众志成城、同仇敌忾，共同担负起维护国家统一、领土主权、海洋权益和发展利益的重任。

纪念是为超越历史，学习持久抗战的指导思路发展国家。抗战胜利，关键是战略指导发挥了作用，研究它是为了探索历史规律、破解现实难题、开拓未来前景。抗战全面爆发之初，国共两党都积极主动寻求御敌之策、制胜之道，还是我党有先见之明，综合分析中日双方敌强我弱、敌之战争非正义和我之战争正义性、敌失道寡助我得道多助等多种因素，全面系统地揭示了持久战的三方面规律：基本规律是持久战，最终胜利是中国的；发展规律是战争要经历战略防御、战略相持、战略反攻三个阶段；指导规律是八路军、新四军实行"基本的是游击战，但不放松有利条件下的运动战"。这种战略指导思想有效抵制了"亡国论"和"速胜论"两种倾向，引领中国军民以弱抗强、以劣战优，使凶恶残暴的日寇像一头野牛冲进火海，陷入灭顶之灾。当下，国家改革开放和全面建设小康社会进入深水区，"四种危险"和"四个考验"两类拦路虎挡道，党及时修订"道路、理论体系和制度三位一体"路线图，标明"总依据、总布局、总任务"路向标，我们务必通过纪念抗战，把瞬间的触动转化为恒久的信念和笃定的意志，围绕党的战略指导为实现两个百年奋斗目标和民族伟大复兴的中国梦而添砖加瓦、努力奋斗。

纪念是为担当责任，弘扬人民战争的优良传统耀我军威。纪念抗战，不是沉湎于苦难、停留于悲情，而是求发展大计、谋强军之策。抗战中，党动员人民、武装人民、依靠人民打响人民战争，广泛采取军队与民众、内线与外线、公开与隐蔽、前方与后方等方式相结合，特别是敌后军民独立自主地开展游击战，创造了人类战争史上的奇迹。据史料记载，抗战时，全国建立了 19 块抗日根据地，参加游击战争的部队由最初的几万人发展到百万大军，抗击了大部分侵华日军、几乎全部伪军。如今虽时代不同，但一代人有一代人的责任。与此对比，当下军人的使命任务不像抗战时那么单一，既有维护祖国统一的核心任务，又有现实的维权任务，更有多样性的应急任务，比以往任何一个时期都更复杂、更繁重、更艰巨，更有挑战性。作为新一代军人，应责无旁贷地担起历史重任，响应习主席践行强军目标的号召，弘扬人民战争的优良传统，积极支持军队改革，走军民融合发展之路，以建设一支强大的人民军队支撑古老民族的伟大复兴。

"路曼曼其修远兮！"抗战纪念的烽火一定永旺，因为中国改革未有穷期，因为中国特色社会主义建设任重而道远，因为中国共产主义篇章才刚刚开始……

（原载《东北后备军》2015 年第 9 期）

情投意合家儿圆

隽语点睛

其实，婚姻少不了卿卿我我，但这绝不是简单的你情我爱，需要双方互敬互爱，互帮互助，共渡难关，这才是好婚姻。当然，这说着简单，却得之不易。找到贤良配偶，已属难得；做到相濡以沫，难乎其难。老夫妻大多明白个中理儿，夫妻情感必经磨难、艰辛、分离、痛苦等考验，方能释放幸福的芳香。

中国传统的爱情观常见有两类，几乎每类都蕴含着惋惜与悲情。

其一，崇尚"一见钟情、情欲难分"。传统男女思想单纯、观念保守，见面若有眼缘，便脸红心跳、缄默着答，一旦认定，爱欲怒放，就铁心跟着他（她），甚至坚守"天地合，乃敢与君绝"的爱情誓言，但这种热恋多数难逃家族或长辈"门当户对""男尊女卑"等封建思想的束缚与羁绊，最终棒打鸳鸯散、强迫各自飞，结局令人痛惜。像梁山伯与祝英台、陆游与唐琬，其"无言到面前，与君分杯水"和"东风恶，欢情薄"等诗句脍炙人口、流芳千古，至今回味令人心意缠绵、悲悯丛生。

次之，听从"父母之命、媒妁之言"。儿女到了谈婚论嫁的年龄，父母根据自己的意愿强制包办婚姻，若王八对上了绿豆，幸福自不待言。否则，小两口别别扭扭，从此不得安宁。我父亲就深受这类思想的毒害，婚前压根儿没看好老实巴交的母亲。迫于无奈，婚后常与母亲吵嘴、干仗，过而立就气成了疯子，治愈后又得了风湿性心脏病，结果45岁撒手人世。后来，听村里长辈讲才知，父亲青年时看好邻村一才女，可奶奶死活不同意，硬是把母亲撮合到家。就这样，父亲内心一直埋怨、憎恨奶奶，我童年的印象也随着缺温馨、少和睦。

甬说，封建思想就是时代的桎梏。父母包办婚姻、肢解缘分、摧残子女精神、抹杀家庭幸福，是可忍，孰不可忍。可怜的子女，拗不过老人的意愿，唯独能自主的，就是让幻想在内心苦涩地充盈。可见，家庭能强迫组建，话语也能随意杜撰，唯独情感一直不可敷衍，是怎般情感，便有怎般家庭。也就是说，夫妻情感是家庭幸福的一种内核与砝码，家庭幸福是夫妻情感的一种外化与呈现。

如今，时代不同了，人们思想开放，观念更新，生活富裕，男女追求伴侣自由，不受传统思想约束，但变得越来越现实，注重物质基础，忽视感情维系，有的不顾年龄差异和舆论谴责而屈尊嫁娶，结果闪婚家常便饭，离婚司空见惯，家庭的惋惜与悲情仍在赓续。某部士官小姚，入伍痴迷军事、苦练技能，当兵第一年脱颖而出，第二年小有名气，第三年成为得力骨干，第四年赢得"金牌王"赞誉，第五年组建了小家庭，随即有了儿子。在众人眼里，小姚的家庭是非常幸福的。可是，小姚因爱岗敬业，顾家颇少，收入不高，妻子决然离他而去。面对困境，小姚把儿子送到父母身边，更加专心地投入到训练中，成为军区响当当的"金牌王"。驻地一位女孩儿听说他的事迹后，感动之余投来爱慕之情，经过一年相恋，又重组家庭，十分温馨。妻子的支持理解使小姚如虎添翼，很快成为军区比武场领军人物。2013年秋季，小姚被评为全军"百名好班长新闻人物"，到北京参加了颁奖仪式，受到军委首长接见。如今，小姚儿女双全，功勋卓著，生活甜似蜜。

对比看来，现在社会是发展进步了，择偶无拘无束，但良莠不齐、诱惑多元，维系家庭幸福的仍是夫妇情感这根纽带。乙未年正月初四，央视新闻联播专题报道，军嫂王琼从西安出发，到扎玛纳什边防连探望丈夫闫静秋，3700 公里的距离历经 8 天的辗转才平安到达。当记者问她为何能忍受分离痛苦与孤单寂寞时，一句"因为我爱他"道出了他们幸福的独白，瞬间让亿万观众顿生敬意。

不言而喻，家庭的幸福需要遵循情感的逻辑，就像优美的诗歌一样因情而动人。如《诗经》，最百读不厌的是那渭水河畔寤寐思服、辗转反侧的爱情；《离骚》，感动最深的是那憔悴诗人举世皆浊我独清的情怀……这说明：家庭幸福是人生情感绽放的花朵，里面必然充盈着不同流俗的襟怀与独一无二的性情。

其实，婚姻少不了卿卿我我，但这绝不是简单的你情我爱，需要双方互敬互爱，互帮互助，共渡难关，这才是好婚姻。当然，这说着简单，却得之不易。找到贤良配偶，已属难得；做到相濡以沫，难乎其难。老夫妻大多明白个中理儿，夫妻情感必经磨难、艰辛、分离、痛苦等考验，方能释放幸福的芳香。中央电视台有个《向幸福出发》的节目，讲述的基本都是夫妻共患难的故事，内容真挚感人、催人泪下，我每看一次心灵都受到洗礼和升华。仔细思忖，这只是社会的个例，放大到群体，要数军人的爱情神圣。因为军人敬业懂爱，无论是在边防哨所、海防连队，还是在巡航艇上、维和的异国他乡，甚至抗震救灾的废墟旁，军人的心始终心系家庭，军嫂在家中只要拽拽情感的丝线，丈夫就像飘在空中的风筝一起同频共振。更让女人心动的是，军人政治合格、忠诚可靠，无论身处多么丰富多彩的境地，都不会喜新厌旧，更不会见异思迁，把感情看得如同对人民、对国家、对党一样忠诚。而军嫂，不愧是贤内助，得忍受分离痛苦，担当家庭重任，上养老人，下顾子女，家里有啥头痛脑热的病情还得佯装平安无事，目的就是支持丈夫安心工作。如此看来，您说军人的婚姻是否称得上嫁良娶贤呢?!

当然，夫妻情感需要呵护、需要培育、需要保鲜，方能幸福长久、弥散芳香……

（原载《大众文化休闲》2015 年第 6 期）

钢　枪

隽语点睛

　　钢枪常在艰苦环境中游走，在饥寒交迫中受命，在敌众我寡中斗智斗勇。一旦子弹消耗殆尽，钢枪才恢复野性，开始不羁，发出心声与怒吼，挥洒精神与气节。即便明知不敌对手，也要通过枪刺搏杀，力争浩气凛然地生，抑或义愤填膺地死。

　　钢枪是军人高贵的灵魂。无论是在温柔之乡还是疆场之旅，钢枪始终铁骨铮铮、宠辱不惊。

　　钢枪是军人犀利的眼睛。在勇敢的心和强有力的手的助推下，钢枪善于百步穿杨、万无一失。

　　钢枪是军人木讷的柔肠。头顶蓝天，身沐星光，孤寂难耐，钢枪总是冷却思念和爱意的温度。

　　战争年代，钢枪的使命是争取民族独立、让百姓翻身做主人。为追求信仰和践行宗旨，钢枪常在艰苦环境中游走，在饥寒交迫中受命，在敌众我寡中斗智斗勇。一旦子弹消耗殆尽，钢枪才恢复野性，开始不羁，发出心声与怒吼，挥洒精神与气节，即便明知不敌对手，也要通过枪刺搏杀，力争浩气凛然地生，抑或义愤填膺地死。如今，钢枪的风采在岁月中日渐褪色，唯有枪管、弹夹和划痕，悄悄地记录自己的功绩和年轮。

和平时期，钢枪的职责有了外延，不仅要时刻备战、准备出击，还要呵护安全、守卫领土，抵制邪恶、伸张正义，更要经受酒绿灯红、颠覆势力的严峻挑战。可是，由于岗位分工的不同，钢枪的就业有三六九之分，有的忙碌，有的清闲，有的过早到了服役期就提前退休，有的落伍了就被迫下岗。尽管如此，钢枪却从不攀比，也不抗议，更不怨憎。

步兵手中的钢枪，是练兵场的主角。它们永不知疲倦，从早到晚，长年累月，不是操练动作，就是啪啪地响个不停。待到比武考核、对抗演习、大型阅兵，它们更加精神抖擞、意气风发，大显精准之美、威武之风。

炮兵、坦克兵、防化兵、通信兵等兵种的钢枪，性格孤僻，沉默寡言，属于那种十天半月、一年半载都不发一言不懂抗议的兵器。它们常扮演助手的角色，需要时才出场调配一下观众的口味，其他时间常被冷落，蛰伏在黯淡的铁柜里静以待命。

哨位上的钢枪，具有火眼金睛的辨别力，打眼便知进出和来去人员的真实意图。它们最讲原则，每天 24 小时严守岗位，无论是大小首长、各类兵员，还是普通居民、敌特分子，只要触碰了哨位的底线，就勇于查问、拦截、扣押，甚至不经请示，就地正法。

最荣幸的是三军仪仗队里的钢枪，它们常在迎送仪式上，受到国家元首、政府首脑、军队高级将领至高的夸奖，在升旗、纪念、庆典等重大国事活动中，受到政府官员、普通民众和海外华人敬意的注目。这些钢枪虽荣耀多、阅历宽、见识广，但始终保持谦谨作风、逼人帅气、威武英姿。须知，它们每次上台露脸只有几分钟，可背后要下功夫流出上吨的汗水，磨破无数的马靴。

钢枪的队伍发展很快，由过去几十人的开拓先锋者，发展为今天230 万人的陆军、海军、空军、火箭军和战略支援部队。不管在哪儿，钢枪总保持本色，坚守原则，永不攀附权贵，永不巴结势利，永不讨好名门，只听命自己的主人——中国共产党。

啊，钢枪，您如此忠诚、纯洁、可靠，试看天下谁又能敌呢？！

信守诺言

隽语点睛

　　真正的战斗英雄是很讲信用的，会像入伍誓词说的一样去为国家战斗。只要大家做到了，组织会铭记的，人民会抬爱的，国家会重奖的，像我们的革命前辈杨子荣是英雄的典范，后人将他的事迹演绎成红色经典《智取威虎山》，周恩来总理还指派专人查找他。如果大家都有这种高风亮节，那才是最高的奖赏……

　　这是从课堂听到的一个感人故事。那天，部队长姜旭光在台上授课，台下官兵个个都竖起耳朵聆听，还不时兴奋地鼓掌。当他讲起这个故事时，所有的人都为之一怔。

　　故事的主人公是一位历经战火洗礼的老兵。那年，这位老兵任指导员，连队奉命奔赴边疆作战，全连官兵个个摩拳擦掌，豪情满怀，但多数同志希望借机杀敌立功，出人头地。老兵获悉后，在战前动员时带领大家重温入伍誓词，并激情洋溢地说："军功章是对工作的肯定，很诱人，也很有价值，但其数量有限，不可人人获得，大家要正确理解其内涵。须知，真正的战斗英雄是很讲信用的，会像入伍誓词说的一样去为国家战斗。只要大家做到了，组织会铭记的，人民会抬爱的，国家会重奖的，像我们的革命前辈杨子荣是英雄的典范，后人将他的事迹演绎成红色经典《智取威虎山》，周恩来总理还指派专人查找他。如果大家都有这种高风亮节，那才是最高的奖赏……"瞬间，老兵铿锵有力的话语点燃了一团信念之火，偾张了满腔报国之志。

战场上，那个连队勠力同心，士气高昂，所向披靡，几乎没出现人员伤亡。可在最后一次战役中，连队就祸不单行。先是连长不幸牺牲，接着是老兵带领队伍冲锋时，撞上了一颗炮弹炸开的火花，肠子破肚而出。生命危在旦夕，可这位老兵置险情于不顾，只是简单包扎，躺于担架，仍冒险履行双重职责。为尽快打开险境的局面，他让新来的大学生副指导员带领炊事班和警卫排战士从右翼穿插，自己则带部队从正面冲锋，可副指导员很固执，带人从左侧穿插，结果进了包围圈，所带的19名弟兄全部被敌人"包饺子"，他个人被俘。直到战后，敌我双方交换俘虏时，那位副指导员才被放回，这时他已精神失常，理智失衡。

助手的失误导致连队大伤筋骨，老兵为此陷入深深的自责和痛苦之中。为了走出精神的低谷，他从战场下来后，主动放弃优越工作，选择退伍回家，自己成立公司，挣钱为连队所有牺牲战友的父母治病和养老送终，每年还组织幸存者为长眠在烈士陵园的战友扫墓。

老兵的事迹传开后，当地很多记者慕名前来采访，他却一次又一次地闭门谢客，且至今不渝。

就这样，老兵不为名、不为利，30多年始终默默无闻地奉献着，他觉得为战友做点力所能及的事，心里才舒适、熨帖。如今，老兵虽为商海阔佬，但仍保持着军人的内敛与刚毅，且始终不苟言笑。据悉，姜部队长与他也算是至交，多次套问那些硝烟往事，可至今只悉这个故事的梗概，且每次问及"执着"的根源时，他总是说："那是我最真挚的战友，当年在连队战前动员时我曾答应'不会忘记他们'！"

听完故事，我被这至真至纯的友爱深情所感动，也被这可歌可泣的善心义举所叹服，更对这不张不扬的处世风格产生敬仰。其实，在这位老兵看来，目的很简单，就是为了信守一句"不会忘记他们"的诺言。而对社会来讲，这是一部嘉言懿行的生动教材。为此，我常常感叹："德高望重，功在平时，说易行难哪！"

不难看出，信守诺言是展示个人素养的天平砝码，是加强沟通交流的精神纽带，是促进社会和谐的道德基础，自古至今，须臾不可缺少。

回溯历史，在我国传统文化中，有许多反映信守诺言的生活态度和人际关系，诸如"诚信者，天下之结也""得黄金百斤，不如季布一诺""君子一言，驷马难追"等名言千百年来广为流传，至今日益成为构建社会主义和谐社会的主要因素。

然而，近些年来，在经济体制的转轨过程中，受西方思潮的影响，诚实守信的价值观也出现些许瑕疵，仅从法律角度来衡量，基本上人人都能做到，若从道德良心方面来审视，结果就莫衷一是，如假冒商品屡禁不止、违约失信现象屡见不鲜等问题仍有市场，但是国家及时树立"以诚实守信为荣"的荣辱观加以抵御，还建立和完善了诚实守信规范和利益约束机制，日益提升了社会的诚信度。这些实践表明：人不守信不立，家不守信不和，业不守信不兴，国不守信不稳，世不守信不宁。

由此可见，信守诺言是一种思想素质的蓄养，是一种文明规范的推崇，是一种传统美德的弘扬。作为一名军人，肩负着党和人民赋予的历史使命，理应争做信守诺言的实践者，时时要把入伍誓词"服从中国共产党的领导，全心全意为人民服务，服从命令，严守纪律，英勇顽强，不怕牺牲，苦练杀敌本领，时刻准备战斗，绝不叛离军队，誓死保卫祖国"作为自己检验行动的标尺，唯此才能军强国兴党盛。

（原载《大众文化休闲》2013 年第 7 期）

云儿夕阳红

隽语点睛

　　云儿哪顾及那么多，因为经历这 30 多年的爱情沉淀，她深知，爱来爱去，最后全是心疼，全是怜悯，全是那剪不断理还乱的真情。至于结婚证，那只不过是爱情的标签，婚礼也不过是爱情的礼赞，这对他们来说已经并不重要，重要的是开心安度晚年。

　　世界上最远的距离，不是星与星的轨迹，而是轨迹交会却在瞬间无处寻觅。纵然如此，但两星仍由远及近地吸引、感知、坚守，任何时空和物质都挡不住彼此内核的融合。一次聚会，推杯换盏间听到一对老兵异国恋情夕阳红的故事，内心不由得生发感慨。

　　那年初冬，上甘岭战役告捷，亭亭玉立的云儿随演出队赴战场一线慰问演出。她实在太抢眼了，不到二十岁已是干部，修长的身材，齐耳的短发，眉清目秀的脸庞让疲劳的官兵看着心花盛放，还有那幽默的台词、嘹亮的歌声、优美的舞姿使得大家欢呼雀跃。一时间，她成了战地明星。

　　一天，云儿刚走下演出舞台，某英雄师张政委就上前幽默地问：

"姑娘，你的表演太好了，台下的掌声比我们师长作战前动员还热烈，恕我冒昧，有对象吗？不少小伙都看上你，尤其我们作战科王科长已经缠我好几天了，非要我出面牵线保媒，他也很优秀，是我们'中军帐'的高参……"

云儿听后蒙了，脸上泛出少女的羞涩与绯红，转瞬用异样的表情反问：入朝参战动员时，组织要求官兵"三过家门而不入"，上了战场没结婚的不能谈恋爱，结了婚的不能同房，难道您不知道吗？况且，行军打仗任务重，战斗那么激烈，环境那样艰苦，哪有心思谈恋爱呀？

张政委一眼洞穿她内心疑团，立即补充道："为了关心干部生活，组织规定团以上干部现在可以结婚。我们王科长能文能武，作战勇敢，是个非常优秀的干部，将来也一定是个靠得住的好丈夫。"

听了介绍，云儿不好意思拒绝，但一寻思，作战科是指挥打仗的核心部门，该师因打胜仗出名被誉为英雄师，想必他一定是英雄，不如先认识一下。这时，她的脸已红到脖子根，只好腼腆点头。

相亲很神秘，在一个隐蔽的防空洞。进门，一个阳刚帅气、英武勃发的高大男子迎面而来，目光碰撞，他不知所措，半天支吾不出话来。还是云儿主动，随手给他倒杯水，很自然地坐在他的对面。沉默片刻，他终于开了口："看了你的演出，我很敬佩。当时想，如果能娶你做终身伴侣那该多幸福，所以我就找组织帮忙，你不会介意吧？"

"哦，哦，我不是专业演员，原是军后勤部的文化教员，上甘岭战役一结束，军后勤部立即抽调十多位同志组成一个慰问小分队赴前线慰问演出。我也没啥特长，主要任务是在演出前宣读后勤部党委的慰问信，唱歌和跳舞是排练时现学的……"

短暂的介绍和交流，彼此默契，好感遽增，像一火星点燃了两颗干柴般的心。《诗经》说："蒹葭苍苍，白露为霜。所谓伊人，在水一方。"古往今来，追求美好而理想的恋人总是艰难曲折的。二人深知，入朝作战已经两年了，广大战斗员连故土和亲人都不敢想象，哪还敢考虑对象，眼前能邂逅，实属天赐缘分，极为不易，当即同意书信来往。

王科长的确有才，他14岁参军当小八路，1942年到延安抗大学习过文化，尤其10年的革命锻炼使其理性渐臻佳境。首次给云儿写信，他使出全身劲射出丘比特利箭："心爱的姑娘，提起笔来给您写信，内心有说不完的话，有使不完的劲儿。这不但不会影响工作，反而促使我更加发奋，下次战役一定打出好战绩来回报你。我愿自己／是一条清澈的小溪／弯曲地穿过贫瘠山谷／愿心爱的姑娘／是一条活泼的小鱼／在我浪花里愉快地游来游去／／我愿自己／是一片茂密的山林／战火怎么也摧毁不了我的葳蕤／愿心爱的姑娘／是一只欢快的小鸟／无忧无虑地在我枝头鸣叫和筑巢……"

甭说，"箭头"一下子就戳住了云儿的心，那种浪漫、婉约、细腻的文字当天搅得她深夜心绪难平：他在干什么呢？他是不是在熬夜加班？他是否真的喜欢我……云儿内心很矛盾，回信怕影响他工作，不回又担心双方内心纠结，最终委婉回复："你的工作重要，如果忙，任务紧，来信三言两语报个平安就行；你的工作繁重，如果累，身心乏，想想我不太专业的舞姿和歌声，也许能拂去一丝倦意……"就这样一来二去，两人感情像旺火炉上的水壶很快升温。

一次，英雄师有车来军后勤部办事，张政委专门协调把云儿接到王科长住宿地。四五平方米的小茅屋，里面放着一张用树干支撑着的床，床上"豆腐块"干净整洁，床头边置着木板钉起来的小桌子，上面搁着一摞翻得稀巴烂的书。这也太简陋了，云儿看着心酸，但转瞬想到，革命前辈都是在艰苦环境中建功立业的，眼前的一幕也许是英雄师称谓的一缕诠释吧。随即，她内心又漾起一层敬意的波澜。

云儿还没缓过神儿，这时门口已挤满了官兵，大家不约而同地邀请她跳舞唱歌。盛情难却，她只好唱了电影《白毛女》中喜儿的插曲。歌声一落，大家掌声四起，笑声不断："快结婚吧，就把这草屋做新房……"

第二天上午，师首长像迎接自家未过门的媳妇一样热情款待云儿，并你一言我一语地夸赞：王科长是师里懂指挥作战、精专业技能、善出谋划策的帅才，打起仗来就往前沿阵地跑，战地上的地形地貌他都了如指掌；小王不仅作战勇敢，学习也很刻苦，无论是下连队还是在战场，他都带着书，有空就抓紧学习，是个难得的好同志呀，你俩很般配，快打报告结婚吧……一片赞扬声，滋润得她芳心吐蕊、爱意开怀。

又有一次，云儿利用参加写上甘岭战役后勤工作总结的机会，专门去邻近英雄师看朝思暮想的意中人。这次她没惊动师首长和战友们，而是走出山谷约会。二人漫步在山间小道，一个朗诵诗歌，一个激情舞蹈，玩累了又坐在石墩上谈未来，谈理想，谈战争。

"上甘岭战役震惊世界，你们师被誉为英雄师，有何感受？"

"我军以劣势装备粉碎敌人 100 多次进攻，整个山头被削低 1 米，志愿军战士却岿然不动。经反复争夺，最终还是我们胜利！这靠的是什么？靠的是上级领导的英明决策、正确指挥，靠的是我们志愿军战士的机智、勇敢。须知，美国是武装到牙齿的头号帝国主义，世界上没有一个国家打败过他，今天却被我们志愿军打败了，我们都为这次战役打出了军威、国威而骄傲自豪……"

谈到尽兴处，他们沉默无语，躺在石墩上仰望巍巍群山。这时才发现，朝鲜的山水很美丽，漫山遍野的山花在向他们微笑、祝福，还有明媚的阳光照射在山间的湖面上，闪着点点亮光，像一群群银色的蝴蝶在碧绿的地毯上为他们欢歌、舞蹈。也许是触景生情而心有灵犀，也许是情窦初开而欲罢不能，王科长鼓足勇气，翻身拥抱，轻轻一吻，甜蜜的激情像电流般通透全身，阳刚与柔情就这样首次幸福交融。

"我们结婚吧？"王科长进一步示爱。

这时，云儿恍惚领悟到，爱情是一种人性，爱情的秘密也就是人性的秘密，人世间还有什么情感比这突如其来的吻更甜蜜、幸福和细腻呢？！她想嫁给他，但惧怕怀孕被送回祖国留守处。她反复思考，最后断然提议：现在不写报告，等战争结束，回到祖国再结婚，眼前各自任务还很重，上甘岭战役是胜利了，但战争并未全面结束，也许还有更大更艰巨的战斗等着打呢，我们必须坚守战前宣誓诺言。

王科长理解、应允，决定继续鸿雁传书。当天，他们高兴地回到各自岗位。

时光如梭，转眼朝鲜战争全面停战。回到祖国，云儿美滋滋地向组织递交结婚申请报告时，却遭到了晴天霹雳般的拒绝，理由是有人检举她对组织不忠诚。

原来参战时，云儿刚刚入伍，初到朝鲜就在一次战斗中被打散，最后被某军后勤部收留。她几次离开想找组织，军领导发现她很有才气，硬是被留了下来，没想到战地出名后，遇到原单位很多同志。出于嫉妒，一些人才在背后使绊子。

两年多的战地生死恋岂能被这点困难阻断，二人想方设法疏通，均没被批准。

云儿绝望了，哭着对王科长说："难道我们就真的缘分已尽吗？不，除了你，我一辈子不嫁。我等你，哪怕从青丝到白发。"

"困难只是暂时的，结婚只是时间的问题，我等你，非你不娶，哪怕等到来世。"王科长抱着她安慰。

那个年代的爱情观哪，一旦认定就铁了心，可不像现在这么随意，稍有不顺心就动摇。最后，他们约定，永远为对方坚守爱情，一定要"执子之手，与子偕老"。

很快，一年过去了。时间销蚀着爱，空间阻隔着爱，但二者怎么也阻挡不住他们对爱情的向往。不少人提亲，他们都一一拒绝。双方父母着急，逼他们分手，但棒打鸳鸯心不分，仍背着父母偷偷约会。单位不少人在背后说闲话，他们若无其事，依旧我行我素。

第二年，他们的爱情终于在父母的阻挡中产生裂痕。王科长的父亲因挪用公款和受贿东窗事发，负责处理这事的主要负责人却是在省里工作的云儿爸爸。

王科长暗地求云儿："让你爸放宽处理吧？"

"爸爸，这事您不放宽处理我就不活了。"云儿深知爸爸原则性极强，故意威胁。

云儿爸爸一听，怒目圆睁："孩子，你就死了这条心吧，你们不可能在一起，咋还那么固执呢。我是党员干部，岂能为你们的无知丧失原则。"

最终，王科长父亲被判十年有期徒刑。悲痛之下，母亲无奈地给他跪下说："儿子，云儿家那么绝情，你还能娶她吗？赶紧再找一个结婚吧，咱家的香火不能断哪！"

王科长沉默，母亲说得有道理。他尝试着与云儿断绝关系，但几天不见面，心里又隐隐作痛。

他还是忍不住找到云儿，袒露心迹："我们私奔吧？"

"不！这份爱情代价太大了，不能因为自私再往你母亲心伤上撒盐。父亲不在家，你得担起责任照顾母亲。找个姑娘结婚吧，我不怪你，你幸福就是我的幸福。"云儿主动对爱放手。

王科长抱着她伤心痛哭，安慰道："既然今生再无缘分，那么来生我一定娶你。别再浪费青春，你也结婚吧。"

分手后，云儿彻底清醒。当年底，她转业了，动员父母卖掉房子，重新买了新房，变更家用电话，决定永不再与他联系，目的是让他安心过日子。

可是，一次又一次的相亲，总也替代不了他在云儿心中的位置。

悲痛无奈时，云儿觉得，既然得不到心爱的人，业余从事他以前的爱好，也是爱他的一种方式呀。

于是，她开始学写诗歌，描写战地硝烟，歌颂战友情谊，抒发理性冲动……

就这样，云儿一写就是 30 年，出版了 10 本诗歌、散文等专著，但依然孤身一人，也没有与王科长联系。

此时，她的母亲已过世，父亲躺在病榻上，弥留时拉着她的手说："姑娘，爸爸对不住你，耽误了你的婚姻，去找他吧，也许……"

"他已有家了，还能找吗？"云儿哭着送走了父亲。

这时，云儿已是 50 多岁的人，发有银丝、额有皱纹，虽然她的心还是 20 多岁时那样如痴如醉地爱着他，惦记着他，但极不愿意打破他平静的生活。

转眼云儿退休了。虽步入晚年，但她文学创作正值青春，每月赴全国各地参加创作笔会，以文会友，游山玩水，生活十分充实，内心早已淡忘那些儿女情长往事。

哲人说，真正的爱情并不会因为一次失败而失去，也不会因为一次成功而赢得，务必历经千难万苦才成功，并像窖藏的老酒一样愈品愈香。

一天早晨，云儿遛弯，无意中从收音机里听到一则寻人启事。一老头在参加舞会的路上被轿车撞倒，送医院抢救后一直昏迷，但嘴里时不时喊着"云儿"的名字，他女儿以前隐约听到那些"秘密"事，那是她父亲多年未见的战友、恋人，希望通过电波找到她。

刹那间，云儿崩溃了，哆哆嗦嗦地赶到医院病床前。

30 多年未见了，除了头上多些白发，脸上多些皱纹，还是当年那么帅气。她忍不住扑上去，握住他的手，激动说："你醒醒啊，我是你的云儿，我来看你了。"

奇迹往往是在感动中发生。昏迷了5天的老头竟被云儿一喊就醒了，他微微睁开眼，一直不敢相信，以为是在做梦。当云儿再三提起那些往事时，他再也忍不住唰唰流泪。

其实，王科长也不容易，与云儿分手后，找了一位爱人，婚后生下一女，孩子不到10岁，爱人就因病去世。再次遭遇人生打击，他无心续弦，只身把女儿养大，在部队干到正军职。退休闲来无事，他时常想起云儿，惦记云儿，总去广场跳舞，通过感受云儿的爱好来化解心头思念，没想到这次去参加一个舞会却遭遇车祸。

云儿很同情他的不幸，当天为他喂饭、擦洗身子。当解开他的上衣时，她惊呆了。他的胸口上有刺青，是一朵云。真够用心哪，他把她的人、她的名刺进肌肤，融入血液，一生也无法抹掉。云儿内心漾起30多年从未有过的爱情感动。

老头出院后，一直离不开轮椅。于是，云儿决定留下来像妻子一样伺候他。此事传开，议论纷纷，褒贬不一，有的嘲讽她贪图富贵，有的支持她坚守忠贞……

云儿哪顾及那么多，因为经历这30多年的爱情沉淀，她深知，爱来爱去，最后全是心疼，全是怜悯，全是那剪不断理还乱的真情。至于结婚证，那只不过是爱情的标签，婚礼也不过是爱情的礼赞，这对他们来说已经并不重要，重要的是开心安度晚年。最后，她不求名分，以恋人关系陪伴他10年，直到送他入土为安。

如今，云儿与王将军女儿一起生活，时刻享受子女般的关爱与尊重。（为尊重主人公的意愿，文中人物均为化名。）

雪原·血缘

隽语点睛

　　50年，于多数人而言，那是"荏苒岁月颓，此心稍已去"，但对曹德海来说，却坚持不忘初心，痴心寻找恩人。看那仨老兵相拥而泣、情思未减的镜头，我内心突然溢出一种高山雪域圣洁般的情怀，对老兵们忠于友情、忠于岗位、忠于祖国的精神风范深深敬仰。

　　"人世间的亲情、爱情和友情极为可贵，而最揪心、最动人、最励志的莫过于相濡以沫的战友情。"一个周末的晚上，看完央视《等着我》寻人节目"西藏老兵寻找战友50年"，我由衷地发出切实之感。

　　也许故事太煽情，超越了感动的临界点；也许同为军人，理解生死相依的深情厚谊。翌日，我情不自禁地在互联网上又细品了三遍，那种灵魂之尊贵、精神之坚忍、生命之血性搅得内心一连几天很不安宁。

　　那是1962年的一天，上海籍新兵曹德海在南京某部值班，突然接到上级命令，该部华东地区所有连队在两天之内，立即赶到南京紧急集合，经空运奔赴西藏组建雷达独立营，参加边境自卫反击战。

　　在众人眼里，西藏是严重缺氧、极为寒冷的生命禁区，即使在七八月的三伏天，也是冰雹如雨、疾风似刀，酷寒始终统治着冷漠世界。官兵长期生活在风景如画的江南，突然去那么恶劣的环境，能适应挑战吗？这可不是赶大集，溜达一趟就回来，而是长期驻防、巩固边疆啊，大家做好了充分的思想准备吗？

回答是自信的，坚定的，高亢的。所有官兵在 19 天的辗转行动中始终保持昂扬姿态，誓死用耐力和意志坚守到底。

然而，车辆一驶进藏区公路，恶劣的环境完全出乎官兵的想象，先是棉帽布满冰霜，手指和脚尖开始钻心地痛，连打瞌睡时嘴角流出的哈喇子也变成冰溜子，接着就是车子颠簸引起恶心呕吐，大家渐感晕厥，甚至个别的还猝死在途中。

环境无情，但官兵有爱，大家彼此扶助、相互关照，用暖流与热血一路融化冰霜，最终到达海拔 5834 米的海拉山。一下车，他们不顾疲劳，冒着冰雪，挖开冻土，架起雷达，庄严向世界宣告："武装力量已进西藏，有空无防成为历史！"

当天夜幕降临，所有官兵都患了高原病，身困心乏，头痛无力，但站岗放哨仍得依惯例执行。曹德海被连队安排为第二班岗，他觉得身体还基本适应，便让高山反应甚重的首班岗新兵回去休息。当时针指向 7 时，他独自扛枪奔向茫茫雪地。那雪太大了，淹没膝盖，步履维艰，走两步就摔倒，爬起来又得走，手指还得不停地活动，否则，会被冻伤、冻僵。爬行虽费劲吃力，但一想到自身职责，忆起进藏时沿路群众打标语热烈欢迎子弟兵的自豪感，他就心潮澎湃、劲头十足。

一个小时过去了，曹德海仍很兴奋，一点也不累。他想，战友们今天都倒下了，自己若包下岗哨，坚持站到天亮，让大家休息一晚上，明天身体可能会好点，用一人辛苦换来众人安康，岂不是很幸福的事吗？！

夜渐深，雪止步，放眼看四围的群山丛林，一片银装素裹，尽收眼底。曹德海入迷了，看呆了，不由得触景生情、感慨万千。他认为，一个人站岗放哨，让祖国和人民进入甜蜜梦乡，这是一名边防战士应尽的职责，也是一个儿女为了祖国母亲安宁做出应有的担当！

就这样，他一边爬行一边畅想，并不时地抓一撮雪塞进嘴里。4 小时、5 小时、6 小时过去了，他微感饥饿，两腿发木，最终脚像被冰住了一样，不知不觉就倒下了，被寒风刮起的积雪淹没。

凌晨两点多，连长查岗，发现四周无人，内心一惊，惧怕哨兵被风雪刮到山下，便迅速喊起班长秦辉寿带兵寻找。秦班长一听是自己的兵落岗，顿时傻了眼，外出不停地呼喊，但山谷并无答声。他更急了，拿起一把枪在雪地不停地扒拉，20分钟后总算找到了曹德海，但他四肢冰凉，已失去知觉。秦班长迅速把他背进帐篷，和卫生员王贻伦一起用雪不停地擦他脚掌心，仍没醒。秦班长急中生智，解开棉袄，试着用自身暖流焐他双脚和上身，濒临衰竭的心脏硬是被暖得欢实地跳起来。

"为什么不叫我们，你差点死了，知道吗……"曹德海一睁开双眼，秦班长就不停地嗔怪。

听之，曹德海泪珠一下挤出眼眶，不由得哽咽起来。

获得新生的曹德海渐渐意识到，西藏高原的确是死亡区，那种危险完全超出官兵的防范，似乎每天外出都难逃死神的羁绊，自己能死里逃生，生命已不仅仅属于个人，也属于大家的，更属于组织的。于是，他决定彻底地奉献出自己的青春，算是一种感恩回报。

一次，曹德海外出执行任务，单人翻过海拔6500米和7200米的雪山，傍晚回到营房，两眼突然一摸黑，啥也看不见了，疼得直掉眼泪。王卫生员一看就知，那是眼睛视网膜受雪地强光刺激引起的暂时失明，医学上称雪盲症，便迅速用冷开水和眼药水清洗，并用眼罩轻敷。随后，经秦班长和战友们悉心照料，他才慢慢恢复视力。

这次营救，令曹德海更为刻骨铭心，他觉得战友关爱的暖流已远远胜于父母赋予生命的血脉，那种感情债一辈子也还不清啊！

转眼已过三年，曹德海该退伍了。临行前，秦班长握着他的手说："回去好好干，你可别忘了我呀！"就这么一句简单的离别语，就像一枚钉子紧紧地扎在曹德海的心上。

回家后，曹德海努力工作，很快建立了家庭。经济稍宽裕，他便开始寻找秦班长、王卫生员，想感谢他们，和他们一起重温那段难忘的军旅时光，可那时通信不发达，寄往老部队的信件要么泥牛入海，要么原件退回，这令他时时惴惴不安。

羊跪乳、鸦反哺，世间万物都知恩情，何况比动物更高级的人呢？曹德海常常反省、自责，良心甚为亏欠，尤其想起自己答应一名牺牲战友的事一直没兑现时，内心就更加隐隐作痛。

那是曹德海入伍的第二年，他带领一新兵外出执行任务，新兵不小心从山上摔下来，七窍流血，当场牺牲。他为自己没尽好老兵职责，一直很悲伤。那新兵是他最亲密的战友，昔日哥俩经常坐在雪地遥望天空，聊家境、谈理想、思未来。曹德海获悉他家庭很贫困，答应退伍后一定去看望他父母。可是，新兵走了40多年，曹德海一直无法找到他的家人。

我很理解曹德海内心的那种深深痛楚，没有强大的信仰信念是难以支撑的，因为我常看这个节目，那些撕心裂肺的镜头总让人泪眼朦胧。回想现实生活中，一些官兵怕苦怕累、心理脆弱、胆气士气不足等缺点，我在教育课上讲了曹德海的故事，还号召战友们观看，大家也都哭了，说《等着我》寻人节目太感人、太揪心啦。

古云：悲莫悲兮生别离，乐莫乐兮新相知。人到老年，恋旧尤甚。2011年盛夏，已是68岁的曹德海按捺不住内心的压抑，重返西藏高原，期待从绝望中找到一丝希望。在拉萨，他好不容易找到新兵的坟茔，从碑上看到他家乡的地址。曹德海喜出望外，立即返回，几经波折，在当地民政局和公安局的配合下才找到他的父母。令人更心痛的是，新兵的家至今仍很贫困，他的爷爷是老红军，也牺牲在战场上……

雪域高原的雄鹰啊，你到底飞翔在哪里？自从找到新兵的家后，曹德海便越来越想念秦班长和王卫生员，并坚信奇迹一定会发生。

一天，曹德海无意间看到央视《等着我》寻人节目，便试着报了名。一个月后，央视记者终于帮他找到了秦辉寿和王贻伦两位老人。

50年哪，于多数人而言，那是"荏苒岁月颓，此心稍已去"，但对曹德海来说，却坚持不忘初心，痴心寻找恩人。看那仨老兵相拥而泣、互相搀扶、共诉心声、情思未减的镜头，我内心突然溢出一种高山雪域圣洁般的情怀，对老兵们忠于友情、忠于岗位、忠于祖国的精神风范深深敬仰。

哦，这不正是忠诚于党的家国情怀吗？当代军人亟须传承和光大呀！

短评：战友之情洁似雪

《雪原·血缘》写的是作者看了央视大型公益节目《等着我》所讲述的一位从西藏退伍的老兵50年寻找战友的故事的感想。故事本身感人肺腑，从而引发的哲思也耐人寻味。部队有一首人人会唱的歌，叫《战友，战友亲如兄弟》，一群来自祖国四面八方的热血青年共同走过军旅之后，为什么会结下生死相依的骨肉亲情，而且对其永久守望，这是一种理想之光的凝聚，这是一种思想之火的淬炼，这是一种战斗生活的锻打，这是一种精神血脉的融汇。战友之情，洁似雪，浓如血，以此使军旅人生灿烂，也令军事文化壮美。（**焦凡洪**）

（原载《散文百家》2017年第9期）

老兵情怀

隽语点睛

　　表哥含泪在墓前缓缓走过，目光一直搜寻烈士名字，当脚步停在李老兵墓前时，再也控制不住情感的闸门，开始号啕大哭。谁知，一位年近五旬的母亲和一位十七八岁的姑娘也在李老兵的碑前哭得死去活来。表哥看了看，明白了七八分，估计是李老兵的亲人，一问，果然是他的母亲和未婚妻。

　　人到一定年龄都愿意忆苦思甜。表哥钱太平也不例外，况且他有23年兵龄和14年警龄的特殊经历，尤其退休后，更爱回想往事。

　　去年春节，我去给表哥拜年。一进门，他见我着一身笔挺的军装，先用欣赏的目光上下打量一番，随后拍了拍我的肩膀，露出亲切、兴奋的表情。刚坐下，一向寡言的表哥却话多了起来，聊天不谈家事，而像老兵开化新兵一样，专拣耐人寻味的军旅往事交流。从他的眼神和话语中，我读懂了一位老兵赤胆忠心、恪尽职守的情怀。

　　那年寒冬，表哥光荣地来到中原某部当兵，翌年就随大部队赴某边疆作战。在枪林弹雨中，表哥勇猛刚强，几次受伤却与死神擦肩而过。

战争打响 25 天了，敌人被打得四处逃窜，鲜血染红了满山遍野。眼看战争就要告捷，上级突然命令，清剿战场时尽量留活口，且要优待俘虏。这就像一剂清醒药一样，让官兵更加警觉起来。

一天中午，气温很热，表哥修整完高地，感到又渴又饿，一摸兜，仅剩两块压缩饼干，再顺手拿水壶，轻飘飘的，细看，被子弹穿孔，滴水不剩，最后求助好几位战友，也毫无所获。这时，他觉得嗓子火辣，嘴唇干涩，肚子叫得更欢实。

没辙，表哥跟连队李老兵打了一声招呼，就在山沟转悠，渴求寻到泉眼。当至山腰时，发现左侧有块水田，但田里枯草腐烂发臭。他顾不了那么多，迫不及待地趴在田埂上，吹开水面泛着的红黄锈迹，咕咚咕咚地喝了半饱，起身吃完干粮，就准备返回高地。

当表哥揪住一把枯草，准备借势爬坡时，山沟忽然响起一阵嗒嗒嗒的枪声，随即就是一梭子弹从身边飞过。他迅速躲避，利箭般扑到左前侧石头背后，敌人的子弹又跟着射到石头上，溅起一团石灰。

表哥纹丝不动地趴了一会儿，敌人以为他中弹身亡，便不再开枪。这时，他迅速摆脱眼前困境，一口气溜了 20 多米，接着山沟又响起一阵枪声，且由远而近。细听，觉得这不是针对他，而是有人与小股敌人对抗起来了。

表哥正寻思突围，隐约听到草丛有脚步声，越来越接近自己。于是，他操枪准备射击，发现一个熟悉的身影已快速接近自己。定神一看，原来是李老兵救他来了。

两人一见，庆幸自不待言，竖起手掌很默契地击了一下。

李老兵只顾兴奋，一边拽表哥的胳膊肘一边说："快撤，快撤，我来掩护你。"

话刚说完，一梭子弹又射过来，李老兵却没来得及躲闪，正好被击中胸部，瞬时鲜血喷涌而出。表哥见势不妙，迅速收枪，抱起李老兵，拖到就近隐蔽的小沟里，撕下自己的裤腿，边为他包扎边安慰："老兵，老兵，坚持住，我一定要救你回去。"

鲜血一会儿就染红了胸前衣服，估计打中了心脏，李老兵奄奄一息地说："我不行了，你把我军挎里的入党申请书交给连队党支部，还有家书和照片交给我的家人。记住，你千万要勇敢地活下……"话还没说完，目光就定住了。

表哥心急如焚地喊"老兵，老兵……"，他却无语。

在战场上，人的生命真是太脆弱了，几乎天天都有战友死去，官兵的心基本在悲痛中麻木了。而此时，表哥的心已苏醒，感到像针扎一样难受，因为眼前失去的是他的铁杆战友。

其实，李老兵并不老，他和表哥是同年兵，只不过他是年初入伍的，而表哥是年尾入伍的，进步表现也迥然有别。李老兵文武双全，爱学习，擅长写诗文，勤钻研，军事技术精，已被连营列为预提干部苗子，而表哥没文化，但悟性好，肯吃苦，自从新兵下连被分到李老兵班后，时刻得到他的点拨和鼓励。

与才子交往，无形中获益匪浅。所以，表哥非常尊重李老兵，深深为他的德才、睿智、学识所折服，有啥问题常向他请教，就连心里话也愿意向他倾诉。久而久之，他们结下了深厚的情谊，常常在一起谈工作、生活、家庭，乃至爱情、幸福和理想。就在几天前，他俩总结战争经验时，还彼此安慰、相互鼓励，立誓要勇敢地活下去。

表哥没顾及深思，抚合了李老兵的双眼，哭着说："说好了一起勇敢地活下去，你咋就走了呀……"

这时，连队十多名战友闻着枪声过来支援。大家看到李老兵死得这么惨，都气红了眼，不约而同地迅速占领有利地形，汹涌地向敌据点进攻，敌人抵抗了一会儿就撑不住了。

表哥冲在最前面，靠近敌人近百米时，迅速扭开三枚手榴弹盖，使出浑身力气连连掷向敌窝，炸得一团开花。随后，大家一阵扫射，冲至炸点，发现敌人五具尸体已横七竖八地躺在炸烂的草丛中。

在这短短的几分钟内，大家咬牙切齿地为李老兵报了仇，才微微松了一口气。小憩时，一战友发现表哥左手臂外侧有一个血淋淋的伤口，看着挺吓人的，便迅速拿出急救包为他包扎，并笑着问："伤得咋样？不会挂彩吧！"

"我运气好，死不了，没事的。"表哥有意动了动手指，很灵活，没有不正常的感觉，便得意地说。

那兵又打趣："你福气大，阎王爷不敢要你小命，我看战争个管打多久，你肯定死不了。"

表哥笑了笑，说："死不了好哇，等战争结束，我们一起为牺牲的战友献上一串红木棉吧！"

后来，战争彻底胜利了。部队撤退时，汽车载着官兵向墓地长眠的战友告别，那里已是一片花圈的海洋。车未停稳，战友们就纷纷跳下来，朝公墓跑去，放声痛哭，久久不肯离去。

表哥含泪在墓前缓缓走过，目光一直搜寻烈士名字，当脚步停在李老兵墓前时，再也控制不住情感的闸门，开始号啕大哭。谁知，一位年近五旬的母亲和一位十七八岁的姑娘也在李老兵的碑前哭得死去活来。表哥看了看，明白了七八分，估计是李老兵的亲人，一问，果然是他的母亲和未婚妻。

表哥想起了李老兵的嘱托，自我介绍了一下，便从军挎里掏出一块叠得四四方方的，被血染了的手帕，递给姑娘。姑娘缓缓接过，用颤抖的手慢慢掀开，当看到心爱人的父母和自己的两张照片时，哭得撕心裂肺。

那哭声太刺耳、太揪心了，引起了表哥连长的注意。连长过来一番开导，就把她们接到连部，让战士们轮流来安慰。可她们啥也听不进，只是一个劲儿地哭，哭得眼圈上的泪水干了一遍又一遍，最后嗓子都哑了。

那晚，表哥一夜都没有合眼，强忍着悲痛写下了一首诗《青松啊傲然挺立》：

战友哇战友！
你是祖国的万里长城，
你是新一代最可爱的人。
你用鲜血和生命，
又谱写了一曲，
时代的壮歌。

战友哇战友！
你英勇形象在我心头萦绕，
殷红的鲜血在我身边沸腾。

我听到了你的心跳，
你那宝贵的生命，
将永远在我身边延续。

战友哇战友！
战火陶冶了你的顽强，
弹雨铸成了你的英魂。
在雷区、碉堡前，
你的名字英勇伟大，
顷刻映红了边疆大地。

战友哇战友！
你是捍卫黄河的长堤，
你是高山岩中的青松。
奔腾狂澜冲不垮，
郁郁葱葱傲然挺立着，
安息吧，战友！

　　写完诗，表哥神思越发清醒，感到李老兵的形象在他心中来回萦绕：李老兵乐于助人，只要有人向他请教，总是不厌其烦地回答；李老兵爱新兵，经常深夜悄悄为他们掖被子，捡掉下床的衣服；李老兵责任意识强，战场上担任潜伏哨，任凭子弹嗖嗖从头顶穿梭和蚊子、蚂蟥叮咬，仍纹丝不动、双眼未合地趴了一天两夜……

　　那一刻，表哥还想起了李老兵的身世，觉得他的命运比黄连还苦三分。更为动人心弦的是，李老兵的父亲是一位优秀的老军人，在他不满周岁时死在异国他乡战场，可怜的母亲一直未再嫁，硬是含辛茹苦把他拉扯大，按照丈夫的遗愿把他送到了部队，希望他做个敢于担当、乐于助人、勤奋敬业的军人。李老兵非常争气，时刻以父亲的事迹为学习榜样，以父亲的遗愿为人生准则，入伍当年很快就在连营脱颖而出。

　　再想想自己，因出身不好，缺少家庭的关爱，童年和少年吃了很多苦、受了许多气，几乎在辛酸中度过来的。成人后，好不容易来到部队，遇上李老兵这个知心战友，他却突然离去。于是，表哥深深感叹，世间的情感莫过于亲情和友情最珍贵。

整个晚上，表哥一直思前想后，觉得自己应该承担起帮助李老兵的母亲和未婚妻摆脱痛苦的责任。

第二天，表哥来到李老兵母亲跟前，扑通一声跪下，哭着说："妈，李老兵是为救我才牺牲的，这份情今生今世我一定要还，以后就由我替他来尽孝吧，让我做你的儿子，好吗？"

表哥的举动，让老妈妈突然发蒙。当表哥讲起与李老兵情同手足的感情时，她流下了感动的、幸福的、悲伤的泪，边扶起表哥边说："我儿子是好样的，我为他感到骄傲，我为他有你这样的战友高兴。"随后的两天里，表哥一直陪着她们聊天、散心，直到做通工作，才把她们送上返乡列车。

从此，李老兵的形象和精神恍如一种魂烙印在表哥心胸，始终给他力量和信仰，给他动力和源泉，支撑他奋勇前进。

正因为有这种魂，无论是工作训练还是为人处世，表哥始终得到战友的赞扬和组织的肯定。那年年底，他从战士直接提拔为干部。

正因为有这种魂，表哥尽到了一个孝子的义务，每月给李老兵的母亲写一封信，还从工资中挤出资金慰问她。可表哥坚持一年后，就没了老妈妈的音讯，便利用休假探亲机会前去看望，才获悉她因伤心患重病已故。于是，表哥来到老妈妈坟前祭扫，陪她聊了很多很多心里话。

图为表哥钱太平近照

正因为有这种魂，表哥无论是在军队还是在地方工作，始终发扬老兵精神，保持军人本色，各项工作干得顶呱呱，先后4次荣立二等功和三等功，8次被省市评为"先进工作者"。

正因为有这种魂，表哥牢记党员职责，坚持正义，刚正不阿，敢于向邪恶势力挑战。前年年底，刚退休的表哥路过街巷时，发现五名小青年敲诈一生意人，很多人不敢靠近，绕道走。表哥不信邪，偏偏迎着上，没想到一声呵斥却引来他们的围攻。这时，表哥一边打就近派出所电话，一边用警察的胆识和智谋震慑，吓得他们撒腿就跑。像这样歹徒钢刀利刃和地痞流氓耍横的威胁，表哥见多了，不管是分内事还是职责外的，他都想尽招法，成功解围。尤其是在逆境和挫折中，得不到别人的理解时，表哥常常驱车千里来看望李老兵，通过悼祭坚定自己的决心和信仰。

青山依旧在，几度夕阳红。如今，表哥已近花甲年龄，但30多年前战场上的往事，常像放电影一样在他眼前映现，因为那种老兵情怀一直影响着他的人生。更为重要的是，这种情怀就像一根接力棒传到我的手中，已经内化为一种动力源泉、一种精神支柱、一种理想信念，激励我紧握钢枪、奋勇前行！

（原载《散文选刊·下半月》2014年第4期、《大众文化休闲》2013年第8期，入选《2014年中国散文大系·军旅卷》）

您就是那十五的月亮

隽语点睛

　　古人讲："人有悲欢离合，月有阴晴圆缺。"哦，边防军人，您就是那十五的月亮，细小的残缺折射着内心的苦楚，圆圆的玉盘挥洒着祖国的幸福。

　　大连驻军某部高级讲师温芳是近几年沈阳军区涌现出的重大先进典型，先后4次荣立一、二、三等功，获得"全军巾帼建功先进个人""全军爱军精武标兵""军区基层军官标兵"等荣誉，这一直令我敬重不已，感佩尤深。

　　去年初，我有幸来到温教员单位的机关工作。距离近了，我渐渐对她的事迹有了更深的印象，心里一直想写写她背后感人的故事，可欲掘细节，不是她忙就是我没时间。然而，在一次出差途中，我却有了意外的收获。

　　那是2013年3月7日的下午，单位责成我带领教研室温芳、门士柱、王跃等7名教员赴沈阳参加军区会议，恰巧温教员的丈夫周凯也一同前往。更有缘的是，我和他们夫妇是校友，一起在南京政院进修系读过书，只不过那时他们读研究生，刚刚开始恋爱，而我读专升本，在学习和生活上很少接触他们。

上了火车，我和周凯坐在一起，温教员则坐在前排邻座。既是同窗又是同行，聊天自然少不了生活和工作的话题，没想到刚唠几句我就被吸引了。

毕业后，周凯被分到大连某海防岛上，温芳被分到大连市郊某部，两人热恋一年后就结了婚。如今，周凯任边防某团副政委已5年了，而温芳已获诸多荣耀于一身。按理说，其幸福指数够令人羡慕的，可听到他们内心的辛酸令我大吃一惊。

周凯的部队离小家仅130多公里的距离，却常常回不去家，结婚七年半，与爱人待在一起的时间才112天。前年8月，夫妻俩总算有了爱的结晶。我默算了一下，他们平均每年见面仅半个月。

"为啥？不让回家、工作忙，或是其他原因？"我惊奇地问。

周凯说："部队地理位置重要，时刻得保持战备状态，虽然我是常委，但也得按部队要求落实，更得带头坚守岗位。以前，每两个月我才回家休息一周，今年政策放宽了，每月可轮流休息一次，但若有紧急任务，随时就得回营。这就不错了，想想我们基层一线的干部，那就更辛苦了，营职每季度休息一次，连排一年到头才能考虑。"

"那官兵个人问题怎么解决？现在小姑娘都爱浪漫，长期见不着面，光靠热线能行吗？"我急切地问。

他答："这的确是个大难题，我们部队党委也想尽了很多招法，托人在驻地为官兵牵线搭桥，有的实在困难就回老家找呗。如今，官兵只要请假看对象，单位领导都特批。"

"那你们每次出入岛方便吗？"我又好奇地问。

"太难了，就这么远的距离，没风的情况下，快船得四五个小时，慢船需七八个小时，从大连到岛上，每天就一只船往返一次，遇到七级以上大风就得抛锚。这地方也怪，每年120多天常刮大风，来去的船只都不能走。我们部队有个三级士官，好不容易在河南老家找了个对象，婚后也有了孩子。一天，家属欢天喜地地带孩子来看他，到了大连，却因风大上不了岛。这大风真够损的，好像故意与她作对，刮了一周，硬是阻拦她上不了船。最后，她身上的钱花光了，假期也到了，进退两难。那士官只好求助退伍到大连市的战友帮忙，才把母子送上回家的火车。"

听到这时，我同情地说："你们真是太不容易了！"

"还有个更感人的事，我们有个指导员，妻子随军来到岛上，一心想要孩子，却患了宫外孕，三个月时大出血。那天风很大，我正在师部开会，师作战值班参谋说我们单位申请出登陆艇，让我详细了解一下原因，我立即打听，才知单位要送那个急救病号。然而，风却越刮越大，达到九级，出艇很可能船翻人亡。后来，听说团长政委带领30多名官兵把患者护送到岛上乡医院，可是医院设施简陋，还没血库，医生从未接收这么重的病号，不敢冒风险做手术。无论团长政委咋说好话，医生仍不点头。眼看患者就要咽气，官兵却无助。情急之下，有的哭着央求，有的愤怒地呵斥，那场面像连续剧《亮剑》里抢救受伤的师长李云龙一样动人。最后，医生终于感动了，大家积极献血，才助手术成功。"周凯边说边不停地叹息。

为了不影响周凯的心情，我立即转移话题："温教员，您上过岛吗？"

"去过。"她扭头答。

"去过几次？感觉咋样？"我笑着问。

她马上转身说："去过三次，每次去必须克服晕船之苦，尤其风刮到五六级时，感觉船像要翻一样，大人惊得嗷嗷叫，小孩儿吓得哇哇哭，一会儿感觉胃就像翻江倒海一样难受，脸色发白，呼吸困难，冒虚汗，加之船内总有人哇哇吐，那味道真难闻，看着就恶心。下船后，如果再被海风一吹，就很容易患病发高烧。我去一次就病一次，得打三四天点滴才转好，这时我又该回单位了。还有，最难适应的是岛上的气温，到处湿漉漉的。听官兵讲，岛上常年有近半的时间不是刮大风就是起大雾，衣服和被褥常常潮湿，很多官兵都患上了鼻炎、风湿和皮肤病。每遇大晴天，官兵像赶上春节一样高兴。"

"您也不容易呀，教学任务那么重，还要带孩子、忙家务。"我安慰地说。

"我们双方老人年龄已高，都需照顾，好在周凯姨妈帮我带孩子，减轻了很多负担。有时家中遇到困难，周凯帮不上忙，我也非常生气，但一想到岛上的艰苦生活，忆起那些质朴可爱的战士，心里气也就消了，慢慢就习以为常了。2006 年 10 月，我持续低烧达半个多月，单位教学任务重，一直没时间去看。最后实在支撑不住了，才去医院就诊，结果为患了淋巴炎，急需做手术，当时丈夫不在身边，没人签字，医生不敢做手术，直到第二天他赶到时我才进手术室。哎呀，我们双方工作忙，都不容易哟。"温教员回答时，脸上明显露出知足的表情。

这时，我理了理思绪，又想到了一个关键的问题："既然交通这么不便，那官兵吃喝的困难咋解决呢？"

没想到周凯的回答令我茅塞顿开，敬意更浓。他得意地说："岛上挖有十多口水井，淡水基本够官兵吃用，粮食靠上级补给，蔬菜一半从大连市内购买，一半靠自产。我们部队早就发扬'海上南泥湾'精神，从 80 年代起，官兵就从石缝、树底下抠土，探亲休假归来时都带家乡土和菜籽，加之各级党委和首长关爱，我们的生活设施和条件有了很大的改善，如今已建有日光棚 8 个、春棚 6 个，养猪近百头，养鸡近千只……"

当我们聊得兴趣正浓时，忽然听到列车广播员播报："各位旅客，沈阳站就要到了，要下车的旅客请提前做好准备……"我看了看手表，觉得两个小时的旅程竟如此短暂，不得不收起采访的笔录。我庆幸自己收获了这么多感人的素材，再次理了理思绪，也许是情思交融，触动了记忆的神经，20 世纪 80 年代那首风靡全国的歌曲《十五的月亮》立即荡漾于胸："十五的月亮，照在家乡照在边关，宁静的夜晚你也思念我也思念……军功章啊有我的一半也有你的一半……"这熟悉的旋律不正是当代边防军人情感的真实写照吗？！如果没有无数边防军人小家的分离，哪有祖国大家庭的团圆幸福和繁荣昌盛啊？！

古人讲："人有悲欢离合，月有阴晴圆缺。"哦，边防军人，您就是那十五的月亮，细小的残缺折射着内心的苦楚，圆圆的玉盘挥洒着祖国的幸福。

（原载 2013 年 7 月 11 日《前进报》、《大众文化休闲》2013 年第 6 期）

成功话"三商"

隽语点睛

　　智商反映学习和领悟能力，让人安身立命；情商体现群体认可程度，让人放大空间；逆商表明乐观心态，让人积极进取。智商高情商低的人适合做独立创造之事，情商和逆商高于智商的人，适合做在社会上摸爬滚打的事情，"三商"高的人走仕途，定会官运亨通。

　　人的进步、成功需一定客观因素，如贵人、恩人和机遇等助一臂之力，但最关键的还需主观内在的智商、情商和逆商发挥决定作用。

　　现实生活中，有的人智商高，情商低，常感怀才不遇；有的人智商低，情商高，总有贵人相助；有的人智商高，情商高，时时春风得意；有的人智商高，情商高，逆商也高，最后功成名就，流芳百世。据有关心理专家断言，人 100％的成功 = 20％的 IQ+80％的 EQ 和 AQ。实践也一再证明，智商、情商、逆商是成长进步的源泉，我们正确认识、利用和提升其指数尤为重要。

　　智商感知世界。智商通常叫智力、智慧或智能，是心理学智力测验术语，也是人们认识客观世界，并运用知识解决问题的能力，具体指观察、注意、记忆、思维、想象、分析、判断和应变等能力，英文简写为 IQ。其实，人从呱呱坠地就或多或少具有先天遗传的智商因素，随着环境的影响、后天的培养和实践锻炼，智商日益增长。智商高的人态度认真，做事专一，适于从事科学研究、技术创新、探索未知等行业，如爱因斯坦、马克思和恩格斯、居里夫人和牛顿算得上是极顶的天才。智商影响人的生存发展，但不是成功的决定因素，如曾被小学老师看作低能儿的科学家爱迪生、智障的天才音乐指挥家舟舟，都印证了成就大小跟智力关系不大。所以，专家认为智商占成功 20％ 的因素是有一定道理的。

情商融通心性。情商又称情绪智力，主要是指人在情绪、情感、意志、耐受挫折等方面的品质，包括抑制冲动、延迟满足的克制力，英文简写为 EQ。情商的高低主要取决于后天的学习，与生活的环境和父母教育引导有很大的关系，通常反映人认识自身情绪、妥善管理情绪、自我激励、认识他人情绪、人际关系管理等能力，它影响贯穿人的一生。

情商高的人社交能力强，外向乐观，为人正直，富于同情心，情感丰富，无论是独处还是与群体在一起都能怡然自得，较好地调整自己情绪，深受大家欢迎，人称"社会人"。逆境时，这种人会冷静、客观地分析问题原因，找出症结所在，从中吸取教训继续前进；顺境时，面对成绩或荣誉，不会得意忘形、盛气凌人，而是淡然处之，不用扬鞭自奋蹄。当然，有的情商高的人很看重名利，为达个人欲望或目的，会不择手段干卑鄙龌龊事，表面看似左右逢源，实则违背良心道德，如古今官场、职场的兄弟相残和弑杀父母，"封杀"和"厚黑"等令人警醒。

情商低的人性格暴躁孤僻，说话办事乖戾、偏激、不圆滑，人际关系紧张，处理不好迎来送往，多被鄙为"另类"。值得提醒的是，自古以来，社会关系复杂，人心难测，个性和心性难融，不乏爱国人士一直被这一致命难题所困，如岳飞遭杀戮、袁崇焕被凌迟、林则徐被流放……可叹哪，一代名将不败于战场却败在官场。这些前车之鉴告诉我们，根治情商弊病，需锻炼能力素质、拓展胸襟胸怀、加强人格修养等，切实提升自己的交际能力、应变能力、解决能力，形成并秉持理性态度、摆脱不成熟状态，学会"智商做事，情商做人"。但切记，做事需先会做人。

逆商励志进取。所谓逆商，也叫挫折商，是指人们面对逆境或挫折时的反应方式，即面对挫折、摆脱困境和超越困难的能力，对一个人的人格完善和人生成功起着决定性作用，英文简写为 AQ。逆商一般考察人的控制、归属、延伸和忍耐四个因素，即在逆境中有多大的控制能力，是否愿意承担责任和改善后果，对问题影响工作生活其他方面的评估，认识问题的持久性有多久。

逆商高的人产生挫折感低，遇到困难挫折会淡定、从容，甚至迎难而上，愈挫愈勇。逆商低的人在逆境中往往产生强烈的挫折感，面对逆境坎坷，常常悲观厌世、牢骚满腹，尤其受功利主义、平庸主义和享乐主义等影响，极易逃避和放弃。

古人讲："合抱之木，生于毫末；九层之台，起于垒土；千里之行，始于足下。"人要干事创业，就有拦路虎、绊脚石，想达目的，唯有从我做起，从小事做起，从身边做起，在本职工作上恪尽职守、履职尽责，才能慢慢养成斗志昂扬的精神状态和脚踏实地的工作作风，逆商指数才会渐渐提升。须知，基础不牢，地动山摇。现在无论是部队还是地方，各级组织越来越重视干部的基层经历。因为只有在基层艰苦的环境中摔打磨砺，才能了解基层，积累经验，拓展阅历，增长才干。而"温水煮蛙"，优越的条件会让人逐渐丧失斗志、退化拼搏进取的动力，最终是难有大作为的。

不难看出，智商反映学习和领悟能力，让人安身立命；情商体现群体认可程度，让人放大空间；逆商表明乐观心态，让人积极进取。智商高情商低的人适合做独立创造之事，情商和逆商高于智商的人，适合做在社会上摸爬滚打的事情，"三商"高的人走仕途，定会官运亨通。但是，不管干哪行，远大的理想从来都是和脚踏实地联系在一起的。对于正在奋斗之路上的年轻人来说，无论是实现自己的理想抱负，还是担起肩负的责任，"三商"永远是不可或缺的元素，需时刻蓄积，自觉践行。

朋友，对照反思一下，自己"三商"的指数孰少孰多，就知道从业是错还是对，前景是近还是远。

第三辑 枪刺出击

枪刺宁折不屈，是武器最高贵的灵魂。当子弹消耗殆尽，枪刺才在士兵的使命、热血、信仰和追求中开始苏醒，恢复野性。搏杀的结果，要么浩气凛然地生，抑或义愤填膺地死。身为新时代的人民解放军，应在枪刺出击上发出心声与怒吼、挥洒精神与气节。

军旅，因嗜书而进取

隽语点睛

在反复翻阅一摞《新闻与成才》中，我总算悟出点读写门道儿：一览囫囵享受，二读静心吟味，三品逐句深究，放上几日，再去剖析，仍有玄妙……这些窍门儿果然促我踢出了头三脚，很快引起了团政治处主任的关注。

人生成功的因素有很多，要么持之以恒，要么借梯登高，要么创新制胜……而我19年的军旅生涯，每次关键的进步都与嗜书有缘。

其实，我并非天生具备好学的基因，只因孩提时，父亲常讲"孟母三迁""凿壁偷光""孔子学而不厌""颜回以学为乐"等勤学范例和劝学名言，还买些《地道战》《地雷战》等小人书循循善诱。天长日久，父亲的良苦用心促我养成了嗜书的习惯，并深深地影响我一生。

初尝学有所用的甜头是当兵之初，那种优越感有别于学生时代的百花争艳，却像独自绽放于含苞花丛的奇葩，令人青睐爱慕。那年寒冬的一个深夜，我们123名新兵几经辗转，被摇摇晃晃地拉到辽西某部军营。刚下车，只见一少尉军官从队前逐一挑选文化高和会写字的新兵，结果我中标，安排与他同居一室。进屋才知，他叫张禹忠，是新兵排的排长。张排长很敬业，白天忙于带兵训练，晚上常伏桌看《毛泽东选集》，写心得笔记。我每次帮他收拾内务时，总要瞟几眼那本书，有时经不住诱惑还悄悄地翻几下。张排长发现后，毫不吝啬，让我随意看。我也不客气，抽空读完就与他聊起了《论持久战》的心得。"你小子，还真有两下。"瞬间，其欣赏的眼神和语气，让我激动不已，兴趣更浓。从此，我常受益张排长的偏爱。团召开新兵开训动员会，他推荐我作为新兵营代表登台发言崭露头角；春节布置连队环境，他鼓励我挥毫一展才华；党支部给新兵父母写拜年信，他让我代抄表达深情；连队文书空缺，他力挺我新兵下班就接替。就这样，因书投缘，巧遇伯乐，让我先得地利，脱颖而出，赢得团队上下好评。

在奔赴梦寐以求的理想驿站时，是知识的能量助推我超越坎坷临界点，最终改变命运，让我深深体会到"书中自有千钟粟、黄金屋和颜如玉"的哲理性。1997年夏季，我满怀信心报考军校，体检却遇红灯。我心情失落，徘徊不定，再次翻阅《毛泽东选集》寻找精神寄托，书中"枪杆"和"笔杆"哲思的引擎，让我思维豁然开朗，决定发挥自身优势，另谋成才出路。在反复翻阅一摞《新闻与成才》中，我总算悟出点读写门道儿：一览囫囵享受，二读静心吟味，三品逐句深究，放上几日，再去剖析，仍有玄妙……这些窍门儿果然促我踢出了头三脚，很快引起了团政治处主任的关注。一天，我获悉政治处准备遴选报道员，还听说有个竞争人选，是集团军某领导的亲戚，心一下就凉了。经过一番考察，结果我被录用，理由是主任两次夜查，发现我在连队加班看书写稿，留下很好印象，关键还有三篇发表的文章令他赏识。翌年，部队大裁军，我如履薄冰，更为勤耕苦读。参加哈尔滨抗洪，我每晚加班到深夜，凯旋时发表41篇新闻作品，身上却被蚊子叮出了一个个脓包。团领导很感动，在精简整编时，不仅把我作为骨干保留，随后还推荐直接提干。记得当时一位领导鼓励："别灰心，好好干吧，我看你小子命好，运气来了，就是洪水也挡不住，将来一定能当上干部。"没想到此话一语中的。现在看来，我觉得用"机遇总是为有准备的人而准备"来形容更为精确。

是呀，读书的益处不用置疑，但书海种类繁多、琳琅满目，读时要有选择、讲方法、会结合，这样才能找到登高望远的胜境。2001 年 9 月，我来到南京政治学院学习。两年间，我珍惜点滴时间，系统学哲学，重点学专业，辅助听报告，注重学中补短、学中突破、学中求为。毕业时，团政治处正好空出个股长位置，听说有五名干部为争这个岗位忙得团团转，有些官兵鼓励我也去争取，我却顺其自然，把目标定在报考国防大学全国统一招收研究生考试上。结果，经团常委会决议，我榜上有名。组织找我谈话，说从专业对口、用其所长来考虑，我是最适合人选，望努力工作，为单位增光添彩，至于入学深造，以后机会很多。我没辜负团党委的期望，一上岗，就逢部队上下开展战斗力评估，在校学的战时政治工作研究、大型思想问卷调查和思想教育探索与创新等内容正好派上用场，我被点到军区常委会议室当面向首长汇报经验做法。随之，我组织部队五次担负军区机关政治工作试点任务，连续两年夺得军区新闻报道前进杯；还参与了某新装备的经验总结和宣传报道，为该装备成功申报全军科技进步一等奖和国家科技进步二等奖做了许多基础工作。在众望所归中，我又顺利地被提拔为营教导员。

思想胜于利剑，智慧高于雄辩。近些年，我系统地读了一些书，的确促进了个人成长，也提高了工作能力。如果说在校学习拓宽了知识层面，那么业余研究则打开了智慧之门。记得我第一次组织营教育讨论，战士王超对营连休假有不满情绪。课后我问营长，他说任务重，过段时间再安排。一个星期后，王超就高兴地踏上了探亲的列车。谁知，事后"王超现象"却风生波起，多次深入战士中暗查也没弄清头绪。一天上午，我翻阅《学哲学，用哲学》，读到外因与内因观点时心结自开，反思到王超组织能力强，多数战士都听他话，问题的起因也许就在他身上。那天午饭后，我在连队门口正好遇见团政委，他问及营连建设情况，我汇报了连队的困惑。他笑了笑，立即让我叫来王超，说："你叫王超哇，听说你有才，团队在建禁闭室，你去看看合不合格。"王超一听，脸吓得刷白，灰溜溜地跑了，晚上主动找我检讨自己在背后煽风点火的过错。我原谅了他，并扬长抑短。不久，团队组织歌咏比赛，我让王超担任指挥，连队夺得第二名。慢慢地，王超成为连队得力骨干。事后，我举一反三，通过读历史经典，学会了很多古代用人、管理和团结的智慧；翻哲学经典，学会了从哲理中改善思维、把握规律；

看文学经典，学会了从文辞丽句中陶冶情操、健全品格、增加才干。于是，我营两个连队当年就摆脱了后进，一个连队首次评上了标兵，营多次遂行搬运抗震救灾物资、中俄联演等大型任务，年年有经验材料被军区机关转发，三次被军区司令部和总参谋部通报表彰，每年最多有9名干部被提拔重用。2012年初，在预提干部考核时，我出版的两本个人专著引起了上级党委的关注。

国以人兴，政以才治。甲午年春节刚过，我很荣幸被组织推荐参加院校逐级培训。当手握国防信息学院入学通知书时，我深深感叹，嗜书不仅是个人精神的需要，更是组织用人的心声啊。

（原载《散文百家》2014年第8期、2014年5月5日《前进报》）

入门时的饺子味儿

隽语点睛

　　东北人在年夜守岁或初一早晨务必要吃饺子，以此呵护亲情纽带、寄托新年祝福。我们不能与家人和连队官兵团聚，往大处说是牺牲奉献，从细微讲是为奔前程，但我们包的饺子蕴含着亲情、理想和祝福，可以满足大家的意愿……

　　饺子，是常吃的一种主食，而我当兵之初才开荤。屈指算来，我扎根黑土地军营已经 22 年，每每闻到饺子的味道，内心就会漾起跨越友情、亲情和爱情三道门槛的涟漪。

　　初入军营，饺子的味道散发着浓浓的爱兵传统之香，饱蘸着绵绵的兄弟手足之情。1994 年隆冬的一个深夜，我从鄂北山区入伍到辽西某部军营。一下车，许多干部都围上来领兵，我被一排长相中，单独纳入同舍。班长吴玉国是个山东大汉，接过包裹就不停地问寒问暖，他那温和的性格、亲切的笑容，一下子驱赶了我迎面的寒意。走进连队院子，夹道的锣鼓、欢呼和掌声此起彼伏，老兵迎接我像乡下娶媳妇似的，簇拥着步入"闺房"。床铺早已安置妥当，就等着我到位，旁边还放着一盆洗脸的热水。我从未感受过这种尊重，也无法承受如此热情，只好客套地用手指撩了几下水。吴班长搂了搂我的腰，笑着说："大方点，咱们以后就是战友兄弟。走，吃饺子去。"步入饭堂，一阵香气扑鼻，诱得我瘪肚咕噜，馋虫蠕动，直吞口水，不由得直勾勾地盯着主食间的门。吴班长把我安置在餐桌前，转身就去厨房端来一盘冒着热气的饺子和一碟用酱油浸泡的蒜末儿。他问我是否吃过饺子，我说老家没这个习俗。于是，他用筷子夹起一个放进碟里，让我蘸着吃。我迫不及待地大咬一口，没过多细嚼与品味，便急匆匆地咽了下去，但那面皮儿包着的韭菜、鸡蛋和猪肉馅儿很有嚼头，比起家乡红白事儿的肴馔味还香哩。在味蕾的记忆里，我首次饱尝这种口味，吃着便舌底咝咝，遍体通透。我问吴班长为啥要吃饺子，他犹豫了一下才说："民有'民俗'，军有'军规'。咱们部队有个不成文的规定：新兵入伍，头顿饭务必吃连队干部和老兵亲手包的三鲜馅儿饺子，就像东北百姓家来客人，吃饺子才显得体面、热忱。为了准备这顿饺子，连长、指导员专门召开连务会，我们精心准备，花了小半天时间才包好，吃完了饺子，你就是新一代军营的骄子。"听之，我大吃一惊，预想军营吃饭应该是简单、快捷，没想到吃顿饺子还如此重视，内心不免有庄严、神圣和仪式之感，感觉吃完饺子真像新媳妇拜完堂一样就成为家里人。我不禁竖起拇指："班长，您服务太周到，部队首长的心思真细腻，吃完我就是连队人了呗？"吴班长摸了摸我的头，故意调侃："哇，上道儿这么快呀！"

迎接新春，饺子的味道蕴含着年夜家庭的絮语，寄托着新年深情的祝福。当兵翌年的冬天，我报名参加师文化补习班集训，因学兵太多，便和5位学友一起借居在师教导队。眼看春节日趋临近，队里的官兵纷纷回家过年，楼内寡欢少语、孤寂难耐。值班的队教导员严英田是个有心人，大年三十中午会完餐，就组织大家包饺子。我们都是生手，不会包，看他那中校军衔，还有几分生疏与畏惧。于是，他热情地说："东北人在年夜守岁或初一早晨务必要吃饺子，以此呵护亲情纽带、寄托新年祝福、象征新年大吉。虽然我们不能与家人和连队官兵团聚，往大处说是牺牲奉献，从细微讲是为奔前程，但我们包的饺子蕴含着亲情、理想和祝福，可以满足大家的意愿……"严教导员不愧是政工干部，几句话就拉近了官与兵的距离，把大家的心紧紧凝聚在一起。随即，他教我们和面、擀皮、包馅，相互由陌生到熟悉，从拘谨到放开，南腔北调，畅所欲言，心中阵阵亲情涌动，脸上丝丝笑意洋溢，仿佛家就蕴含在眼前一个个摆好的饺子里。当天晚上，我们乐于看央视春节晚会，直到第二天早晨才想起吃饺子。可是，火苗太矫情，我们几个兵都是"二把刀"，既不会烧火也不会掌勺，造成火不旺，水没完全开，就把饺子下了锅。结果，饺子沉底，半生不熟，部分馅还散开了，端上桌谁也没有动筷。听着窗外民间的鞭炮声，回味饺子的特殊寓意，彼此傻愣，欲哭无泪。我们不敢多想，只好徒步3公里到邻近的县城买来熟食，期待弥补团聚和祝福的缺憾。严教导员知道后，找到我们，特意安慰："饺子没煮好，都怪我粗心，考虑不周，以为这么简单的事你们应该能干好。没事，我们再包一次。"说完，他又带领我们干了起来。我发现了一个细节，从剁馅儿、和面、擀皮儿，到摆放饺子和下锅，严教导员都非常认真。最后，看着开锅的、圆滚的饺子，严教导员笑着说："进了新年的门，更要抖精神，吃完这顿饺子，再也没有遗憾了，以后就要看实际行动了。你们吃吧，我还有事呢。"说完，他就走了。望着他远去的背影，我们甚为感动，备受鼓舞，还趁机偷偷小酌一番，感觉比老连队的年饭还有滋有味，比在家团圆还温馨醉人，久隐于心底的孤寂便消散于这简单的推杯换盏之中。

舔尝爱情，饺子的味道滋润着家庭的根系，弥漫着婚姻的幸福。记得那年，爱人第一次带我上门，让老两口看看我这个准女婿是不是意中人时，他们忙得不亦乐乎。岳父负责掌勺，鸡、鱼、肉、虾等做了一大桌，岳母和妻子合伙包饺子。至今记得最深的还是从包到吃饺子的印象。岳母获悉我不会包，边和面边给我讲解："包饺子看似简单，但擀皮儿、拌馅儿、下锅很有学问。若煮饺子，得用凉水和面，让皮儿硬点，煮时不易散开；要是蒸饺子，需用温水和面，让皮儿软点，吃着柔和……"岳母真在行，我看她用筷子不停地拌馅，往里放甜面酱、酱油、五香粉、味精、盐、油和葱姜末儿等精而又精，皮儿擀得非常薄，包得也很匀溜，一看就非常拿手。开饭时，那香喷喷的三鲜饺子，薄皮儿透着馅儿，诱得人直流口水，就像第一眼看到妻子一样动心。我忍不住夹起一个大咬一口，牙被一钢镚儿硌得隐隐发痛，哎哟一声，逗得妻子捧腹大笑，我甚为尴尬，不好意思问其缘由。岳母笑了笑，对我说：

"我女儿太调皮了,不知道她啥时包进去的,你多谦让点。前些年,东北人包饺子乐于往馅儿里放钢镚儿,咬到的人表明很有福气,看来你差不了,以后你就好好地干工作吧。"听之,我心里甜丝丝的,估摸着已通过二老的考核关。甭说,我和妻子结婚后,小日子过得很温馨、浪漫,尤其是婚后的第一年春节,我在部队值班,不能回家团聚,妻子却冒着严寒送来岳父岳母包的三鲜馅儿饺子,战友们寻味而来,一扫而光,那种缠绵而甜蜜、温馨而清香的味道一直萦绕在记忆深处,令人回味悠长。

如今,随着职务的升迁,迎来送往虽吃过不少美味佳肴,但总感觉不及入门时那饺子的味道。

短评:军营食堂的风景

军人对军营有了特殊情感,便会体味到当兵的滋味。军人吃饭像打仗,无论什么饭菜,一上桌那就是"风卷残云"……部队一个伙食单位上百人甚至数百人就餐,主副食要做到精致是不现实的,因此部队吃饭可用一个"大"字概括:"大食堂""大馒头""大锅菜"……那吃的是一种气势、一种氛围、一种文化。每个营区开饭的号音响过,那一座座食堂里都是不尽的风景,如果哪个连队再吃上饺子,绝对构成这一风景中的焦点。《入门时的饺子味儿》写了作者参军后吃的第一顿饺子,这分明是一次无形的新兵入营式。"进了咱连的门,就是咱连的人。""吃了咱连的饺子,就要做军营新一代骄子。"这饺子包的是老兵对新兵的情谊,寄予的是部队对新战士的希望,由此这顿饺子就有了别样的味道。军人往往都能记住"兵之初"吃的第一顿饺子,而且总爱夸自己连队的饭菜最香,因为那炉火里燃烧的是官兵共同为国从戎的激情,那蒸笼里升腾的是干部战士蓬勃向上的朝气,那军营里充盈的是广大指战员团结友爱的精神……**(焦凡洪)**

(原载《散文百家》2017 年第 9 期)

违纪，当年咱也吃过亏

隽语点睛

在写总结汇报时，我深有感触地指出："部队严格的管理不能简单地靠权力和命令，关键还需心灵沟通和艺术润泽。因为相互尊重、平等相待，是进行沟通的前提；虚心坦诚、开放包容，是深入沟通的根本；达成谅解、凝聚共识，是有效沟通的标志。"

第二季度机关蹲点帮建伊始，部队党委责成我到连续多年没评先的七连重点帮扶。身未动，就听说该连战士思想活跃，时不时就有人试探着触碰纪律的高压线，这引起了我的高度关注。

我住的是七班，有仨士官和俩新兵。一进门，他们一口一个"首长"地叫得我心里热得慌，尤其是争着为我整理床铺、收拾衣物和端茶送水的举动让人很不自在。尽管我再三拒绝，但仍抵不住这些滚烫的热情劲儿。无奈，只好从命。

收拾好内务，我主动搭讪，他们话语却不多，问一句便答一下，不问就面面相觑。若触及连队的建设情况，他们立即会避重就轻地搪塞几句，甚至缄默无语，生怕说漏嘴。看来，他们略显生疏拘谨，有意避讳连队不足，要究其详，先得设法突破眼前的心墙。

为拉近距离，我积极参加七班教育讨论，特意引出"强军梦"的话题。班长和俩士官对"听党指挥""能打胜仗"理解较深，说得头头是道，可俩新兵对"作风优良"的理解肤浅，话中蕴含抵触情绪，似乎对部队的严格管理颇有微词。听之，我微微一笑，借题讲起自己当年违纪的往事。

1994 年寒冬，我身着戎装，胸佩红花，踏上开往东北的列车。记得在北京站中转，候车厅内到处都是绿色在攒动，透过玻璃窗往外看，站前广场也是人山人海。在等待时，我请假上厕所，领兵的中尉准许了。其实，我是去给在北京工作的哥哥打电话，过了 20 多分钟才返回。这时，新战友全走了，就剩下"一杠三星"的军官焦急地看着我的包。近前，他气疯了，狠狠地踢了一下包，指着鼻尖训我："新兵蛋子，谁让你到处乱跑，到部队后看我怎么收拾你……"听到这话，我吓得哆嗦了一下。心想，未到部队就得挨罚，这头脚踢得够倒霉的。没辙，只好硬着头皮随他往站台挤。很荣幸，就在列车启动的瞬间，我俩噌地登上了车门槛。到部队后，我经常留意训我的那位军官，时刻害怕他来找我算账。20 多天过去了，一直没人责问，我才知躲过了此劫，但心中已留下军纪的烙印，鞭策我须臾不敢懈怠。

由于我进步明显，新兵下班就被挑选到连部当文书。每天，我认认真真、兢兢业业地看管着连队的枪支弹药、柴米油盐和器材等物资，还往返于团机关、营部间处理连队琐事，可连长、指导员总是鸡蛋里找骨头，以严厉的尺度衡量我工作标准、处事艺术、文字水平、生活细节。那段时间，我郁闷死了。阵痛毕竟是暂时的，历经两个多月的磨炼，我终于"悟道"了，逐渐得到上下官兵的认可和赞许。意外的是，那年年底，战友的一次引诱还是让我超越了理智防线。一个周末，连长午休时，新战友小周出完公差，找我一起外出洗澡，我没同意。他得意地说："走吧，我和连长老乡，我爸还认识他，有事我摆平。"最终，我被他拽走了，可返回时，一辆摩托车把我撞倒，小周强烈要求对方带我到医院检查。这时，我爬起来感到无大碍，团队汽车连的一名老兵路过，问我伤情，我说没事，再三劝他别告诉连队。后来，经医生检查，的确没事。我俩返回连队，战友们全围上来问我伤着没有，说连长、副连长和排长去接我们了。心想，那老兵真不讲究，咋还是给连队报信了呢？这回糟了，肯定得挨收拾。一小时后，连长气呼呼地回来了，立即组织全连人员集合，让我和小周站在队前，简单地问了几句，就狠狠地训了我俩一顿。虽然连长后来再也没有追究此事，但我还是主动写了一篇长达 5 页的检讨书。事后，我明白了一个理儿，请假，才是最好的保护伞。

转眼到了第二年年初，我被连队推荐到师教导队参加预提班长培训。那个教导队是战士成才的摇篮，训练、管理、教育学习在集团军是严出了名的，学员毕业后，回到连队基本都成为四梁八柱。记得一天下午组织体能训练，内容是爬山坡，也许是一段时间训练强度过大，也许是不屑于值班区队长的管教，大家精神不振、情绪不高，有的学员还偷懒少跑圈。一气之下，区队长收拢人员，让大家围绕 400 米障碍场迈 12 圈鸭子步。当过兵的人都知，迈鸭子步是很折磨人的训练，身体半蹲，两腿来回前移，两手臂与腿成对称式地来回晃动，就像鸭子展翅一样跑，那情景不次于电视连续剧《火蓝刀锋》里的特种兵训练。对大家来说，迈一圈可能没什么大负担，但要坚持并完成是很痛苦的事情。最终，我们还是咬牙做到了，可腿都酸痛僵硬，四五天不敢伸屈，上下楼梯全握着扶手走，训练完全是在痛苦中度过。那次，我真正尝到了教导队严格的滋味，这种感觉已进入血液、渗透骨髓。

讲完这些故事，我总结地说："一辈子也忘不了这三次违纪的往事，虽然当时心里很难受，但的确为我后来的成长进步奠定了坚实的基础。"

话语一停，大家都乐了，笑得很开心，也很轻松。班长小张补充说："这就是严师出高徒嘛，难怪您能干到今天。"

我又接过话："金无足赤，人无完人，谁没有失误的时候呢？关键要看对待失误的态度，准确地说就是吃一堑长一智，要能亡羊补牢，知错就改。须知，部队就是个严明的集体，唯此才能体现出优良的作风，关键时就能实现打胜仗的目标。"

俩新兵听后，好像触动了共鸣的心弦，发言时略显激动。

讨论结束后，班长私下向我诉苦："现在的新兵真难带，在家生活靠父母安排，入伍后也别无所求，整天得过且过，尤其难适应部队的严格管理，今天您可为他们上了一堂生动的教育课。"

第二天，当我再次与俩新兵聊天时，他们已敞开心扉，完全心贴心地和我谈起了家庭自然情况、现实困惑、将来打算……

在随后的 5 天里，我又多次融入其他班谈心，最终剖析出了连队建设的 5 个病根，还梳理出了 3 条很好的经验做法。在写总结汇报时，我深有感触地指出，部队严格的管理不能简单地靠权力和命令，关键还需心灵沟通和艺术润泽。因为相互尊重、平等相待，是进行沟通的前提。虚心坦诚、开放包容，是深入沟通的根本。达成谅解、凝聚共识，是有效沟通的标志。

（原载 2014 年 3 月 1 日《前进报》，荣获《政工导刊》2013 年 "白雪杯·我的成长之路" 征文评选优秀奖）

行在褒贬里

隽语点睛

　　如今，职务高了，我常听到赞美的多，而批评的少，觉得自己离绿色的军营甚远，离那些推着我走向今天的士兵更远，但备感欣慰的是，眼前毕竟还有引领我回归到兵中的带兵人，教我如何做人、如何行文、如何赶路。这真是诤友可贵呀！

　　真正学会品味人生滋味，我是从当兵第三年经历的一次"失败"开始的。

　　那个即将收获的季节，眼看身边战友在为实现自己的梦想而做最后冲刺的时候，而我却因身体原因连考场末上就直接被拒在军校门外。要知道，我是当年真正的"大学漏子"，文化成绩拔尖，不出意外考上军校应该是板上钉钉的事。可世事不由人算，考场失意让我一蹶不振。此时,刚刚升任的团宣传股长纪维龙找到我，简单安慰几句，就拿出几本《新闻与成才》杂志，让我学写新闻，另辟出路。这让我立即振作起来，恍如在黑暗的胡同里看到一抹亮光。

　　纪股长是我的老指导员，有才气，也有水平，曾一手带连队战士李若冰走上了新闻写作这条路，且成了团里的"笔杆子"，退伍后还被地方政府破格提干。想到师兄的成长轨迹，我激情偾张，每天如饥似渴地"啃"那几本杂志。渐渐地，我拿起笔照葫芦画瓢，不久就发表了第一篇文章。

一天，纪股长推荐我去当团报道员。尽管早知政治处靳军主任很爱才，可一进门，见他一脸严肃地看着我发表文章的报纸。我突感空虚，怕自己这点"小才"难得主任的赏识。谁知，靳主任看完后，表情像换频道似的，继而笑意微漾，并起身拍了拍我的肩膀："嗯，有点南方人的内秀，是个'爬格子'的料，好好干吧！"就这样，我顺利通过面试，瞬时心里美滋滋的。

进机关当月，我在军区报纸上发表三篇"豆腐块"，赢得一片赞许。靳主任对我的"头三脚"很满意，总是用笑意犒赏我，或者轻轻地拍拍我的肩，进出一句"好好干"。这些细微举动让我心里热乎乎的，感觉总有使不完的劲儿。

就这样，领导满意，自己也开始得意。这时，我听到一些战友在背后议论，"整点小'豆腐块'嘚瑟啥呀，也不等同于考上军校，有能耐整点大东西""再有半年就要退伍了，还想耍笔杆子，真是耗子爬秤钩，自己不知自己的分量"……

听多了，自然就开始想了。是呀，我到底有多重呢？

一次，团机关大楼前的宣传橱窗内容需要更换，纪股长特意交代：那是"窗口"，让我高标准落实，趁机也展示一下自己。于是，我精心准备，从版面设计到挑选素材都力争完美。然而，在制作版面时却遇到了画图和写字的难题，于是我求助电影组放映员小刘。小刘是我同期入伍的老乡，新兵下班就被调进团机关，雕刻和书法绘画是他的特长。但他性格倔强，一般求不动，尤其即将退伍更是不给面。果然我被当即拒绝："我事多，没时间，你自己想法干吧。年底就要退伍走人了，还劲劲干这活儿，也不嫌丢人……再说，你现在学新闻不觉得晚吗？也没有后台，提干那么容易呢，反正我想好了，决定年底退伍了。"

没办法，我只好硬着头皮独自完成了任务。纪股长验收时只委婉地指出了些许不足，而靳主任检查时，既没评价，又无往日笑意，看一眼就走了。

也许是习惯了听首长的顺耳话，领导的沉默使我感到不安，觉得这是一种内心的不满，也是一种严厉的批评。想起战友的鄙言寡助，想想自己的未来，越想越彷徨。那晚，我躺在床上辗转反侧，随手拿起床头的一本书，当美国作者巴德·舒尔伯格的散文《我的第一首诗》跃入眼帘时，充满倦意的思维开始活跃了。

作者八岁时写下了第一首诗，母亲赞不绝口：只有神童才能写出这样"真美"的诗篇。于是，作者兴高采烈地等着外出归来的著名剧作家父亲的美言点评，最终得到的却是"真糟"。作者伤心极了，父母为此大吵一场。从此，作者在父亲的批评声中渐渐长大，写作水平突飞猛进，最终也跃入文坛"著名"行列。后来，他总结时，才发现是父母教会了自己如何对待形形色色的肯定和否定——不惧批评而勇往直前，不因赞扬而自我陶醉。

是呀，"真美"与"真糟"似乎完全对立又相辅相成。可是如何品味呢？感觉告之，关键在自己的态度，与其徘徊自馁，不如退而自省。为了弥补自己在靳主任心中的印象，我又鼓起勇气拿起了笔，很快在驻地《锦州日报》发表了一篇长达 2000 字的通讯，我拿着报纸高兴地敲开了靳主任的门，他大致扫了一眼文章，笑着说："不错，继续努力！"这时，我才真正领悟到靳主任善于表扬的领导艺术。

翌年年初，靳主任到南京政院学习去了，这时我写新闻已基本上道，每月总有文章发表。可是，缺少精神鼓励的我，有时不免思维板结。更揪心的是，部队马上就要大裁军，个人是走是留，前途未卜。在如山般的压力面前，我常常想起"真美"和"真糟"背后的故事，汨汨激情和动力不仅支撑我把本职工作干得有声有色，还历经了留队和三次提干的考验。那年年底，我终于实现了愿望，直接扛上了"一毛一"的黄肩章，被安排到新组建的某旅宣传科当干事。

后来，靳主任学习归来当上了我的科长，上任时仍拍了拍我的肩膀，说："这回更得好好干吧！"瞬间，当年那熟悉的举动和声音像一股暖流传到我的神经末梢。

再后来，靳科长进了集团军机关，而我调到驻沈某部工作。虽然距离远了，但在电话中仍能感受到他拍我肩膀说"好好干"时的亲切鼓励。

岁月流逝，一晃儿14年过去了。当年的靳主任已走上了正师职领导岗位，而我也进了团常委班子，还成了业余作家，出版了两本书，也算小有名气，我不仅要面对无数的"真美"和"真糟"，而且要谨谨地学起"表扬"与"批评"的领导艺术。

去年年初，我刚到大连某基地任政治部副主任。一天下午，我在办公时接爱人电话，说了几句不高兴，随手就把电话挂了，正好被负责老干部工作的范万忠主任看见。

他笑着说："怎么？弟妹惹你生气啦？"

我嗯了一声。

随之，他又用领导般的语气说："你很少回家，人家也不容易，态度好点，家和万事兴嘛！以后打电话时要注意让对方先挂，这是对人最基本的尊重。"

我听了心里很不舒服，马上反驳："我同领导打电话时，总让对方先挂。"

他又厉声说："那说明你心里只有领导。"

顿时，心里堵得慌，卡得我无话可说。心想，老范哪老范，你是我的部属，也太不把我当盘菜了，以后工作能配合好吗？

从那以后，我不声不响地观察着，发现范主任为人坦诚实在，工作高标准严要求，说话办事很有水平，他3年顺利移交了152名退休干部，军区还给他立了一次二等功。

渐渐地，我俩常常一起交流工作和聊天谈心。虽然职务上我是领导，且小他5岁，但实际我们已经成为无话不谈的兄弟。为此，他常提醒我，甚至在工作生活、领导艺术等方面直言不讳地批评我。

由于工作需要，一年后，我回到了沈阳。临行前，他开车把我拉到30公里外的一个特色饭店为我饯行。席间，他又给我提出了很多中肯的建议。

突然感到，范主任的话似一阵清风拂面，凉爽宜人。当兵近20年，能听到如此真诚的、让心灵洗礼的教诲真是我的福分。如今，职务高了，我常听到赞美的多，而批评的少，觉得自己离绿色的军营甚远，离那些推着我走向今天的士兵更远，但备感欣慰的是，眼前毕竟还有引领我回归到兵中的带兵人，教我如何做人、如何行文、如何赶路。这真是诤友可贵呀!

为了学好这些艺术,回到沈阳单位后,我特意在办公桌台历牌上贴了一句友情提示:"语气缓和,谦谨和蔼,文明用语,表情得体,抑扬顿挫。"让心灵时时触动,思维渐渐更新。

行文至此,我不得不感谢当初战友的"挖苦"和各级首长的关心鼓励,是他们的砥砺让我学会了在肯定与否定中求成长进步!

(原载《散文选刊·下半月》2014年第1期,荣获2013年度中国散文年会评选二等奖)

宽容心花一路开

隽语点睛

　　一位老首长谆谆告诫："若要行远，必先修其近；若要登高，必先修其低。近不修，则无以行远路；低不修，则无以登高山。"是呀，生活中无数的事实表明，有志者总是靠修心力去做事，不浮不躁，沉着稳重，最终才能游刃有余、厚积薄发、福德双至。

　　客居城市长了，利用节日出趟远门，举家放飞心灵，一种久违的兴奋与感动，就汹涌且温婉地越过心窗，弥漫在原本静默的车内，那种舒心、怡人的感觉甭提有多好了。倘若在途中，再有戏剧性的故事点缀，让心潮起伏、感奋不已，那才是一种生活的醉美哩。

　　国庆长假，驱车携家人回湖北老家，心情格外喜悦、激动。岳父岳母是首次去南方，一上车就不停地打听心仪已久的南方景色、气候、风俗和文化，回去过三次的妻儿一知半解的解答，不时引起哈哈大笑。说到兴头，儿子干脆随口唱出自己改编的"常回家看看，是给爷爷奶奶最好的礼物……"搞笑的腔调逗得大家乱了心绪，一时竟不知空间方位和时间坐标。说实话，结婚十年，全家人还从未一起陶醉于这么开心的氛围。然而，雅趣正浓时，却遇到了一件扫兴的事。

临近正午，肚儿咕咕叫，油表也跟着凑热闹，我急忙驶入河北高速公路某服务区补充能量。"老板，请加200元汽油。""好嘞，哥，请稍等！"一位二十出头的靓妹接过钱，笑眯眯地拿起油枪就唰唰灌注。她笑得太亲切了，一声甜甜的"哥"让我为之一震："这女孩儿真会撑门面，可惜用错了地儿，若置酒店厅堂，一言一笑定会招揽很多生意。"

完毕，我扫了一眼加油机显示屏，弹出34.81升，没多寻思，转身就上了车。一拧车钥匙，油表告之，只加了8升。内心突然一咯噔，以前从报纸上看到加油机空转，老板昧心"宰"司机的新闻，难道这事也让我摊上了？

我下车和言地问其缘故，女孩儿不假思索地答："我们加油机正常，是您的油表坏了吧。"

一听回答，对她纯真的好感瞬时荡然无存，怒火不由得喷涌而出，我毫不客气地训斥："车是新的，油表怎么会坏呢，一定是你的加油机在空转，那显示的加油量是掩人耳目的，我看是你的思维和行为出故障了，把老板叫来，赶紧解决问题。"

厉言切中要害，毕竟做贼心虚。女孩儿听之，吓得脸刷白，立即打电话汇报情况。我焦急地等啊等，催一下，女孩就说马上到。结果，迟迟不见老板身影，我越等内心越烦躁。

15分钟后，老板终于来了，是一位近六旬的老头儿。他磨磨叽叽地询问，令人更为恼火，我忍不住大喝一声："还不解决呀，我要报警了。"说着，我就掏出电话，真要拨110。这时，岳母劝我："别报警，做生意也不容易，让他们把缺的油补上就算了。"老板很圆滑，立马接话表态："加油机有时也可能出现误差，我们马上修缮改进，您说加多少？"

听了老板的歉意，我内心稍稍平静，宽容地说："那就加满吧。"也许是理亏，老板很诚恳，直到溢满油箱口才收油枪，这时加油机显示加了50元。我没来得及估算，妻子就给了补加的钱。

稍作休憩，我开车驶上公路，心里边合计边说："老板会不会还玩伎俩，让油表指针空走呢；吃点亏事小，可别因缺油而抛锚哇……"妻子和二老听了，也跟着议论起来，大家渐渐表情低落、心绪沉闷。

一个小时的忧虑很快就过去了，我疾驰了110公里，发现油表指针才开始返回。这时，我内心才彻底踏实，一估算，这段路程消耗的7升油是多给的，原来老板真的知错了，及时用行动来补过。

于是，我幽默地告诉大家："这叫'塞翁失马，焉知非福'，也叫'聪明反被聪明误，愚蠢反被机灵救'。"大家听之，冷脸子不禁又活泛起来。

我边开车边反思"海纳百川，有容乃大""得放手时须放手，得饶人处且饶人"等哲理，还想到了一位老首长的谆谆告诫："若要行远，必先修其近；若要登高，必先修其低。近不修，则无以行远路；低不修，则无以登高山。"看来这些生活辩证法是很有道理的，宽容别人就等于为自己留一条后路。想着，想着，我就明白了一个理儿："有志者总是靠修心力去做事，不浮不躁，沉着稳重，最终才能游刃有余、厚积薄发、福德双至。"

就这样，下午我们一路开心至北京，由于路线不熟，进城全靠导航指引。刚进长安街路口，就见路边的警察朝我招手。我佯装若无其事，继续在路中朝前走，并气愤地说："这回倒霉了，怎么又遇上这差劲的执法人员，前面肯定还有警察拦我。"

大家不解，我便讲起1993年冬天，在北京打工时与执法人员发生争吵的一件事。一次，我到王府井大街买了一双皮鞋，试穿后随手将鞋盒往路边垃圾箱扔，可是口太小没塞进去，只好放在垃圾箱边。刚转身走，一名佩戴红袖标的中年男子一下子拽住我，说我违反当地卫生管理规定，要接受5元的处罚。我很茫然，也很生气，自己没错呀，为何还要挨罚？和他理论了几句也无济于事，最后我道歉、求情，他仍不松口，还声色俱厉，说再不配合就要罚10元。无奈，我只好服帖地交了5元罚款，内心一个星期很不舒服。现在看来，5元钱不算啥，但在那时，是我一天的辛劳费呀。须知，当时北京许多主要街道对随地吐痰、乱扔纸屑者罚款极盛行，很多农民工都遭受过这种处罚。

时过境迁，但前车之鉴，芥蒂犹存。现在人们综合素质普遍都提高了，不知北京过去那种靠罚款治理卫生的做法是否还在延续。质疑后，我凭经验断定，眼前是在北京的中心街道违反了交通法规，肯定得挨处罚，必须正确对待、态度诚恳，否则会引火上身。

很快就到了下一路口，正好亮了红灯，远远地看见路边一协警朝我车走来。近车门，他标准地敬了一个礼："同志，请出示您的行车证和驾驶证。"我递上，他看了一眼，说："请把车开到路边的警车旁。"协警规范的手势、严肃的表情和干练的语气真够吓人的，儿子靠在岳父怀里不敢吱声，二老也怔住了，静观其变，唯妻子不安地说："别紧张，他们不会把你带走吧？"我镇定地答："也没干坏事，干吗抓我，顶多扣几分、罚几百块钱呗。"

车行至路边警车旁，我下车准备接受处罚。这时，协警已将我的证件交给一警察，他看了看，也是一脸严肃："您知道这个时间段长安街禁止外地车辆通行吗？"

"不知道。"我摇了摇头。

警察又问："您的'进京证'呢？"

我迅速拿出给他，他指着背面的文字说："持此证载客汽车每天 6 时至 22 时禁止在长安街及延长线新兴桥至国贸桥路段通行。这写得清清楚楚，为啥还违规呢？"

我不停地赔礼："对不起，我粗心大意，没及时学习呢。咱们都是一家人，身为干部，能不知道遵章守纪吗？我错了，下不为例，该扣分您就扣分，该罚款您就罚款，我都诚恳接受。"

"好，那就按规定行事，扣 3 分，罚款 100 元，您自己到银行去交款，把您的警察证件给我看看。"这时，他脸上多了几分和颜悦色。

我笑着说："抱歉，我是军人。"

"那出示军官证。"接着，他紧凑地追问起来，我一直满脸笑意地答。

"出门为了简装从行，我只带了身份证。"

"您在哪个部队工作？"

"北方部队。"

"是机关还是基层？"

"基层。"

"为啥来北京？"

"平时基层部队事多，没整块时间休假回老家，这次结合国庆长假带家人回去看老人，孩子一路吵着想看一眼北京天安门，所以顺道转转。"

"您一定是 20 多年的老兵吧，军人常常舍小家为大家，也挺不容易的，我看您态度很好，今天就破例不罚，以后千万要注意，但您不能直走，需绕道前行，不然，前面还有警察拦您……"

警察的一席话说得我内心甜丝丝的，眼圈迅即湿润起来，顿时觉得其精神可贵、形象高大。心想，如果 23 年前我态度好点，向那名执法人员诚恳认错，也许那种鸡蛋里挑骨头的印象不会积存到今天才消释。按照警察的指引，我驾车转弯驶入人民大会堂后面的街道。这时，儿子看到天安门城楼，高兴地喊哪、叫哇，还唱了起来："我爱北京天安门，天安门上太阳升，伟大领袖毛主席，指引我们向前进……"于是，车内又笑声不断、快意连连。

回到湖北老家，我很想感谢那位警察，甚至想与他结为朋友，但遗憾的是，没来得及问其姓甚名谁，也没记住他胸前的警号。为此，我打电话多处查找，还发动北京同学搜寻，结果杳无音讯。一连几天，我内心始终很不平静。

嗜　枪

隽语点睛

　　连长站在新兵队伍前总结讲评："这是一次体会练习，总体成绩还不错，但有的新兵训练方法不当、动作要领不妥，甚至有的还眼高手低、心浮气躁，大家要好好总结原因，找找偏差……"连长的批评像针扎一样，刺得我心生疼。那天，好像大家都在嘲笑、鄙视我，我感到丢尽了脸面，始终耷拉脑袋。

　　也许是一种偏爱，我对枪情感笃深。每次在营区散步，我都会无意识地到靶场转悠，看那里的靶台、靶坑、靶位，就会想到非常熟悉的枪声；每次到基层检查，我总是特意去看看兵器室，方便时就拿起枪支瞄几下，或者拉几下枪栓，感受一下握枪的快慰；每次带儿子到游戏城娱乐，我常主动地领他玩气枪射击，目的是培养他爱枪的兴趣。很多人不理解，说我嗜枪如命。

　　我出生在大别山区"中原突围"的革命纪念地，那里蕴藏着浓厚的"憨厚朴实、信仰执着、对党忠诚"的革命传统基因。1946年5月，革命前辈周恩来和李先念在我的家乡与美蒋代表进行谈判，商讨和平问题。最后，蒋介石仍野心不死，点燃战火，中原部队迅速展开突围战役，打响了解放战争第一枪。从记事起，我就常听村里长辈讲家乡革命的故事。听多了，便模仿着拿起父亲为我做的木头手枪与童伴玩"领军战斗"游戏。据说，我刚为人父的二爷和不满 15 岁的四爷勇猛过人，是在家乡战斗中为救乡亲而光荣牺牲的。每次听到这些伤心事时，我的内心总是隐隐作痛，立志长大后要当一名像爷爷一样赤胆忠诚的兵。1994 年年底，我参军来到辽宁锦州某部。初入军营，很多新兵怕苦怕累、想家恋亲，非常不适应紧张的生活节奏。尤其是我们这些南方兵，受到更为严峻挑战的是南北气温和饮食习惯的差异，常常让大家苦恼。许多战友暗地里哭鼻子，而我却毫不畏惧，很快就适应了。

新兵生活虽然很艰苦，但我始终充满兴奋劲儿，渴望早点摸上枪支过把瘾。那天终于盼来了，我第一次触摸心仪已久的冲锋枪，边高兴地抚摸、擦拭，边跟一位老乡吹嘘，自己以前是百发百中的猎手。他取笑我："瞅你那得意样，如果你打出优秀成绩，我用这个月津贴请客。"我信心十足地伸出小指与他拉钩打赌。没想到他的嘴太快了，当天全连战友都知道了此事。

眼看就见分晓了。一个星期后，我们 150 名新兵被带到靶场。连长动员教育，编队分组。很幸运，我被分到第一组第五个靶位。按照射击号令，我谨慎地向射击地域前进、领弹匣、卧姿装弹。这时，射击保障员都帮助新兵调整卧姿，仔细检查保险、标尺、枪栓，生怕出现一丝纰漏。我瞟了一眼左右"邻居"，都脸色煞白，显得很紧张。我心里有数，没让关照就麻利地完成了"一正""两紧""三实"等击发准备。

当听到"射击开始"的口令，我不慌不忙地打开保险，右肩顶住枪托，右腮帮子贴在枪盖上，认真地瞄起来。乒的一声，我开了第一枪。接着，"乒，乒……"战友们枪声陆续响起。我抬头看了看报靶情况，靶标左右晃动。瞬时，我热血沸腾，激动地侧身对保障员说："班长，我打 10 环了！"他迅速蹲下，一把按住我："别乱动，就按刚才要领再瞄准。"当第二枪响起时，发现靶标画了三圈，示意打了 0 环。我蒙了，不知所措。第三枪响起，又打了 0 环。这时，内心嘣嘣直跳，很不是滋味。我摇了摇头，揉了揉眼，定了定神。结果，第四枪打了 8

环，第五枪打了 10 环。心想："完了，这回我输定了，丢面子虽小，肯定得挨收拾。"我把枪平放在靶台上，爬起来缄默无语，随队郁闷地回到连队。

射击考核成绩下来了，我是 28 环，居全连下游。连长站在新兵队伍前总结讲评："这是一次体会练习，总体成绩还不错，但有的新兵训练方法不当、动作要领不妥，甚至有的还眼高手低、心浮气躁，大家要好好总结原因，找找偏差……"连长的批评像针扎一样，刺得我心生疼。那天，好像大家都在嘲笑、鄙视我，我感到丢尽了脸面，始终耷拉着脑袋。

晚上，班长私下找我谈心，没有一点批评、责备、埋怨的语气，反而不停地安慰我、鼓励我。我也坦诚地打开话匣子："班长，我以前在家跟叔父打猎非常准，这些天训练也很认真，为啥成绩却不高呢？"班长没有正面回答我，而是立即带我去求教团队人称"枪王"的张老班长。据说，他既是机械技术"大拿"，又是百步穿杨的神枪手。

见面后，张老班长非常和蔼，听完介绍就单刀直入地分析："小伙子，猎枪子弹是霰状，咱枪子弹是点射，命中率肯定不一样。须知，射击分为初手和高手。初手心理因素占 20％，技术动作占 80％，讲究'有意击发无意响'；高手心理因素占 80％，技术动作占 20％，讲究'无意击发无意响'，也就是人枪合一，即最高境界。我提醒你：据枪是基础，瞄准是关键，击发是核心，三者相互联系，彼此影响；要想成为高手，至少要练 800 次空枪击发。你失利原因可能是心理因素和动作要领没掌握好。"张老班长的回答简单有力，一语击中要害，我恍然大悟。

那天晚上，我反复琢磨张老班长的话语才开窍。原来，以前训练只掌握了据枪的动作要领，而忽略了瞄准与击发境界的练习。就这样，白天训练，我在雪地上一趴就是半天。为了练射击的稳定性和持久性，我在枪杆上挂着一块砖头，一举就是半个钟头。那段时间，我的胳膊肘天天都是酸溜溜的。为此，我常常感叹："这哪是练枪啊，实际是练恒心、练耐力、练毅力！"

这时，有战友劝我，别那么较真儿，咱们专业是打炮，不是打枪，要想进步以后多在专业上下功夫就行。我觉得，战友的话语有几分道理，便松懈了。指导员看在眼里，教育时故意点拨我："真正的军人要靠枪杆子立身，让子弹说话！而枪自己是不会动的，需要勇敢的心和强有力的手来征服，才能体现出自己的价值。如果凭自己兴趣热一阵冷一阵，是不能精于枪的，更不会专于业的。所以，大家干一行，务必要专心、敬业、精忠。否则，打赢就是一句空谈。"

一语激起心湖千层浪。后来，在新兵射击考核中，我脱颖而出，以48环名列第一，被记营嘉奖一次。再后来，每年单位组织实弹射击考核，我都名列前茅。

如今，我工作在部队的机关，逐渐远离了基层拿枪摸爬滚打的岁月，却对枪的情感愈来愈深。因为我觉得：爱枪、精枪是军人的第一职责，尤其是在钢枪受到严峻挑战时，应视其为第一，甚至超越自己的生命，否则，打赢就是一句空话。是呀，当前世界格局波谲云诡，周边挑衅异军突起。作为军人，该让"嗜枪"的情结奋力迸发，也该让子弹硬气"说话"了！

（原载《散文选刊·下半月》2012 年增刊，荣获 2012 年度中国散文年会评选二等奖）

楼顶那棵榆树

隽语点睛

　　且看榆树那春天的嫩绿，夏天的浓密，秋天的苍郁，尤其是冬天落了叶的树枝更显精神，与庄严肃穆的树干整个看来，在纷纷雪花的映衬下，太像塞北雪域高原穿着肥大棉衣站岗执勤的哨兵。真的，看到它，我就联想到那些可亲可敬的哨兵。

　　树木本是生长在土壤中，可是不知啥时，肆虐的狂风把一粒种子吹到岳父家七层的邻楼顶边，尘埃将它覆盖，雨水为它湿润，阳光为它补钙。于是，它渐渐发芽，长成一株碗口粗的树，看那两米多的身材，少说也有八九岁。这实在令人好奇。

　　我原本不识楼顶那棵树，萌生敬意纯属意外。2012 年夏天一周末下午，沈阳市突然乌云压顶，不一会儿就狂风席卷，大雨哗哗，电闪雷鸣。那时，我正好站在岳父家北阳台前，看窗外风雨中疯跑的车辆，扭头时无意发现了邻楼顶边有棵无畏无惧的孤树。我一下子惊呆了，这是啥树呢？命悬楼顶边，能生长，还那么顽强、旺盛？我问家人，不得而知，便伫立窗前盯着那棵树，100 多米的视距，虽看不清树叶和树皮的真容，但枝叶被风雨蹂躏时惶恐而痛苦地东摇西摆的姿态仍历历在目。再定神观其根部，发现楼顶的防水层被拱了起来，我断定它的根系一定多，且抓得很牢。我不禁感叹："这树真够顽强的，没有土壤的呵护，根系仅扎在板缝中，竟能在八九级风浪中岿然傲立。"

从此，我非常敬慕楼顶孤树钢铁的意志和坚忍的性格，内心深处感受到一种罕见的生命倔强与高傲，并吸引着我每逢周末都要去欣赏它，赞美它，寻思它。我曾用家里的相机，欲拍下它最经典的一瞬，可焦距太短，看不清真容；我曾几次想爬上楼去看它，但外墙铁梯设置危险，最终畏而退步；我曾发动家人向院内的长者打听它，结果都失望。无奈，每次便陷入深深的灵魂震撼。

渐渐地，我越来越感觉楼顶孤树用最原始最无奈的生命，对抗着日渐恶劣的环境，积一身的力量在枝头绽放生命的青翠，这种渴求进取的精神是值得宣扬的，值得赞美的。因为早春的温暖和晚秋的萧瑟对它的考验没啥稀罕的，而隆冬就迥然有别，寒风凛冽，大雪飘零，气温最低达零下 30 多摄氏度，它如何在那险要的楼顶边冬眠呢？更甭说那炎热的夏天，楼顶气温高达 30 多摄氏度，它的根系又怎样在闷热的板缝间拼命地扎下去呢？

今年夏天，沈阳高"烧"不退，呈现近 50 年暑热的高峰。我多次观察，路边的柳树、白杨、桃树等枝叶在午间常晒得打蔫，而那棵树却独秀楼顶，递增的敬意驱使我找来高倍望远镜观望。"哇！那叶如铜钱，皮纵裂粗糙，和院子里高大魁梧的榆树不很相似吗？"岳父、岳母和妻子闻声，近前争着用望远镜观看，继而发出啧啧赞叹，断定那就是榆树。这时，我的心结彻底打开了，却找不到最精辟的语言、最精妙的词句来表达心中的感慨。

为进一步了解榆树，我特意卜网查看它的生态习性、历史由来、功能用途、地理分布等介绍，才知它是喜光、耐旱、耐寒、耐瘠薄，萌芽力强，根系发达，适应性很强，寿命可达百年的树木。这是它生命的可贵与顽强之处，其他任何树木是无法比拟的。据悉，人们笔下常赞美的天山雪松、戈壁红柳、沙漠胡杨，还有西北白杨，它们要么只耐寒，要么只耐旱，要么只耐盐碱，都不及榆树集多能于一身。就拿根系来说，胡杨就略逊一筹，它长到地下四五米深，才能寻找生命的源泉，而那株榆树的根系仅扎在楼板的缝隙间，时刻在残酷的抗争中延续生命。

榆树对人们重要的贡献是，它本身蕴含的丰富资源。它的树皮、叶、果可用于轻、化工业和医药，能安神和利小便；它的树干可供家具、农具、器具、桥梁和建筑等重用。尤其是它的叶片吸滞粉尘能力居乔木之首，城市绿化特别是水泥厂、热电厂等粉尘污染较重地段常乐于栽种它。在浑浊的空气里，榆树的叶总是敞开博大的胸怀，吸纳污秽废气，呼出新鲜氧气，一点一点地净化生活的天空。这也许是它不求回报，只知付出的又一高贵品质吧！

思前想后，我觉得楼顶榆树真不简单。尽管它看似不起眼，但每天仍拼命地顽强地生长着，照样为社会尽己所能，一点也不懈怠，直到年华尽逝。且看它那春天的嫩绿，夏天的浓密，秋天的苍郁，尤其是冬天落了叶的树枝更显精神，与庄严肃穆的树干整个看来，在纷纷雪花的映衬下，太像祖国边防哨所穿着肥大棉衣站岗执勤的哨兵。因为我曾去祖国最北端哨所体会隆冬的无情，也去过最东端的海洋岛尝试生活的孤寂，那种意境在我心中留下了刀刻般的印象，看到楼顶的榆树就联想到那些可亲可敬的哨兵，无论风吹雨打，无论严寒酷暑，始终默默无闻地坚强不屈地一丝不动地扎根在哨位上。

想着，想着，我就想到了一个像榆树一样有着顽强性格的战士。

单位勤务员小刘是个聪明能干的小伙子，2012 年底入伍，新兵训练结束后被挑选到单位警卫排站岗，由于勤奋、机灵、乐观、上进，工作一年半，又被调整到公务班，担任团首长的勤务员。战友们非常羡慕，说他在首长身边工作，一定会近水楼台先成才。小刘听了，内心甜丝丝的，每天总是乐呵呵，尤其是谦虚谨慎、心细周到的服务很快得到首长们认可。可是，在春节年夜的晚上，他心存侥幸地与一兵酗酒，单位值班首长检查发现后，一气之下把他撵到连队，锻炼两个月才回返。回来的小刘十分珍惜岗位，生怕再犯错误影响夙愿。

两个月后，按往年的工作计划安排，该选兵去学汽训。小刘瞪大眼睛，一心期盼录取发榜的日子。结果，上级通知下来了，要求学兵务必是列兵，而小刘是上等兵，显然不符合规定要求。

落选如麻雀飞进糠坛子，令他大失所望，小刘佯装若无其事，但细观还是少了几分往日活泼的朝气劲儿。"好好干吧，以后学技术的机会多的是。如果真想学车，可以到驻地报名……"听了我的一番安慰，他立即拍胸保证："首长放心，我肯定好好干。"说完，又乐呵呵地去干活。

我很欣赏小刘的刚强、伶俐、直率和阳光，平时没事就与他唠家常嗑，对他的人生规划和家庭状况略知一二。

小刘是憧憬学车才入伍的，希望学好一门技术将来改善赤峰林西县乡下老家的贫困。如今，家乡百姓都在铆劲儿奔小康，可他家却心有余而力不足。母亲年轻时粉碎猪饲料，右手卷进机器，胳膊被截去三分之一，如今只能用左手生活、劳动，勉强维持生活。父亲原本是个壮劳力，但一次晚上开车，因疲劳驾驶，撞上路边大树，为阻止车和随行的5口人掉下路边悬崖，父亲急中生智，用左腿别住车，上身顶在树上。人车避险了，可父亲的大腿别折了，经半年医治，安进钢板，才能瘸腿行走。在小刘的记忆里，父母非常疼爱他，每日宁舍三餐饭，也不让他挨饿，靠省吃俭用才把他养大成人。

小刘入伍后，由于家中缺少主劳力，父母负担日益加重，身体每况愈下。2015 年年底，父亲患脑血栓，智商下降，进食困难，行走更为不便。过完春节，母亲患蛇盘疮，住了半个月的医院才治愈。过了三个月，他的姥爷体检，查出了肝癌，全家人一时陷入焦虑之中。为此，小刘回家探望，假期未满就急忙归队，刚进部队大门，又接到父亲去世的电话，他只好抹干眼泪，续假踏上回家的列车。

小刘安葬完父亲，处理好家务，立即返回部队。我以为他会满脸憔悴、悲伤一阵，没想到见面时，他依旧笑呵呵的，说话办事比以前更为麻利、稳重。我问他，家中遭遇系列不幸，有何感触。他说："父亲已经走了，得正确面对，但母亲日后还需照顾，考虑问题不能像以前那样肤浅了，我得更加努力工作……"

多可爱的战士呀，面对逆境困难，却宠辱不惊，志向愈坚，这不正是那些忠于职守哨兵中的杰出代表吗？像楼顶那棵榆树一样，成为我心中一帧最美丽最崇拜最神圣的风景。

（原载 2013 年 11 月 7 日《沈阳日报》）

风景军营独好

隽语点睛

是呀，正因为长期受这种氛围的熏陶与涵养，军人才走如风、坐如钟，形象威武、腰杆笔直，说话简明扼要、办事严谨利落、打仗敢于冲锋。无论什么时候，军营总是透着一种端庄、硬朗和坚忍的气质。

说起美丽风景，人们常竖起拇指夸赞"上有天堂，下有苏杭"。我觉得，好看的风景不需停留在回忆里，而在感知中。当脚踏军营热土，认真倾听声音、仔细品尝味道、深切感悟气质的时候，会突然觉得这一切理性认知是如此浸润心灵、支撑精神、牵引行动。

天 籁

在我的意识里，最动听的声音是军营的声音。

军营的声音是喇叭与口哨的变奏，是官兵与岗位的交响，是职责使命与激情动力的合鸣。此为天籁，世间少有。

军营的声音是准时的、急促的，一响就振奋人心。每天清晨，军号幽幽响起，唤醒熟睡官兵。倘若有兵贪睡或懒床，接着便有几声急促的口哨催促："起床，起床……"听到哨声，班排接连吆喝，大家谁也不敢懈怠，急急忙忙穿衣服、找鞋袜、上厕所。否则，5分钟后出操的哨声又要响起，个人稍慢半拍就会影响集体准点行动，那是很丢面子的，甚至要挨批受罚。和平时期，军营的号声很有规律，每到起床、出操、收操、操课、吃饭、点名、就寝的时间会准时响起，官兵一听就知，务必落实，不得篡改。一旦战备节日来临或遂行重要突击任务，军号也会反常，按作战要求突然袭击，那种声音如冲锋号般刺激神经，官兵听之立即携带物资，快速出动车辆，精准到达战位。在军营，号声和哨声就是时间和命令，官兵闻声而动，迅捷执行，无怨无悔。

军营的声音是优美的、激越的，每个音符都触动人心。从早晨起床到晚上熄灯，绿色旋律一直在飘荡。当过兵的人深知，唱歌是军人特有的一种生存方式，队伍行进要唱歌，开会要唱歌，集会要唱歌，饭前要唱歌……军营若没歌声，就像吃菜少盐一样寡淡无味，而唱起军歌，官兵才精神活泼、劲头十足、奋勇当先。想想训练间隙或礼堂集会拉歌，那才有军味、有血性哩。甲方指挥员巧妙运用抒情、激进、问答等绝活激情领唱："一、二、三、四、五，我们等得好辛苦，让你唱你就唱，扭扭捏捏不像样……"官兵随声附和、集体挑逗。乙方也不示弱，指挥员引领官兵用歌声、笑声、掌声应对："X连是个老大哥，欢迎你们唱首歌，你们快点来一个，好不好？好！掌声鼓励，呱呱呱，呱呱呱……"看那逗趣，你方唱罢我登场，较劲拼比旋律扬，气势有起有落、有高有低、有急有缓，恍如《黄河大合唱》的翻版，连旁观者也会不知不觉地兴奋起来。有时拉歌也会"结仇"，一遇评比活动两单位官兵就不知不觉地较起劲，但赛后仍亲密无比。一年四季，军营是歌声的海洋，时而细腻轻盈，时而委婉舒缓，时而壮阔粗犷，时而热烈奔放，一如宏大音乐的前奏、高潮和尾声。

军营的声音是安静中嘈杂的呈现，是谨慎时粗心的律动，凸显着官兵思想觉悟和单位管理水平。部队纪律严明，"出门看队列，进屋瞅内务，吃饭听声音"是管理的砝码，吃饭不像地方那么随意，上百人甚至数百人就餐，打菜盛饭全靠心领神会和眼神交流，无论什么饭菜，一上桌就"风卷残云"，哪怕出现争饭抢菜或红脸闹别扭的细节，眼睛瞪得溜圆也不会吱声。如果驻足听听那吧唧吧唧的咀嚼声，啪嚓啪嚓的碗筷盘触碰声，哐哐嗒嗒的脚步声……再看看那壮观场面，就像沙场点兵一样，铁流滚滚，气势雄壮。这时，你才会明白，军营最美的风景是在极致时豁然呈现，也会情不自禁地感叹，原来军营吃饭也是一种战斗力，更是一种文化和"蝉噪林逾静，鸟鸣山更幽"的意境啊。

多端味道

在我的记忆里，军营的味道纯正而又难忘，提及就口内生涎。

味道，是通过嗅觉和感知产生的。军营不像城里废气多、浊气多、臭气多、尾气多，而是到处树木丛生，花草丰茂，错落有致，清清的、淡淡的馨香似乎把官兵的五脏六腑都浸透。尤其是感知的味道，官兵更有发言权，如拼搏的苦涩、成长的甘甜、收获的欣喜等味道一应俱全、连绵不绝。

军营的味道在生活训练上。两眼一睁，忙到熄灯。部队工作似射线，总有理不完的头绪、解不完的疙瘩，不是军事训练，就是教育学习、公差勤务，整天忙得胳膊和大腿酸溜溜的，偶遇失误或失败时，鼻子酸，心更酸；比武场上，当离弦的速度创破一项纪录、标准的动作诠释一种辉煌、娴熟的动作定格一种美丽、响亮的声音震撼一种灵魂时，才知喜悦的甜蜜和成功的不易；军人训练条件艰苦，潮湿、蚊蝇、暴晒、雨露、寒冻等恶劣环境忍无可忍，但脚步无法抵达的地方官兵能抵达，身体无法穿越的障碍官兵能穿越，生命无法坚守的境界官兵能坚守；军营是一所大学校，调皮、娇气、顽固的青年人入伍，方知这里管理、关心、培育的方式很独特，逆耳的语言和锥心的举措让青春开始磨砺，意志日渐成熟，思想慢慢收获；军人的兄弟情是真挚的、纯洁的，遇到困难挫折会相互帮助，取得成绩会一起分享，退伍离别会泪水涟涟……

军营的味道在遂行任务中。生命对每个人来说只有一次，没有谁不珍爱生命。但自穿上军装向"八一"军旗宣誓的那一刻起，军人就把自己的生命交给了党和人民，立誓要为祖国不惜命、为人民不贪生、为胜利不畏死。所以，战争年代，军人在生死考验面前敢于赴汤蹈火、视死如归；和平时期，军人维护人民利益始终敢于担当、冲在一线。且看抗洪抢险、抗雪救灾、抗震救灾等非战争军事行动突发时，总是军人第一时间挺身而出，他们在抢救生命和拯救家园中忘记吃饭、忘记睡觉、忘记劳累、忘记痛苦，瞅瞅他们那双手、那双脚、那双眼、那张脸、那汗水、那脊背、那睡姿，曾感动多少麻木的心灵，曾引起多少国内国际网友的点赞、转发和美评。这时，"最帅天团""逆行勇士""我们的亲人""最可爱的人"等誉称让军人内心感到无比自豪、无比荣光、无比快慰。

军营的味道在餐桌上。官兵来自五湖四海，口味有别，军营的味道不只是温饱，更关乎精神和战斗力。所以，平时各部队伙食保障力求做到：风味多样，川、粤、苏、鲁、闽、浙、徽、湘、京、沪十大菜系和南甜北咸东辣西酸等口味应有尽有；三餐有别，早晨鸡蛋、牛奶或豆浆不可缺少，一天菜谱坚持"四六四"不能重样，馒头、花卷、油条、米饭、面条等主食轮番交替；讲究美感，食物色、香、味、形、美和谐统一，让官兵时刻享受至高的精神和物质待遇；注重情趣，每当春节、"五一"、端午、"八一"、中秋、"十一"、元旦等节日来临，军营准时会餐，"全家福""狮子头""叫花鸡""东坡肉"等菜肴齐聚餐桌，让官兵享受大家庭的关爱与温暖。遇到遂行任务时，军营的饭菜不像平时那么讲究，以实惠、快捷、方便为主旨，但香喷喷的猪肉炖粉条、小鸡炖蘑菇、鲇鱼炖豆腐等常让官兵吃得津津有味。总之，军营大锅饭有氛围、有趣味、有嚼头，有别于农村婚丧酒宴和城里的山珍海味，让当过兵的人一生留下深刻记忆。

别样气质

在我的感觉里，军营的气质最优雅。

军营的气质写在脸上，蕴含在言谈里，表现在举手投足间，是平时血与汗的馈赠，是长期磨砺与涵养的结晶，是社会谋生与创业的精神财富。

军营的气质因有棱有角、中规中矩，显得威武挺拔、铁骨铮铮。整齐划一，条框分明，横平竖直，落落大方，是军营最显著的特点。看那一排排的厢式营房，一行行的挺拔树木，一块块的绿色草坪，一方方的整洁军被，一条条的笔直马路，连军人走路都有型，拐弯都带角，内心有一种新鲜、爽快、提神的感觉在漾动。是呀，正因为长时期受这种氛围的熏陶与涵养，军人才走如风、坐如钟，形象威武、腰杆笔直，说话简明扼要、办事严谨利落、打仗敢于冲锋。无论什么时候，军营总是透着一种端庄、硬朗和坚忍的气质。

军营的气质因山水环绕、树丛映衬，显得浪漫妩媚、活泼可爱。山是精神之柱，水是生命之源，树是生活之符。因万物通灵性，山水和树木陶冶情操、美化心灵、启人心智，祖国大多数军队营房乐于倚山而建，与水为邻，以树为伴，生活既美观又舒适。如果官兵有心事，可以独自与大山倾诉烦恼；假如官兵有委屈，可以私下与河流发泄愤懑；倘若官兵有收获，可以尽情与树木分享愉悦。在耳濡目染中，官兵渐渐明白，是军人就要有大山般的稳重肩扛使命和责任，是军人就要有河流般的柔情赢得爱情和婚姻，是军人就要有树木般的温馨面对亲人和百姓。所以，人们才称军人为"最可爱的人"。

军营的气质因广纳人才、捶打磨炼，显得沉稳大气、睿智冷静。官兵是老师，岗位是专业。军营的特殊在于军人能学到社会无法给予的智勇与坚强、做人与处世……并融入血脉、刻进骨髓。只要进入方阵，军营不问你的学历，不论你的籍贯，不管你的背景，不计你的年龄，统一用纪律的尺子量长短，用训练的平台淬钢火。经过几年摸爬滚打，汗水洗去了稚嫩，枪炮练出了刚强，军营铸就了官兵的豪爽与质朴、真挚与憨厚、灵气与聪慧，塑造了官兵的执着、奋进、坚忍的精神，孕育出了一代又一代像雷锋、苏宁、李向群、方永刚、向南林等时代骄子。如今，聪明睿智的退伍老兵，凭着过硬的作风，乘着改革开放的春风，在竞争的社会潮流中走出了一条条通往幸福的康庄大道……听到这些喜讯，军营从不骄傲自满，仍一如既往地培育人、塑造人。

哦，军营是人生奋斗的起点，是人生成长的驿站，那一路轨迹才是最迷人的风景。

（原载《大众文化休闲》2017 年第 9 期）

家属院兴起"邻居节"

隽语点睛

　　我想到中国的一句俗语"远亲不如近邻",意在昭示邻里之间应相互信任、友善、关心和帮助,这样彼此才能收获更多的美好与幸福。是呀,当前在大力推进构建和谐社会,我们家属院兴起的"邻居节"不正是维系邻里感情的纽带吗?

　　"邻居节"是近十年欧洲民间流行起来的节日,它以居民聚会就餐、娱乐庆祝为主要形式,旨在营造一种相互信任、团结友爱、和谐共处的集体氛围。据了解,国内知之者不多。而我获悉,缘于身边发生的一串串动人往事。

　　2007年年底,单位分配经济适用房,我榜上有名。更值得欣慰的是,新房位置毗邻沈阳市第三十一中学、应昌小学、铁西百货、沈阳火车站、刘老根大舞台、新华和康乐公园,那儿上学、购物、外出、休闲、娱乐非常方便,的确是个福宅地儿。领完钥匙后,70多户人家就纷纷行动起来,相继装修入住。

　　那时,我在基层任营主官,很少回家,装修的事自然落到岳父、岳母和妻子的肩上。直到半年后住进新房，我才留心观察起来。

乍一看，家属院不大，占地面积只有 7000 多平方米，但在鑫源物业公司的精心管理下，小区干净整洁，出入管理正规，花草盆景葱绿、健身器材齐全，尤其是前后两幢楼房常引起门前过往行人的羡慕和赞叹。为此，我常感到知足和自豪。

然而，好景不长。翌年年初，因住户少，且有几户不交物业管理费，鑫源物业公司赚不着钱突然撤走了门卫。这时，家属院呈现"无政府"状态，院内车辆乱停乱放，垃圾随意乱扔，小偷更是肆无忌惮，大白天就顺手牵羊。尤其是有的住户自视甚高，对邻居形同陌路。几位退休干部看不顺眼，有时制止一些无端的举动、欠妥的德行，却被一些人看作好管闲事。

其实，我的这些邻居多数属于"一奶同胞"，彼此熟悉，不管哪家有点啥事，准保两天都知晓，而真正有难事时，大家背后议论的多，伸手帮助的少。记得那年春节，我买来烟花、鞭炮庆贺新年，引来不少小孩、老人、中青夫妇观望。突然，烟花火星引燃了六楼邻居晾晒在窗台上的牛肉干，且越烧越旺，而那家人外出了。无奈之下，我只好拨打火警"119"救援。5 分钟后，一辆消防车遽然赶到，消防员拿起水枪高射，瞬间扑灭。这事不大，却立即在家属院"炸"开，我自然成了大家议论的焦点。面对各种取笑或关切的话语，我无奈地笑而搪塞。真是倒霉极了，开年就向人道歉，最后赔钱才了事。

家属院的乱状引起了单位党委的重视，责成总工程师尹凤坤组建管理委员会，雇用 5 名退休工人负责管理。很快，小区又焕发青春，但仍有几户我行我素。对此，管理委员会采取系列招法治理：制定惩罚措施，通过张榜曝光抓好落实；开展"夏令营"活动或邀请驻地社区宣传队与居民共度"八一"联欢，通过集会增进相互了解；改进服务作风，物业管理人员经常为各户修理管道、家用电器等；实施物质奖励，对积极交纳物业费的，给予豆油、酱油、料酒等生活用品……

甭说，这招儿还真管用。有了相互交流的空间，家属院团结友爱的氛围浓厚多了。每次集会时，东家拿盘菜，西家拿瓶酒，一起共享愉悦……

"我是某单元某楼的某某，前年转业进省政府机关工作，有事请打

我电话";

"我叫某某，租住某某的房子，以后多关照，你尝尝我做的宫保鸡丁";

"下面，我唱首《为了谁》送给物业管理人员，感谢你们为家属院付出的辛劳汗水"……

尤其是几杯酒下肚，大家心房洞开，话语便多了，常常聊得海阔天空，谈得五体投地，就连昔日埋藏心底的纠葛也化作云烟。渐渐地，家属院粗鲁无礼的举动少了，谦和友善的言行多了。那几个不交物业费的户主感觉没脸面，悄悄地补上了陈账。

今年国庆节的头天，我接到尹总工程师参加家属院晚上集会的电话，当得知报名家庭已达60多户时，我拿着手机惊呆了，久久无语。真是今非昔比，判若两人哪！想起当初家属院组织集会活动时，赞成的人并不多，有的不但不参与，反而背后冷言冷语。有位退休干部，过去就很不关心集会活动，有一次突发急性心梗，老伴蒙得不知所措，她看到楼下乘凉的邻居，忙向大家呼喊求救，在大家的帮助下，老头才转危为安。事后，老头很受感动，态度发生根本性转变，每次集会时总成为主角。由此，我想到自己平时工作忙，也很少参加这种集会，不禁心生愧意。那天，由于我在大连，未能按时赴宴。归来时已经很晚，未进家属院大门就闻到一阵酒味，看到五六个人喝得醉醺醺的，搂脖唠得十分投缘。看到这一切，我仿佛置身那种畅饮释怀、其乐融融的场景。

几天后，我从网络上看到法国巴黎流行"邻居节"的报道："'邻居节'是1999年法国巴黎十七区的一个主管青年人和社团事务的议员发起的，第二年就得到政府支持和认可。到了2003年，'邻居节'跨出法国国门，开始向欧洲其他国家蔓延。据统计，从芬兰到意大利，再到德国、葡萄牙，目前欧洲已有30多个国家过起了'邻居节'……"看完内容，我一阵惊喜，原来其节日形式与我们家属院的活动基本相同，只是时间不一，法国政府将每年5月最后一个周末确定为"邻居节"，而我们家属院随心所欲，想啥时就啥时。于是，我立即拨通尹总工程师的电话，告之详情。他高兴地说："真有这节日呀，我还从未听过，那以后我们每年也按时组织！"

由此，我想到中国的一句俗语"远亲不如近邻"，意在昭示邻里之间应相互信任、友善、关心和帮助，这样彼此才能收获更多的美好与幸福。是呀，当前在大力推进构建和谐社会，我们家属院兴起的"邻居节"不正是维系邻里感情的纽带吗？

啊，至亲至爱的"邻居节"，来年我一定要参加！

（原载《辽宁散文》2012 年增刊）

第四辑 绿灯引航

雷锋，精神的标杆，时代的楷模。其形象的出现，似一盏灯，点燃梦想，激活能量，照亮前程，指引人走过黑暗旅途。其精神的弘扬，文化的传播，使人民军队成为培育雷锋传人最有成效的集体，让助人为乐、热情似火、勤俭节约、无私奉献、爱岗敬业等道德元素成为和谐社会主旋律。

槐花魂

隽语点睛

　　"有的人死了，他还活着。"据悉，当年连队的老兵，先后有 6 批次自发地登岛祭奠郑指导员，向他忆苦、聊天、忏悔、汇报思想；每年清明节，岛上官兵总要折几根槐花树枝放在郑指导员坟头寄托哀思；槐花开时，郑指导员的坟茔经常被官兵精心氤氲的香味环绕……

　　乙未年五月，我去海洋岛某部执行军区理论宣讲任务，有幸看到槐花盛景，那看着嘟噜噜、闻着香幽幽、尝着甜丝丝、飘着雨蒙蒙的熟悉景象，瞬时超越了记忆的边缘，让我喜爱的指数一下子偾张到了极点。

　　那个岛少土、缺淡水、多岩石，但丛林葳蕤，绿色遍地。一上岛，久别的槐花香味就直钻鼻孔。没走几步，槐花林隐约入眼，香味愈浓，沁人心脾，还有嗡嗡的蜜蜂嬉闹声飘入耳鼓，大小蝴蝶迎面飞来飞去，似主人热情迎客。我驻足细看，那些槐花树有的长在碎石丛，有的扎在岩石缝，有的立在悬崖边，瞅那盆口粗的树干，少说也生长了四五十年。

　　"这些槐花树也太顽强了，生命里一定有值得研究的东西。"我不由得拍手惊叹。

"您熟悉槐花？"来接站的徐鹏主任热情地问。

"何止熟悉呀，还很有缘分和感情呢。"于是，我给他讲起情笃意深的槐花往事。

我家门前有棵大槐树，每到4月，满院飘香。家人每天劳累归来，只要坐在槐花树下歇会儿，立马会倦意殆失、烦躁全无。据老辈人讲，槐花树曾是我家救命的粮食。在那"三年经济困难"的年月，村民没饭吃，不得不刮树皮充饥，很多人因消化不良最终殒命。为了生存，我的爷爷和奶奶用尽心思，把槐花捣碎做成馅，而叶和皮晒干磨成粉，经水过滤后做成饼维系家人生命，幼小的爸爸、叔叔和姑姑才勉强活下来。

图为作者在黄海第一哨前留影

记事起，我家生活条件转好，但奶奶和母亲每年仍不忘采摘槐花，把它洗净、捣碎，配上作料做馅，蒸包子吃。奶奶说，槐花不仅香甜，还有凉血止血、清肝明目功能，能主治肠风便血、肝热头痛、目赤肿痛等疾病，用它改善伙食，主要是防病健体和铭记它的好。甭说，我们兄弟那时身体还真结实，很少打针吃药。进入少年时，我依恋槐花的情愫愈来愈浓。每当玩得肚子咕咕叫，而家中还没做好饭时，便迅速爬上树，摘下几挂槐花，用清水一涮就塞进嘴里，嚼几下就满口甜味，绵长不绝。最难忘的是进入盛夏，在槐花树下乘凉、聊天、玩扑克、下象棋，那种争着、抢着分享舒适的乐趣和快意至今仍记忆犹新。就这样，那棵槐花树滋养了我家一代又一代人，感恩的根系便在长辈的教养中愈扎愈深。当兵来到东北后，受墒情、气候等影响，总觉得北方春天的脚步很快，槐花常开也匆匆、谢也急急，不如湖北老家绽放得持久、艳丽。所以，每每说起槐花，我总有欠赏之感，内心不免留恋和陶醉。

"果然很熟悉呀，但这里的槐花与众不同，看看就知其奥秘，您这个大作家可要帮我们好好宣扬哟。"徐主任听完故事，有意牵引思路，并带我坐上指挥车顺着山道来到槐花最茂盛最艳丽最香甜的二连。

真是名不虚传哪，二连居在山峰鞍部，被槐树林紧紧围裹，远看那青枝绿叶，仿佛为连队营房披上了艳丽的嫁衣，近观纯洁如雪的槐花，一如"婚纱"上缀满的串串"珍珠"、簇簇"白玉"。阵阵海风吹来，"婚纱"摇曳多姿、"裙袂"香味缭绕，如仙女下凡般楚楚动人。

走进二连，沉醉馨香，恍若进入陶渊明笔下的世外桃源，我更加兴奋地和徐主任聊起来。

"真是风水宝地呀，二连一定福禄双全、人杰地灵吧？"

"那是，二连历史非常厚重，曾被中组部和沈阳军区授予'全国先进基层党组织''黄海前哨好二连'荣誉称号；16次被军以上单位评为'基层建设先进连'；8次荣立集体二等功。您看连队门口'明天为谁点赞群英谱'，有11人荣立一等功和二等功，他们多数都越级提拔，目前有3人走上了师职岗位。"

"这些人才有何过人之处？"

"就是老实干工作，军事技能过硬，带领连队成绩突出。您看岛上交通不便，信息闭塞，气候恶劣，全年三分之一时间为雨雾天气，近120天有8级以上大风，外面进不来，岛上出不去，我们也没啥杂念，唯有踏实干工作才是最大追求，这也算是岛上的一个传统吧。"

随即，他给我讲解了一件刻骨铭心的事。

1977年夏天，该部刚刚登岛扎根，没有一砖一瓦，全靠官兵自力更生、丰衣足食。刚上任的特务连指导员郑合给官兵上的第一堂教育课就言简意赅："岛虽贫瘠，但槐花树能茂盛生长，我们要像它一样默默扎根。"从此，他和官兵到处捡石头，运到130多米高的山顶建营房。不到俩月，高大白净的郑合成为全连皮肤最黑、伤疤最多、肉茧最厚的人，带领连队提前完成上级赋予的施工任务，当年连队就荣立集体三等功。翌年，连队自建营房，郑合除参加日常施工外，每顿饭前总是从山上扛回1块石头，战士们发现"秘密"后也效仿，他便比着扛3块石头才肯吃饭。郑合的模范带头作用赢得了兵心拥护，连队士气高涨，建设突飞猛进。那年年底，连队参加守备区大比武，包揽9个课目金牌，被沈阳军区授予"硬骨头六连式连队"荣誉称号。不幸的是，1979年底，郑合在演习中不幸牺牲。

"有的人死了，他还活着。"用这句话来赞颂郑指导员再恰当不过了。虽然郑合离世，但他为人师表和憨厚踏实的精神犹存，一直成为当年连队老兵和该部官兵奋斗的动力。据悉，当年连队的老兵，先后有6批次自发地登岛祭奠郑指导员，与他聊天、汇报思想；每年清明节，该部官兵总要折几根槐花树枝放在郑指导员坟头寄托哀思；槐花开时，郑指导员的坟茔经常被官兵精心氤氲的香味环绕……

听了这个故事，我若有所思，越来越觉得岛上的官兵就像槐花树一样不追求名利，不矫情放纵，不哗众取宠，也不为欲望所束缚，活得自我、真实、恬淡。如此看来，倘若"香甜"是槐花的魂灵，那么，郑合指导员不就是这种魂灵孕育出的标杆吗？！

这也许就是徐主任说的岛上槐花的不同之处吧。为进一步寻求答案，我忆起2012年在大连某部工作时对槐花的印象。

大连每年都举办槐花节。进入5月，无须舟车劳顿去凑节日的喧嚣，也不必挥霍钱财去品文化的别致，只要步入大街小巷，就能闻到缕缕槐花的馨香，令人身心陶醉、灵魂融会。如果您是初次光临大连，会觉得这个城市真是浪漫与舒心；倘若再在公园走走，一抹抹槐花的柔美与婉约会漾起心湖的醉意；若是摘挂槐花细嚼，会认为这纯天然的香甜可口味儿不次于琼浆玉液……领略后稍作思忖，这时会顿悟，大连人洋溢淡雅与纯朴的气质，原来不仅有山地与海洋气候的滋润，而且还有槐花清澈与纯洁的涵养哩。懂得欣赏槐花是从那时清晨和晚饭后遛弯开始的。单位休闲园草坪间有棵槐花树，我常亲近它、打量它、抚摸它。定睛看那粗壮的树干，内心会想起家中槐花树下的快乐时光；摸那粗糙的树皮，儿时从树上掉下来的滋味会隐隐作痛；闻那淡雅的清香，似乎夹杂着家乡泥土的气息……

思维一对比，我彻底觉醒。"岛上槐花的确有别，人们都说大连槐花比樱花好看，我看岛上槐花比大连槐花耐看。因为大连槐花是人工种植的，每年举办槐花节，要花费很多人力、物力和财力，而岛上的槐花是野生的，分文不花。"

也许我一语中的，徐主任双手拍着大腿说："您讲得太对了，更主要的是岛上槐花很有灵性，始终像名人智者一样不争宠、不张扬，以坚强的意志和信念释放着生命的芬芳，我们一茬茬的官兵自觉视其为一种信仰和追求。"

在岛上转了一圈，我笃信思维的断定。正因为岛上有槐花魂灵的引领，才锻造出他们英雄的人才群体。

第二天，我深入官兵中答疑，班长马少波讲了个故事，使我对槐花的寓意有了更为理性的认识。

1954 年，该部高炮三连首次登岛，连队官兵发扬军爱民的优良传统，帮助岛上 8 户居民开荒种地，修路建房，树好新形象，赢得好口碑。百姓感动之余，称该连为"渔村第九户"，并将称谓做成牌匾相赠。后来，该牌匾被北京军事博物馆收藏，连队做了个复制品，至今一直作为单位传统教育的活教材。

离开高炮三 3 连，徜徉于营区马路，发现一辆辆地方车在军营穿行，我很纳闷，怎么军民混居？要是在陆地营区，这可绝不允许，但现实表明，该岛军民同吃一井水，同走一条路，同为一家人不是虚名啊。

这时，我内心豁然洞开，岛上槐花与人和谐共存，表面看是一帧供人欣赏的绿色风景，实际反映的是一种不甘贫瘠、努力进取的魂魄在支撑人们精神的家园。

短评：海岛槐花战士情

和平时期的军营是相对封闭的，人们见到的军人大都是阅兵场上气壮山河的威武方阵和演习场上勇往直前的钢铁洪流。那么在军营深处他们是怎样一种生存状态，又有着怎样的精神姿态？这无疑是当代军事文学应该着力表现和热切反映的。身在军事前沿的作家陈齐贵的散文便打开了这样一扇透视兵营生活的窗口，使一种盎然生机喷薄而出，洋溢着迷彩的青春气息。《槐花魂》张扬的是一群官兵扎根海岛、为国戍边的默默奉献精神。以花喻人的手法并不新奇，可贵之处在于作者对槐花由充填胃囊的物质功用到滋补身心的精神能量的感悟升华，那槐花的精灵已经弥漫成守岛官兵的精神家园，哺育着一代又一代军人茁壮成长。从边防海疆，到雪域高原，一方水土总是把军装浸染成最亮丽的颜色，而军人又使所守卫的一草一木富有了生命气息，由此，人与人、人与自然便有了一种特殊感情。**（焦凡洪）**

（原载《散文百家》2017 年第 9 期）

名歌流行的端倪

——著名军旅词作家邬大为作品初探

隽语点睛

　　邬大为的词作始终保持着民歌那种亲切、生动、鲜活、深刻的特色。他认为，民歌是民族精神、民族风情的展示，具有无限的亲和力、特殊的吸引力、独特的表现力和强烈的感染力，只有根据时代提出的不同要求来创新民歌，才不会被时代淘汰。

　　在这个"互联网＋"与"快餐"并存的文化时代，民歌《在那桃花盛开的地方》一直家喻户晓、久唱不衰。提及时，人们多数会想到演唱者蒋大为，而熟悉词作者邬大为的人却不多。这不禁令人感叹：歌坛百花放，还是经典香；花香醉人心，别忘绿叶衬！

　　其实，我与邬大为也陌生，认识他纯属意外。那天，我到军区某干休所宣讲党的十八届五中全会精神。课上，他听讲精神矍铄，明显有别于其他老态龙钟的面孔，还不时地记一笔；课后，他交流热情洋溢，出口成章，仍有领导风范。于是，我主动上前寒暄，目扫名片才知，他已83 岁，是著名军旅词作家、国家一级编剧。

　　既然是名家，为何不大引人关注？我揣摩，很可能是职业操守决定歌词创作就是为人作嫁衣，就像一提小品，人们就会想起演员宋丹丹、潘长江和范伟一样，又有多少人能记住小品剧本的创作者呢？问及功绩，邬大为不停地说："没啥没啥，不值一提。"他越谦谨我越觉得，他应该是那种"大隐隐于朝"的人，敏感的神经便驱使我去挖掘其成功背后鲜为人知的事儿。

邬大为的成长具有得天独厚的优势，这注定他一生要驰骋于乐坛。呱呱坠地，他饱尝家庭书香的哺乳；牙牙学语，他沐浴父母唱诗的熏陶；孜孜求学，他受益江南和陕北民歌的嫡传。1949年9月参军时，他十分喜爱歌谱和歌词创作，新兵下班就被挑选到某集团军文工团任创作员。10年后，因窝小干壮，他被沈阳军区前进歌舞团挖到专业创作岗位，让"枝"尽情含苞吐蕊绽芬芳。

动乱潮中闪"红星"

人生如歌，一次偶然的遭遇往往能改变一个人的历程，一个难得的机遇恰恰可以决定一个人的一生。

1973年夏天，八一电影制片厂要拍摄电影《闪闪的红星》，需一位行家写主题歌词。由于"文化大革命"闹得欢实，导演怕卷入政治风波，不敢起用北京军内那些背上"臭老九"罪名的文艺家。这时，邬大为到北京新街口总政招待所送军区创作的歌词，进门就被制片厂专业作曲家傅庚辰相中。谁知，邬大为一口回绝，并义正词严地说："出门走时，单位领导特意叮嘱，我的任务主要是送稿，北京形势复杂，千万不要介入。况且，电影的背景也不清，是哪门哪派主抓的也不知，这能犯政治错误吗？"

为稳住神儿和消除质疑，傅庚辰当即与沈阳军区文化部领导联系，并表明三点意见："作词出了问题与军区和邬大为个人无关，要高标准全力以赴完成任务，赶快退了返回的火车票。"听了双方领导的指示，邬大为像握住了尚方宝剑，心里亦为踏实和兴奋。

第二天，制片厂安排邬大为与在总政帮助工作的军区前进歌舞团创作组组长魏宝贵一起研究歌词。根据剧组要求，歌词要突出"少儿的群众性、主人公潘冬子在党领导下的成长过程、词要短小精悍"

三点。开始，二人配合默契，读完大半剧本，就确立了歌词大意，但在研究"红星"的寓意上两人意见不太统一。邬大为认为，歌词每句要有红星，围绕红星做文章，代表党领导的形象；而魏宝贵觉得，红星代表工农的心较妥当。最后，二人商议，根据自己的思路各写一词，交差后便回到了沈阳。

一年后，邬大为早已把这事儿忘得一干二净。一天，沈阳铁西文化馆上映新片《闪闪的红星》，在那儿工作的妻子沈斐然请他前往观看。电影一开机，悠扬的童谣旋律响彻馆内，银幕上随之现出主题曲歌词：

　　红星闪闪放光彩，
　　红星灿灿暖胸怀。
　　红星是咱工农的心，
　　党的光辉照万代。
　　长夜里，红星闪闪驱黑暗，
　　寒冬里，红星闪闪迎春来，
　　…………

观众听到如此新鲜、亲切、动人的歌儿，先是掌声如潮，欢呼四起，转瞬又打起拍子，和着哼起来。邬大为看着幕布上那似熟又生的字眼儿，高兴地对妻子说："这首歌可能是咱们写的。"妻子听了，没有恭维，却讥笑："得了吧，别给自己脸上贴金，你能写出这么好的歌词。"

翌日，《光明日报》《解放军报》《文汇报》等全国有影响的报纸都刊出了"邬大为、魏宝贵作词，傅庚辰作曲"的《红星歌》。邬大为拿着报纸得意地与妻子对质，妻子仍打趣："那是瞎猫碰死耗子，被你碰上了。"听之，邬大为没生气，反而觉得有种浪漫情意在内心荡漾。他深知，这是妻子一贯幽默的艺术和鼓励的套语，也是夫妻生活与情感碰撞出的火花。

很快，《红星歌》像炎热夏天的一场暴雨，迅猛地滋润着全国人民干枯的心田。要知道，在"文化大革命"动乱时，人民的精神生活是多么的枯燥哇，除了欣赏《红灯记》《智取威虎山》《红色娘子军》等 8 个样板戏，还有《地道战》《地雷战》《南征北战》三战电影外，再别无他趣。于是，《红星歌》一时成为长城内外追捧的名歌。1980 年 5 月 31 日，国家文化部、教育部等 8 个单位联合在庄严的人民大会堂召开歌曲评选颁奖大会，《红星歌》被评为一等奖，并编入全国小学音乐教材，邬大为登台领了奖。

从此，《红星歌》一直成为广大群众喜爱的民歌，至今唱起，仍受启示，就像主人公潘冬子遇到困难、险情和想起远离家乡父亲时，那颗闪闪的红星总是令人感到缕缕开朗和丝丝鼓励。

十年腹稿酝"桃花"

真正经典的文艺作品，不论岁月更替，总是感于心、共于鸣、引于行。

1969 年冬天，北部边境发生自卫还击作战。军区派邬大为等 6 人到战斗一线体验生活，为歌舞、曲艺创作提供动感素材。

三九的乌苏里江，气温低至零下 40 摄氏度，一杯滚烫的开水端到帐篷外，不到 5 分钟就变成了冰坨子。在这种艰苦恶劣环境下，哨兵每晚潜伏在江边猫耳洞，穿上皮大衣、皮坎肩、皮护膝还冻得哆嗦，手脚活动声音大了，又怕敌人的子弹和炮弹袭击。到拂晓时，哨兵才能爬出洞外，自由地活动筋骨。返到营地，他们个个头披白床单、口系大白口罩，脸上布满冰晶花，下颌挂着一绺冰溜子，恍如白胡子爷爷和圣诞老人一样引人发笑。解下口罩，哨兵脚前抖掉一层冰碴子，邬大为看了内心隐隐作痛。他采访一名哨兵：

"冷不冷？"

"太冷了。"

"冷到什么程度？"

"像猫咬一样痛。"

"最冷最苦的时候想些什么？"

"哨位周围都是雪花，像我家乡桃花盛开的季节，想到那些花儿，再苦再冷也不算啥。"

　　多可爱的哨兵啊，看到的是雪花，想到的是桃花，身在江边，却心系家乡，视桃花为精神动力，内心时时受鼓舞。邬大为入迷了，发誓要为这名战士写首歌。可是，动乱思潮的蛊惑，禁锢了他创作的欲望，灵感只好深埋内心。而那战士的名字，随着岁月的消逝渐渐淡忘了。

　　直到 1979 年秋天，全国流行一首抒情歌《军港之夜》，引起了邬大为的关注。他认为词作者胆子太大了，那时的战士即使睡觉也得"睁只眼"，像"年轻的水兵头枕着波涛，睡梦中露出甜美的微笑"这样的描写，完全有悖那阶级斗争为纲年代的思想要求。然而，他深思别人的成功，再想到国家"胆子再放大一点，步子再迈大一点"的改革号召，觉得科学的春天要来了，文艺的春天也要来了，深埋内心 10 年的桃花也该开了。

　　在动笔时，邬大为又疑惧陡起，写桃花就联想到桃花运、桃花梦等黄色艳情的寓意，如果把这种标签贴在战士身上不等于找着挨批吗？思想错位可不行啊。彷徨很久，邬大为还是铁了心，这些素材来源于真实生活，体现真挚情感，为啥不敢写，大不了再挨一次批。

　　"祸兮福之所倚，福兮祸之所伏。" 1980 年冬天，邬大为写出了民谣式的《在那桃花盛开的地方》：

> 青山高，绿水长
> 桃花开遍我故乡
> 青山倒映在水面
> 绿水环绕小山庄
> …………

　　再三斟酌，他感到抒情不足，比较拘谨，又改为现代诗的抒情形式：

> 在那桃花盛开的地方
> 有我可爱的故乡
> 桃树倒映在明净的水面

桃林拥抱着秀丽的村庄

…………

读着，感到思想更进一步，既保持了原来民歌式的亲切明快，又有现代诗的自由隽永。为精益求精，邬大为与魏宝贵反复修改才定稿。最后，请作曲家铁源谱曲，著名男高音歌唱家董振厚首唱，得到了时任沈阳军区司令员陈锡联的高度肯定。随即，董振厚把这首歌唱遍了东北的白山黑水。

1982 年秋天，中央民族歌舞团著名歌唱家蒋大为来沈阳演出，董文华的老师路梦兰把这首歌推荐给他唱。精心准备，蒋大为跃跃欲试。最后一天演出时，他盛邀词、曲作者前来点评。当主持人报幕，说蒋大为要演唱《在那桃花盛开的地方》时，馆内掌声四起。蒋大为一展歌喉，掌声又响起，他表情一愣，以为出了纰漏，只好硬着头皮唱完，没想到总共赢得 7 次掌声。蒋大为一下来就问邬大为："我是不是唱错啦？"邬大为说："没错，是您的高音太美了，观众在为您鼓掌喝彩呢！"

1983 年春节，蒋大为首次在央视晚会上唱《在那桃花盛开的地方》，喜爱的掌声一下辐射全国。半年后，邬大为收到 200 多封来自海南岛、新疆、黑龙江等军地来信，一致感谢他为战士的家乡写了那么优美的歌儿。他们普遍认为，"唱着这首歌儿，更爱自己家乡，更爱自己岗位"。

为此，军旅女作家丁小春这样评价邬大为："这首歌之所以成功，因为您有伤感，而伤感是最感人的。您这是男子汉的伤感，明明家乡很美，你却不在家乡，远离家乡，到风雪边疆，这里就有献身精神。但是，您的伤感不是流着泪说的，而是含着笑唱的，所以您成功了。"

军旅艺术家唐诃的感慨也中肯："好的民歌流入部队变成军歌，好的军歌流入民间变成民歌，最近出现的《桃花》具有这个品质。"

一年后，该歌不仅在国内流行，还在日本、泰国、新加坡等多个国家和地区广为传唱。1985 年 12 月 28 日，国家文化部、广播电视部、解放军总政治部、中国音协和共青团中央联合组织"当代青年喜爱的歌"评选活动，在人民大会堂召开颁奖大会，该歌荣获一等奖，邬大为上台领取了 1500 元奖金。随即，该歌被编入大学音乐教材，邬大为荣立了一次二等功。再后来，中央电视台春晚又 5 次演唱该歌，并在全国和全军文艺评选中荣获十多项奖励，青睐的根系在广大百姓的心田便越扎越深。

2003 年秋，一位团级军官在列车上遇到邬大为，得知久仰的名家就在眼前时，他动情地说："我是唱着您的歌长大的，小时唱《红星歌》，当兵后又唱《在那桃花盛开的地方》，您的歌儿影响了几代人。"

像这样发自内心的评价实在太多了，邬大为无法一一拾取。但令他颇感意外的是，2015 年 5 月中旬，蒋大为突然来电告之，他在外地演出时，和内蒙古自治区的一位领导聊天中得知，邬大为当年在战地采访的战士是浙江省奉化市人，经当地政府调查属实，但已离开人世。听之，邬大为备感遗憾，内心一直想与那名战士团聚的愿望彻底破灭；他又很激动，那个奉化是他阔别 67 年的故乡啊！

第二天，邬大为又接到奉化市领导的电话，邀请他回乡探亲，讲解当年采访战士的细节，并要大力宣扬那种桃花精神。他应允了，一回到奉化市溪口禾家桥故里，就受到宁波和奉化两级市领导的热情接待。随即，十多家媒体记者把他围得水泄不通。一时间，"桃花"在家乡大地尽绽芳香。为此，邬大为和蒋大为分别被奉化市聘为"荣誉市民""形象大使"。

10 个月后，邬大为又被奉化市领导邀请回家参加首届桃花节。从此，桃花被定为奉化市花，《在那桃花盛开的地方》被定为奉化市歌。更欣慰的是，目前全国有 20 多个城市每年都举办桃花节，并都请蒋大为前去唱那首名歌。

真挚感动颂"班长"

邬大为的人生轨迹是成功的。如果说歌词创作是他到达成功彼岸的硕果，那么军旅路上"班长"的引领和感染则是他行进的导航灯。

1950 年夏天的一个傍晚，文艺新兵邬大为随大部队从浙江的温州出发到福建晋江遂行作战任务。当地多雨，气候闷热，邬大为没走多远，就患上了那里盛行的"打摆子"疾病。牙齿打架，腿脚无力，身子发飘，他携带的行李一个个都被战友们"抢"走了。原本4小时的路程，徐副班长扶他走了8小时才到达宿营地。进门一看，他的背包早已打开铺好，旁边放着他的挎包、米袋和雨伞。刚坐下，任班长就端出一碗热腾腾的鸡蛋面，像姐姐照顾弟弟一样安慰："邬大为，你辛苦了，快趁热吃，明天还要行军呢。"他看了一眼女班长，动了几下筷子，便倒在床上迷迷糊糊地睡着了。

不知睡了多久，门吱呀一声吵醒了邬大为，他看到班里的党员骨干都进里屋开会，只听女班长说："明天任务很艰巨，队伍要翻越周仓岭，上下山坡30公里，邬大为今天生了病，明天可能更严重，我们班怎么保证顺利到达目的地？"只听大家纷纷表态，尤其徐副班长的发言令他感动："我身体最好，我背他，就是爬也要把邬大为送到目的地。"

邬大为听了，再也止不住眼泪，唰地滚了出来。心想，经过几天的行军，战友们已经很辛苦，自己再也不能给大家增加负担，明天一定咬牙坚持，力争不掉队。

第二天行军时，大家纷纷主动帮邬大为拿行李。他感动地说："现在自己能行，不行再伸手吧。"于是，大家依了他。表态容易，可做起来真难。邬大为扛上背包，身子开始摇晃，全身立即出冷汗，只好硬撑着往前挪步子。

人也怪，一旦信心坚定，在困境中豁出来，还是很有潜力可挖的。那天，邬大为咬牙爬到了山顶。战友们围着他竖起拇指："邬大为，好样的，我们都给你请功。"他激动地说，自己确实病得不轻，真想在老乡家踏实地睡几天，如果没有昨晚班长召开的班务会，自己一步也走不了哇。

这就是班长感召的力量，邬大为入伍后第一次深有感触。

部队到达福建后，当地国民党残余分子搞破坏活动非常猖獗，不是无辜砍杀百姓，就是以慰问百姓的名义暗地袭击部队官兵，有个连队一次就被反革命杀死砍伤14人。当地政府恼怒，不得不羁押罪大恶极的反革命，准备执行死刑。邬大为看了，在班务会上感慨："年老的可怜，年少的可惜，党组织就不能把他们教育过来吗？"女班长看了他一眼，啥也没有说。会后，有个战友指责他："邬大为，这话你也敢说，小心受批挨斗，难道你分不清立场吗？"邬大为两眼迷瞪，一时语塞。

两天后，当地政府枪毙一批反革命，邬大为前去观看。十多个罪犯跪在坑前，后背上绑个木牌子，上面用红字写着罪名，宣判一个枪决一个。当毙到第五个时，从围观人群中跑出一名披头散发的中年妇女，"哇……"她撕心裂肺地冲破阻拦，跑到死囚坑前，抱着尸体就咬，满嘴都是血浆和头发。咋出来这么个疯女人呢？邬大为回营地向女班长汇报了情况，女班长望着他仍没吱声。

那天晚饭后，女班长带邬大为去家访。走到一个窝棚前，她掀开草门帘，一股恶心的臭味迎面扑来。一看，白天见到的那个疯女人在里面。邬大为捂鼻却步，站在门口，而女班长却毫无顾虑地走进去，热心地与那女人唠了起来。

原来，那妇女是村里最漂亮的女人，当地大地主为霸占她，把她丈夫抓走，送到国民党部队当兵，还将她不满 3 岁的儿子扔到井里淹死了。她奋力反抗强暴，咬掉了地主胳膊上一块肉。一怒之下，地主把她关进水牢，她磨断绳子爬窗逃了出来。为防追捕，她用锅底灰抹脸，剪掉头发，扮乞丐偷生，饿时与狗争食，腿被咬破，留下血淋淋的伤口。那天，见政府枪毙反革命分子，她内心积压的仇恨瞬时偾张，咬地主尸体仍觉难解心头之恨。

这哪是疯女人，那不是咱们阶级姐妹吗？听了诉苦，邬大为才意识到，以前对反革命的看法是错误的，女班长没批评指责一句，也没扣一顶罪名的帽子，而是用言行感染他、教育他，使他站稳了立场，分辨了是与非，懂得了爱与恨。从此，女班长的形象已深深地铭刻在邬大为心里，他一直惦记着想为班长写点什么。

从事专业歌词创作后，邬大为内心歌颂班长的欲望更为强烈，便注意在生活中挖掘班长形象的点滴感动。他觉得，要写好战士喜欢的歌，必须了解战士，熟悉战士，热爱战士，努力挖出他们心灵最美的动感视为作品的魂，这样才能让人乐于接受、喜爱和推崇。

1990 年秋天，邬大为去黑龙江边防部队采访，获悉一名 32 岁的老班长对象没着落，部队给他 10 天假回去定亲。到家第一天，听说本班一战友父亲危在旦夕，家中无人照顾，他毅然前往，对老人说："我就是您的儿子，有啥想法就说。"老人安详地闭上了眼，老班长帮忙安葬，前后忙乎 3 天。第四天，知道班里另一名战友与家中女友闹矛盾，他又花了两天时间去调解，说得那女孩儿破涕为笑。第六天一早，他的对象主动找上门来，绝情地说："我等你来爱我，没想到你尽想着别人，你跟部队去结婚吧。"冷冰冰的话令他伤心至极，便提前回到了部队。邬大为问那老班长咋想的，他说："我是真心爱她，也想回去解决个人问题。但是，碰到战友的难事我能不管吗？作为男人，我对不起我对象；作为班长，我问心无愧。"多么质朴的回答呀，正因为有千千万万这样的好班长在基层发光发热，祖国的钢铁长城才坚不可摧。邬大为思绪摇曳，决心要写一首赞扬班长的歌。

在酝酿时，邬大为又困惑于歌词的立意和角度。一次，他到丹东某部采访，在连队黑板报上看到"第一次"的标题，内容反映班长关心爱护战士的琐事。瞬时，他灵感汩汩而出，很快写出了《班长之歌》，请军区某部文化干事徐本章谱曲，从此在部队传唱开。

邬大为对作品的文字有"洁癖"，容不得一丝瑕疵。2012 年，全军征集班长之歌，他拿出昔日的作品再三斟酌，修改为《头一回——班长之歌》：

头一回，去站岗，
班长陪伴在身旁；
头一回，受风凉，
班长守护到天亮；
头一回印象最深刻，
头一回印象最难忘；
…………

定稿后，他又请军区某部文化干事刘丹谱曲，直到最满意才参加评选活动，结果又获得一等奖。至今，该歌一直在全军基层部队传唱，鼓励一代又一代青年官兵茁壮成长。

事后，邬大为从班长形象的真挚感动中总结出了创作的"一二三四歌"心得：一个核心，作品要突出真、善、美的感情；两个追求，追求人人心中有、人人词中无的境界；三个原则，用心灵歌唱、借形象飞翔、插理想翅膀；四个要点，关注时代的聚焦点、抓住感情的爆发点、选好作品的切入点、瞄准心灵的共振点。不难看出，邬大为的作品真正是浸透着体验与感动，也贯注着诘问与迷思。

多年来，邬大为的词作始终保持着民歌那种亲切、生动、鲜活、深刻的特色。他认为，民歌是民族精神、民族风情的展示，具有无限的亲和力、特殊的吸引力、独特的表现力和强烈的感染力，只有根据时代的不同要求来创新民歌，才不会被时代淘汰。如"月亮挂在娄山顶／和哥相约赤水坪"（《钩住月亮莫要走》）；"好长好长的丝绸路／好高好高的胡杨树"（《西部之恋》）；"茫茫草原白絮飞／好像家乡梨花放"（《北疆连着我家乡》）等等，都是在大胆探索中演绎出的精品。1996 年冬，全国近百名音乐界著名人士云集沈阳参加邬大为作品研讨会。乔羽、金波、刘钦明、王玉明等专家称他的作品美在朴素与奇崛，用慧眼匠心唱大风，既有大江东去的魂魄，又有小桥流水的风韵。

是呀！邬大为始终用独特的心灵感悟人生的独特，即使退休后仍笔耕不辍、大放光彩。至今，他写出了 1000 多首民歌歌词，获得各种奖励 300 多次，出版系列词集 4 部，大型辞书《歌词韵谱》《歌词技法》两部，专题盒带、CD 多个。这真是"老骥伏枥，志在千里；烈士暮年，壮心不已"！

金色夕阳映长征
——著名诗人胡世宗印象

隽语点睛

我曾仔细研读过胡世宗老师的诗歌，觉得其作品的魅力之所以生成并发酵，除了语言美以外，最重要的是语言背后蕴含着特有的智慧才情、诗意储备和生活体验，加之创造性地审视、发掘和雕琢，使作品注入了新内涵、充满新活力。

每次提起著名军旅诗人胡世宗，我就情不自禁地想起"夕阳无限好"那句著名的唐诗，觉得用这句诗来描绘他是最准确的写意。

4年前，一次文友小聚，我与胡世宗结缘。从此，我每年都向他求教业务，交流心得，他却从无一丝怨言，对我这个"粉丝"总是关心备至，热情周到。久而久之，他称我"齐贵"我叫他"胡老"，这其中，隐含着我俩深厚的师徒之情。

胡老是1962年6月入伍的老兵，从军41载吟诗作赋始终痴迷不止。如今，胡老已年逾古稀，但灵感越发朝气，每年大作送出。前不久，他赠我一本刚出版的《厚爱》，翻阅前辑"文玩雅汇"，是刊载的刘白羽、臧克家、艾青、丁玲、魏巍、贺敬之等名家馈赠他的216幅书画和信件，折射出了大师们的艺术水平与深情厚谊，再看后辑"文友述往"，则饱蘸着李瑛、周涛、范咏戈、贾凤山、徐光荣、焦凡洪等83位文学才俊对他的称赞之情和印象感怀。合上唯美文集，胡老的印象便立竿见影地活跃在眼前。

1

回味记忆的褶皱，最突现的是，胡老底蕴深厚，才思敏捷。

2011年"八一"前夕，我在本溪某山沟驻训，一周末特邀胡老来驻训地体验野外生活。他慨然应诺，一下车就触景生情，感慨不已。随同的葛江洋大哥说："胡老，您干脆为战士讲一课呗！"我接道："这主意不错，机会难得，但要辛苦胡老哇。"胡老笑了笑："你们是考验我呀，也不提前让我准备一下。"我说："就您的水平，出口成章，还用准备吗？"于是，我立即通知营连官兵在野外草地集合。只见胡老不慌不忙走上讲台，待主持人介绍完，他先寒暄了几句，有感而发，回忆自己1965年1月在冬季野营路上的艰苦生活，接着就朗诵一首那时写的《雪地行军》作为开场白，台下立即掌声四起。

老天像个大冰楼，
白毡铺地三尺厚，
野兽绝迹鸟绝音，
真是练兵好时候！

寒风强似万把剑，
抵住咱的前胸口；
雪如铁砂直打脸，
想叫咱们低下头！

大风大雪莫逞能，
战士专会治"三九"，
火的队伍铁脚板，

咱扛着风雪阔步走!

风雪压不倒硬骨头,
热汗顺着脖颈流;
顶风走哇迎雪唱,
渴得咱嗓子好难受!

顺手解开风纪扣,
拧下壶盖瞅一瞅:
怪不得晃荡没有声,
原是冰块封住了口!

随你封,咱还有——
弯腰攥把"白团酒",
清凉喷香味道美,
正合心哪正可口!

润完了嗓子接着唱,
歌声好比红火球,
烧开了一条进军路,
烧出了红霞漫天游!
…………

胡老真不愧是名家,讲课一点不打奔儿,记忆力特别好,他讲的都是二十世纪六七十年代自己怎样当兵,怎样成长进步的事,还朗诵了那时创作的《战士的心境》《无名哨所》《风雪早操》《我把太阳迎进祖国》等9首诗词,重点讲解了当时艰苦条件下的创作背景。官兵越听越新鲜,愈品愈有味,时不时响起热烈的掌声。临近午饭,报告快结束,一战士着急了,噌地站起来点题,让胡老讲解当兵最难忘的事,最感动的人……

既然官兵听得进,还感兴趣,那就因势利导吧。下午,我又特意请胡老到野战帐篷内与战士促膝谈心交流，讨论如何立足本职，以苦为乐，努力成才等话题。这时，我才知胡老经常被邀请到东北大学、辽宁大学、辽宁中医药大学、沈阳航空航天大学、沈阳工业大学，以及辽宁省政府机关、工厂企业、街道社区和中小学做报告。如此看来，胡老给官兵讲点心里话，那不就是小菜一碟嘛！

2

回眸东北方阵里的"笔杆儿"，胡老堪称勤奋敬业、成绩斐然的典范。

这些年，沈阳军区先后涌现出了富有成就的作家，不管是老将刘兆林、中夙、杜守林、贾凤山，还是后起之秀焦凡洪、庞天舒、曾剑、杨卫东等，他们都身手不凡，各有所长。胡老自有他立足的长处，依我看，有以下三点。

一是作品最多。目前，胡老先后出版诗歌集《战争与和平的咏叹调》《沉马》，散文集《铁血洪流》《红军走过的地方》，报告文学集《神秘之旅》和评论集《文苑边鼓》等共计34部，主编、编选《新诗绝句》《决战松嫩》"黑土地军事文学丛书"等46部，创作电视剧、电视专题片《冬天也是春》《雷锋之歌》《铁军》等7部。就一个人的创作而言，这个数目是值得称颂的。

二是诗意最浓。胡老是真正的"战士诗人"。12岁时，他写的一首《记母校的一次军事野游》，就对火热军营充满了诗意的憧憬，且越发痴迷。兵之初，他就开始钻研创作连队生活中发挥鼓动作用的"枪杆诗"，并常在黑板报上"厉兵秣马"。22岁那年，他因写诗很有成就，出席了"全国青年业余文学创作积极分子大会"，受到周恩来、朱德等党和国家领导人的亲切接见。直到后来当排长，任军和军区文化干事、处长，文艺创作室创作员、副主任，由于创作环境便利、土壤肥沃，他的作品越来越芳香，充满穿越时空、历久不衰的魅力。如他写的抒情诗《我把太阳迎进祖国》：

在祖国边防最东端的角落，

耸立着我们这小小的哨所。
每天，当星星月亮悄悄地隐没，
是我，第一个把太阳迎进祖国。

无论是风雪弥漫、大雨滂沱，
朝霞照样升起在我的心窝，
就这个时刻，绝不会错，
太阳肯定从我头上走过。

我每天把太阳迎进祖国，
太阳把光热洒给万里山河。
我持枪向太阳致以军礼，
请它也带上我的光、我的热……

那是 1980 年 6 月，胡老在吉林省防川某哨所体验生活时写的，该诗最先发表在《解放军文艺》上，很快被多家报刊转载，并收入初中语文课本，再后来由名家谱曲和演唱，很快红遍大江南北，最终荣获 2001 年第八届全国"五个一"工程奖，入选《中华百年歌典》。我曾仔细研读过胡老的诗歌，觉得其作品的魅力之所以生成并发酵，除了语言美以外，最重要的是语言背后蕴含着特有的智慧才情、诗意储备和生活体验，加之创造性地审视、发掘和雕琢，使作品注入新内涵、充满新活力。

三是习惯最好。胡老有个好习惯，50 多年来一直坚持写日记，这是很多人包括作家诗人不具备的，这为他诗歌的创作之路打下了坚实的基础。2006 年 8 月，春风文艺出版社出版了《胡世宗日记》，记录了胡老 1960 年到 2005 年 46 年间的学生生活、军旅生涯及文坛见闻，共 8 卷，总计 408 万字。这在中国文坛和社会上引起强烈反响，辽宁文学界、首都文学界评论界和新闻界分别在沈阳和北京召开了座谈会，《人民日报》《解放军报》《文艺报》等全国 40 多家报刊发表消息或评论，央视、"鲁豫有约"还做了专访，称之为"生命的长征""文坛的瑰宝"。2011 年，《沈阳晚报》还连载了这部日记，再次在东北黑土地上掀起一阵盛赞之风。

由此，我想起唐代文学家韩愈的《赠贾岛》："孟郊死葬北邙山，从此风云得暂闲。天恐文章浑断绝，再生贾岛著人间。"在我看来，由于年代不同，环境有别，贾岛与胡老的声名无法一起并论，但值得肯定的是，胡老的创作激情和毅力似乎更胜古人一筹，这是不可小觑的。

3

若论为人，胡老谦谨和蔼、乐于助人的风范有口皆碑。

文坛常说"人如其文，文如其人"，意指作家正直高尚与否，不完全在于他的作品向读者表达和传递了什么，更在于他的行为给社会和读者造成了怎样的影响。胡老深悟这一门道，并时刻注重践行。所以，无论在军地文艺界还是广大读者中，只要谈起胡世宗，人们都会竖起大拇指，夸他很谦虚、有水平，很乐观、爱助人……

这不是恭维，因为胡老的确做到了。只要有人求助，他都会尽力解难。在《厚爱》文集中，我看到了很多感谢胡老的暖心故事：

无论业余作者还是专业作家，遇到搞不清叫不准的与文学有关的陈年烂谷子的事儿，若问胡世宗，都会得到满意回答；

截至 2003 年，胡世宗主持和协助举办了沈阳军区 12 期业余作者学习班，筹开 5 次作家和业余作者作品研讨会，为作者作序和写评论 70 余篇，当加入作协介绍人 20 多次；

耄耋之年的著名作家高玉宝想出版《高玉宝·续集》，但遇到了很多困难，胡世宗得知后，亲自帮助看稿，还跑北京联系出版社，这部 60 万字的书终于在 1991 年问世了，高玉宝评价世宗给人以朋友般的依赖感；

山西五台山的一位女孩想轻生，绝望时在《小说选刊》上看到了胡世宗的小说和联系方式，抱着试探的心理向胡世宗诉苦、求助，胡世宗多次开导，慷慨解难，使其摆脱困境，还助其成才，女孩后来找到了一个空军干部做终身伴侣；

…………

当然，这些都是书上记载的，还有很多我耳闻目睹的。沈阳市铁西区专门开设"胡世宗讲堂"，邀请胡老为老年大学的学员们和街道社区干部讲课，每次去讲课，他都是精心准备，按时赴课，深受广大老年学生好评。2013年11月21日下午，该他上第六讲，但是胡老的右脚踝扭伤了，一个多星期痛得不能走路。为守信，他提前打电话给我，希望从单位派两个战士送他前往课堂，我欣然答应。可是，那天他又来电推托了，说脚伤有好转，自己能开车前往。直到后来，我问胡老病情时他才说实话，年终岁尾部队事多，怕麻烦我，自己就硬撑着去了，结果回来后，脚肿得更厉害，痛得他两天两夜都没睡好觉。

常言道，好人有好报。胡老是中国作家协会会员、文学创作职称一级，曾获辽宁文学奖、解放军文艺奖、全军新作品奖一等奖等多个奖项。退休后胡老笔耕不辍，佳作频出，收获了更多的鲜花与掌声，这由衷地让人敬仰和叹服。

人才需要帮带和培养，文化需要传承和弘扬。我赞美和钦佩胡世宗那种"虚怀若谷，助人为乐"的风格，期待这样的风格为更多的人接受并践行。

（原载《大众文化休闲》2014年第1期）

只缘沂蒙
老区拥军情义深

隽语点睛

朱呈镕就是在这片红色的沃土中成长起来的爱国拥军典型。起初，她学做好事，家人不理解，有时还遭到社会上一些人的指责和嘲笑。尽管压力重重，但她仍乐此不疲，始终认准这样一个理儿：战争年代，沂蒙红嫂支前，赢得解放；和平时期，爱党爱军，艰苦创业，回报社会，才能传承"沂蒙精神"，推动国家又好又快发展。

刚刚入伏，热浪袭人。尤其正午，太阳强劲地释放热能，晒得人身上火辣辣地痛。然而，在本溪野外—山沟驻训的某部官兵，却不惧太阳的炙烤，利用周末上午认真组织了一场精彩的"沂蒙红嫂拥军慰问报告"。所有官兵坐铁凳，手扶膝盖，挺直腰板，听得津津有味，虽然汗水早已湿透了衣衫，但他们内心觉得比吃沙瓤西瓜还滋润，更解渴。

做报告的主人公叫朱呈镕，61岁，是一位普通的新时代"红嫂"。她出生在沂蒙老区，是听着红色经典故事长大的，然后经下岗、创业，并逐渐成为家乡企业的领军人物，至今拥有"山东朱老大食品有限公司党支部书记、总经理""中国老区建设促进会妇女工作委员会副主任"等 6 个行业领域的头衔。为回报社会，传承"沂蒙精神"，她不畏严寒酷暑，15 年来跋山涉水 17 万公里，300 多次走访慰问部队，义务捐送 600 多吨水饺，3 万多双鞋垫，捐款捐物累计达 1000 多万元，还认了 2000 多个兵儿子。她先后被评为"全国优秀共产党员""优秀中国特色社会主义事业建设者""全国巾帼创业带头人""全国老区女性创业创新标兵"和"山东省爱国拥军模范""山东省十佳兵妈妈""山东省'三八'红旗手"等荣誉称号，并受到胡锦涛和习近平两任总书记的亲切接见。

耳濡目染学精神

山东临沂是革命老区。战争年代，那里曾鲜血染红了热土。为渴求早日解放，沂蒙广大妇女积极参加人民战争，她们让夫支前、送子参军，缝军衣、做布鞋，抬担架、推小车，先后涌现出了"沂蒙母亲""沂蒙红嫂""沂蒙六姐妹"等一大批英雄妇女群体。她们的事迹激励着一代代年轻人投入到拥军的潮流中，弘扬着革命老区的新风尚。如今，当地还流传着"一把米做军粮，一块布做军鞋，一个棉袄盖在担架上，最后一个儿子还要送战场"等红色口号。

图为《本溪日报》刊登的"沂蒙红嫂"朱呈镕的拥军事迹

朱呈镕就是在这片红色的沃土中成长起来的爱国拥军典型。起初，她学做好事，家人不理解，时间一长，有时还遭到社会上一些人的指责和嘲笑。尽管压力重重，但她仍乐此不疲，始终认准这样一个理儿：战争年代，沂蒙红嫂支前，赢得解放；和平时期，爱党爱军，艰苦创业，回报社会，才能传承"沂蒙精神"，推动国家又好又快发展。

1997 年初，43 岁的朱呈镕成为一名下岗女工，尽管生活不宽裕，但她仍坚持关爱社会弱势群体。为摆脱困境，她自食其力，在当地开起了餐馆。由于她心地善良，坚持助人，还会经营管理，生意做得红红火火，不到一年时间，饭店的特色饺子就成为当地一道独特风味。6 年后，她攒足资金，大胆地创办了拥有三轮车出租公司、糖葫芦厂、饺子村、水饺加工厂、生态园、建设工程有限公司、沂蒙夕阳红老年公寓 7 个分支机构的朱老大食品有限公司。初尝成功的实践使她感到：做生意就像泉水一样，涌得越快泉水越多，如果死水一潭，那就不叫泉水。

一次，她带车去吉林省卖饺子，路过四平市时不幸翻车，当地很多居民前来抢货。驻地某部官兵闻讯后，及时赶来救助，还从一些居民手中讨回了饺子。这事使朱呈镕非常感动："还是人民子弟兵好哇，如果饺子被人抢光，既白搭又难交差。"从此，她坚定信心要走出一条拥军之路。

当地有一位知名"红嫂"叫李凤兰，一辈子都不知参军的丈夫王玉德长得咋样、秉性如何。那时，王玉德在外当兵打仗，他的母亲想找个儿媳妇在家干活。于是，王母托人说媒，让邻居戴礼帽，给李凤兰和一只公鸡举行婚礼，算是把她娶到了家。从此，李凤兰边料理家务，边摊煎饼支前打仗，为的是期盼丈夫早日打败敌人，回家团聚。可是，孟良崮战役结束了，淮海战役结束了，抗美援朝战争结束了……一晃就是 12 年半，她盼来的是一本鲜红的烈士证，婆媳二人哭了三天三夜，悲痛欲绝。最后，婆婆让她再嫁，她坚决不从，一直陪伴婆婆 40 年。临终时，婆婆拉着她的手说："孩子，你把我送走了，谁给你送终呢……"每每回忆婆婆的遗言，李凤兰总是撕心裂肺地痛。

朱呈镕获悉李凤兰内心的痛楚后，决定为她履行养老的义务。于是，她常给老人买衣服和营养品，每隔两个月就把她接到家里住上 20

多天，和她一起洗澡、睡觉，每次还专门花 100 元钱请来修脚师傅为老人修小脚。李大娘感动之余，常给她讲沂蒙"中国母亲"闵德英用母乳养伤员、王焕瑜收养八路子女、梁怀玉为支前舍身嫁大爷、侯桂花让儿子替八路挡枪子等拥军事迹，这激励她铁心要传好"沂蒙红嫂"的接力棒。就这样，朱呈镕赡养李大娘 12 年，直到送她离开人世。

全心全意当"红嫂"

朱呈镕情系人民子弟兵，始终无怨无悔。她常留意军报、电视等媒体刊登的一些战士家境贫困的信息，主动伸出援助之手，为人释疑答惑、解难帮困、谋求职业、牵线搭桥……目的是让官兵安心服役、积极进取。同时，她还每年给立过功的退伍军人订了 300 多份报纸，丰富官兵的精神生活。那些退伍兵常感激地说："看朱妈妈订的报纸，内心很知足，感到有一种荣誉感。"

常有人问她这样付出图个啥，她却自豪地说："我不是最有钱的人，但我是最幸福的人，因为我有 2000 多个兵儿子时刻在关心着我、祝福着我。所以，部队哪里有需要，就自愿到哪里去，我要把有限的生命献给拥军事业，拥军永远不下岗，拥军永远不退休。"

驻大连某部吉林德惠籍战士张广琪，9 岁没了父亲，17 岁时母亲得了癌症，医院下了病危通知书，亲戚朋友答应要照顾好孩子，可她放心不下。最后，母亲决定把儿子托付给部队，但年龄离入伍要求差半岁。于是，母亲让儿子用三轮车把她推到当地县人武部，人武部领导听了母子的心声很惊讶，当场破格答应他参军入伍。可是，就在张广琪穿上军装的当天，母亲还没来得及看一眼就离开了人世。后来，人武部将这事在军报上进行了报道。

2014 年中秋节前夕，朱呈镕从军报上看到张广琪的事迹后，决定认这个兵儿子。于是，她带 200 斤饺子当天坐飞机到大连，托人找到张广琪。那晚，她像母亲一样与兵儿子问寒问暖、聊天谈心。当她为孩子缝补裤腿时，从兜里摸到一个小日记本，上面记满了妈妈离世前写的账单，落款是 118000 元。她问广琪这是怎么回事。广琪说："朱妈妈，这是我妈妈住院欠下的债务，不要紧，我慢慢还。"看着孩子可怜的样子，她当即答应："广琪呀，别担心，朱妈妈帮你还这个债吧……"那晚，娘俩在房间哭了一个多小时。

张广琪真争气，很懂事。他定期向朱妈妈汇报思想和工作成绩，休假时常去看她，每月还挤出600元资助孤儿，学习训练非常刻苦，先后荣立了二等功和三等功，今年还参加了军校考试哩。

如果说资助个人是一种母爱的享受，那么帮助困难群体则是一种大爱的体现。

近些年，国家遭到冰雪、洪水、地震等自然灾害时，总是军人第一时间冲在一线，勇挑自救重担。朱呈镕很同情这些子弟兵，始终认为军人也是有血有肉的，内心也需关心和抚慰。于是，她总是在大灾时挺身而出、慷慨解囊。

2003年春季，北京发生非典疫情，一个名叫李晓木的战士染上了病毒，连一个盒饭没吃完就牺牲了。朱呈镕从新闻联播里看到这个消息后流下了悲痛的泪水，当即决定要冒生命危险去北京小汤山医院慰问。经过7天的联络和跋涉，她带了5000公斤饺子，送到医院就被"抢光"。一位身着四层隔离衣的老首长对她说："朱总，这儿的1268名医务人员是党中央从各部队抽调来的，我代表他们向沂蒙老区人民致敬……"

天安门国旗护卫队，工作环境虽然没有边防哨所那么艰苦，但他们责任重大，是国家军队形象的标杆。朱呈镕非常敬佩他们精益求精的工作标准，12年来一直把他们作为固定的拥军单位，每到八一建军节和春节，她都要亲自送去10吨饺子。一次，三军仪仗队整整齐齐地迎接她，领队指挥员将军刀一挥："'红嫂'同志，我们三军仪仗队准备完毕，请您检阅！"那种庄严的氛围吓得她一跳。"我有何德何能啊，怎能享受这等礼遇？"她再三推辞也无济于事。无奈，她只好像外国贵宾一样在队前走了一趟。这令她终生难忘，感动不已。

在建党90周年之际，朱呈镕组织沂蒙"红嫂"们绣了一面90平方米的巨幅党旗，献给国旗护卫队，500多名官兵曾在这面党旗前举手宣誓，向党中央传递了沂蒙"红嫂"的真情厚爱。

2013年11月25日，习近平总书记到临沂视察时接见了朱呈镕，市委书记张绍军介绍了她的拥军事迹。习总书记高兴地握着朱呈镕的手说："党的十八届三中全会刚闭幕，我这是第一站来到沂蒙革命老区，沂蒙精神和延安精神、西柏坡精神都是党和国家的宝贵财富，希望您一定要把沂蒙精神、'红嫂'精神带到军营去，让 80 后、90 后的孩子知道今天的幸福生活来之不易。"

习总书记的鼓励使朱呈镕感到责任重于山，鞭策她拓宽思维，开阔视野，创新求为。从此，她组织山东诚谊家居有限公司董事长虞娜、金中证项目管理有限公司总经理杨明芬、临沂泰华进出口有限公司总经理周宾等 10 家企业领头人成立"沂蒙红嫂拥军慰问团"，到各部队进行精神拥军、文化拥军、思想拥军、科技拥军……

军地双赢续新风

"舍得某种精神，就有可能得到某种物质；舍得某种物质，就有可能得到某种精神。"这是朱呈镕拥军慰问行动所折射出的辩证法。

她每次到部队拥军归来，及时把各部队严明的纪律、和谐的氛围和军事化管理经验等用到企业经营中，结果常收到意外效果。如：她到新疆阿拉山口慰问，看到战士怕被大风刮走而抱着石头站岗，战士看到朱妈妈上下楼梯都噌噌地迈两步台阶，自己的脸被大风吹得炸开似的痛，她把这些体验、精神和激情等常与员工分享；她冒着零下 40 多摄氏度的严寒到黑瞎子岛看望官兵，把官兵戴手套握铁管、松手掉皮后血淋淋的画面拍成照片和视频让员工和高层管理人员观看、谈感受，领悟啥叫吃苦奉献、忠诚使命、人性管理……因为她把员工当亲人，时刻关注他们的成长幸福，所以，公司上下人员都很理解她、拥护她、支持她、感恩她。

她还严把食品质量关，恪守经营诺言，在饺子包装上印着"包的是良心，卖的是品质"口号，很多顾客认为朱老大的饺子都用来拥军，质量一定没问题，对她的诚信品质更是深信不疑。目前，她的400 名员工日产 33 吨水饺有时还供不应求。

朱呈镕拥军慰问不仅为部队解决了很多现实困难，还送去精神食粮，增添练兵动力，为一些官兵破解了很多无形的心理、思想等难题，这实际是她精神升华的生动体现。

朱呈镕的举动的确感人至深，催人奋进，她每到一地都掀起了人性的波澜，其事迹自觉成为官兵学习教育的生动活教材。尤其当下，一些 80 后、90 后官兵目标不定、思想浮躁、信仰缺失，部队和家庭做其工作往往成效不大，朱呈镕每到部队做报告，非常关注官兵思想工作，常用对症的故事和特殊措施感化人、教育人、鼓舞人。

驻本溪某部山东籍战士桂海鑫在座谈讨论时流泪说："听了朱妈妈讲的缝鞋垫送子参军的故事，我想起了我的妈妈，她也是拿着亲手为我缝制的鞋垫送我到部队的，她常鼓励我穿着这双鞋垫好好地在部队发展，别给咱山东人丢脸，以前体会不到母亲的用意，现在看来，我也是一名沂蒙精神的传播者。"

西沙群岛有个叫孙吉超的战士听了朱呈镕的报告，给她发来短信："朱妈妈，西沙群岛很苦，我已是大龄青年还没对象，本打算年底退伍，可听了您的报告，我又回心转意了，一定把工作做得更好，坚决守住祖国南大门。"

驻丹东某部战士小周听了朱呈镕的报告，课后专门找她诉苦："我爸爸经常打我妈，我每次接到妈妈的电话训练时思想就不集中……"她听后拍胸保证帮其解开心结，随即要来其家庭电话和地址，只身前往解决了此事。此外，她还帮助很多缺母爱、少亲情的战士解开了思想疙瘩，走出了人生低谷。因此，听了她报告的官兵总是信任她、敬佩她、赞美她、宣扬她。

驻沈阳某部政委朱红喜听了她的报告后，对"红嫂精神"的理解一语中的："战争年代，'沂蒙红嫂'的人性得到了凸显和升华，然而，战火硝烟在岁月中已消散了 30 多年，'红嫂精神'并没有当作历史文物封存起来，相反在改革开放和社会主义现代化建设中做出了新的诠释，这与中华民族几千年的优秀传统文化和国民性格有着割不断的血缘关系，我们应大力推崇和弘扬。"

是呀，精神永远是民族的脊梁，须臾不可缺少！

（原载《本溪日报》2015 年 8 月 9 日）

心若平衡

隽语点睛

　　作为带兵人，管理教育严没错，但得张弛有度，功过分明，不以一眚掩大德，关键时若一棍子把人才打死，会涣散人心。相反，能容人才小过，兵会用行动感恩、回报。我们只有真心为兵的成长利益负责，组织的威信才会越来越高，单位的凝聚力和战斗力才会越来越强。

　　现在的兵机灵、活泼、可爱，但遇棘手事常浮浅、急躁，很难扼住症结，无奈时常寄托于使"潜规则"和走极端，信奉用不正当的手段"摆平"。这种做派实在令人忧心。

　　乙未年终总结，单位党委酝酿基层上报的士官晋选人员，下士郑绍斌的名字令我欣慰和回味。

　　四个月前的一个晚上，我在野外驻训地担任部队值班员，一战士突然来访："首长，我是一连郑绍斌，有事麻烦您。刚才夜训时，我在装备车内吸烟，还用手机打了个电话，被作训刘参谋夜巡时发现，明天交班别让他通报这事，好吗？"看着他乞求的眼神，我笑着说："违规了为啥不通报，你就不怕我批评，咋不找你连长或指导员呢？"他耷拉着头，支支吾吾："连长有事回家了，指导员值班，他说明天若通报，要收拾我，我马上要选套士官了，这不明摆着为自己设障碍嘛。我知道错了，以后注意，一定努力工作。我是连队文体骨干，上周部队组织联欢晚会，我的武术表演您看了吧，大家掌声阵阵。首长，您负责政治工作，能忍心让我离队吗？"说完，他掏出一沓百元大钞深表谢意。

我一听，马上明白他的小九九。"现在部队上下大抓风气建设，你却来贿赂，这明知故犯，让我情何以堪，并非所有的难题都能用钱解决。记住：有困难得找组织，为兵服务永远是组织应尽的职责。赶快收起来，回去让你指导员过来。否则，明天就当个'靶子'来讲，那一个问题就变成俩了。"见我一脸严肃，他拿钱的手颤了又颤，伸了又伸，最后只好缩回。

转瞬，一连指导员小马赶到。我详细问明情况，小郑的确是个人才，特长突出，军事技能也过硬，留队欲望强烈。听罢，便给他理了理思路："小马，我知道你怕通报影响连队，更想为连队保留骨干，但处理的方式方法欠妥，你带战士去向刘参谋好好认个错，就说我知道，已经严厉批评过，以后要注意教育引导的方式方法。作为带兵人，管理教育严没错，但得张弛有度，功过分明，不以一眚掩大德，关键时若一棍子把人才打死，会涣散人心。相反，能容人才小过，兵会用行动感恩、回报。我们只有真心为兵的成长利益负责，组织的威信才会越来越高，单位的凝聚力和战斗力才会越来越强。"说完，我又给他讲了一件晚饭前发生的挺受启示的事。

那天下午 4 点，三营组织炊事比武，刘教导员请我去当裁判。空旷的草地，炊烟缭绕，热火朝天。这边武火炝白菜，一圈人围观锅铲焱焱地来回翻炒；那边文火咕嘟咕嘟地炖红烧肉，香甜味令人垂涎欲滴；最抢眼的是上士刘明明专业的刀功，既细又匀的土豆丝引来众人啧啧称赞。很快，参评的菜肴米饭一应俱全，我逐一品尝、讲评。颁奖时，刘明明接过大西瓜奖品，脸上乐开了花儿。刘教导员特意提了提嗓子，很自豪地介绍："他是七连刘明明，今天连队的饭菜是他掌的勺，但他不是炊事员，而是连队架设专业骨干。"我点了点头，随即补充一句"他还爱喝点哩"。刘明明立即抢答："不喝，不喝，现在彻底不喝了，这得感谢您的教诲呀！"刘教导员听了不解，也很惊讶，一下子愣神儿了，我只好说出个中缘由。

一年前的一个晚上，我值班夜巡时，查到刘明明私自喝酒。他转身到办公室求我原谅一次，如果告之营里，他会挨处分，年底就套不了士官，说完拿出几张钱撒在办公桌上就跑了。第二天，我到七连详细了解全面建设情况，那是单位党委责成我帮建的"责任田"。暗自调查发现，连队有一部分士官嗜酒，刘明明就是其一，但他专业技术精，群众基础好。在与官兵单独谈心时，我找来刘明明，退还了他送的500元现金，并严肃批评："考虑到你是连队骨干，我没告之营连你违纪事，但你得给我写一份检讨书，如果以后发现没有一点悔改迹象，一定秋后算账。"随即，我以嗜酒为病根儿，帮七连党支部制定了根治的良方。事实表明，成效还不错。刘教导员听后很感激，说我帮带的不仅仅是刘明明，还有整个连和营。

听完故事，马指导员感慨地说："领导带部队的经验就是丰富，虽说连队无大事，但事事牵动神经，以后真得悉心研究和学习呀。"

其实，细微的风气看似小事，如处理不妥就会影响士气和单位建设。我把这一心得传授给三营党委，并指导他们落实。当年年底，七连终于摘掉多年后进的帽子，步入了先进行列，三营全面建设水平也大幅提升。

事后，我曾多次总结，觉得年轻人阅历浅薄、涉世不深，遇到难事，头脑简单，处理欠妥，永远是通病，关键得好好引领。回想当战士时，自己也干过这种荒唐事，好在有伯乐扶植。否则，早被部队淘汰了。

1998年，我入伍四载，作为报道骨干留队超期服役。可现实不遂愿，恰逢军队百万大裁军，全团上下为此惶恐不安。危难之际，我把唯一生存的希望盯在团政委孙守荣身上，想送点钱望他帮我提干。孙政委拒绝了，让我好好干，并特意安排政治处主任为我做通思想工作。不过，首长的安慰使我明白了一个理儿，不管军队咋变，肯定有战士笔杆子的用武之地。

不久，部队编制调整的命令下达，我们师缩编为旅，团缩编为营。孙政委把我叫到办公室，说全团仅有3个超期服役名额，其中一个给我，让我去找参谋长安排归属的连队。于是，我由机关兵变成了连队

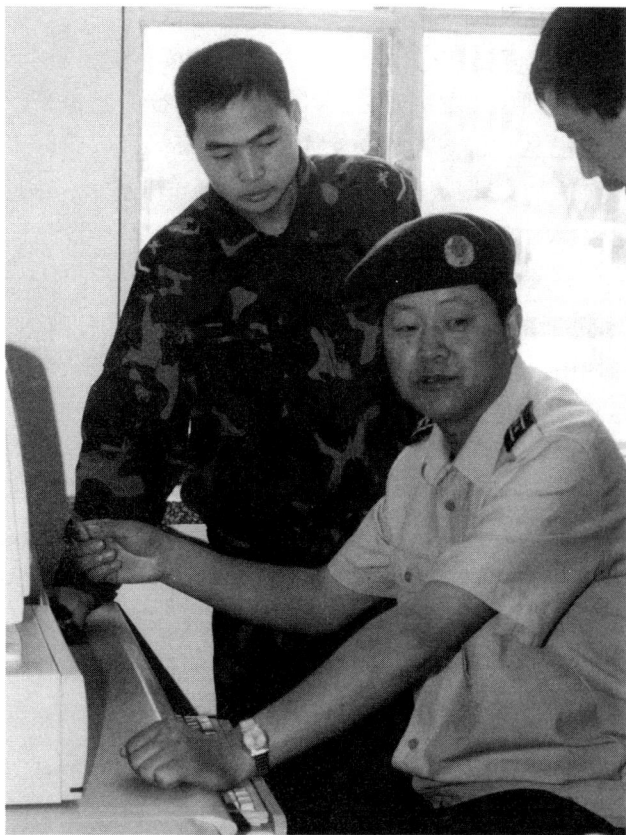

图为 1999 年夏季作者抓拍的孙守荣政委与兵谈心情景

兵，业余时间仍不忘学习和写稿。大家很佩服，觉得我早晚还会去机关。

一个月后的周末，我外出购物归来，连队官兵喜滋滋地告诉我，说我提干了，旅干部科科长来考察了，大家都为我投过票。那天路遇营教导员，他问是谁报我提干的，我语塞。一时，我自己也纳闷，不禁陷入深思。几天前，我从军报上看到消息，说要从全军挑选 300 名抗洪勇士，咋来这么快？提干事应由基层连营逐级上报，教导员为何不知情，"馅饼"咋这么巧就砸在我头上呢……最后，还是教导员打听清楚了，是临时处理团队善后工作的孙政委帮我上报旅党委的。须知，部队提干是很坎坷的事，而我却顺利地如愿以偿，恍如一阵徐风，不知不觉地漫卷了我军旅的春天。

半年后，孙守荣到我们旅任政委，我几次欲感谢都被拒绝。至今，我还清楚地记得他当时的告诫："你能成长进步，既是我当政委的职责，也是你自己努力的结果，以后要好好干事业，但心要正，身也要正，否则行动就歪。其实，人生就像训练场上走平衡木，内心的平衡程度决定着走平衡木的长度。"

从此，我深深牢记孙政委的谆谆教诲，他那和蔼可亲、正义凛然、甘为人梯的风范似一座丰碑始终屹立在我眼前。后来，由于工作需要，我依依不舍地离开了那个山沟部队，来到驻沈某部工作。如今，每遇困难挫折和取得成绩时，我都非常想念孙政委、感恩孙政委、崇尚孙政委，逢年过节都会向他送去深深的祝福。

一天，得知我进入团常委班子时，孙政委高兴地鼓励："你看我们当年的团队多讲政治，十多年就生长出了徐义华、修长智、靳军等20多名师团职领导干部，好好干吧，你也差不了……"听之，我恍然明白孙政委做人的至高境界。

现在，孙政委已从正师职领导岗位退休，但他的叮嘱仍一直在警醒我、鞭策我、鼓舞我，因为我从他的言行上看到了"予人玫瑰，手留余香""正气凝团，人才辈出"两句至理名言的最好诠释。

短评：军营生态的盎然呈现

军营也并非一片净土，绿色的生态也时常被雾霾侵袭和污染，比如一些官兵遇到关乎个人"成长进步"的事儿，想用金钱"铺路"；在工作生活上碰到沟沟坎坎儿，信奉以不正当的手段"摆平"。平衡是自然生态的规律，也是人文生态的法则，但它们存在的前提是公道、公平、公正。《心若平衡》这样写道，当作者被提拔为干部后，想给关心帮助他的首长"表示表示"，却遭到婉拒。那位孙政委是这样对他表示的：关爱部下，帮助同志，是我的职责所系，我尽到了责任，心就得到了慰藉，获得了平衡，没有遗憾了。人生就像在训练场上走平衡木一样，眼要望得远，身要行得正，心要放得平，这样才能走得稳，不跌跟头……这朴实的话语里蕴含着多么深刻的哲理呀！作者当了领导干部后，也照着老首长的样子做，一级传一级，把公正、公平的大道延伸……是呀，自然平衡，万物葱茏；心若平衡，气正风清。陈齐贵的这篇散文正是以反映昂扬的军营生态呈现了军人崭新的精神状态，使我们感受到了绿色世界的温馨。（焦凡洪）

（原载《散文百家》2017 年第 9 期）

人生路上三盏灯

隽语点睛

　　望着那三盏灯，思绪的羽翼开始摇曳。我推测远处也许有三百、三千、三万，甚至更多的灯，它们浑然一体地构成航海线。是呀，人生的确不易，恰似大海一样茫茫，如果没有灯指引，何时才能到达希望的彼岸?! 随着渔船颠簸的律动，思潮一起一落，那些暖人心脾的灯光，不绝地在我心里翻映。

　　初夏，开放的大连以繁花似锦的盛象、馨香缭绕的韵致，引来八方游客感受这座花园城市独有的味道。

　　一日，天放晴、薄雾、无风，北京的一位好友来大连游玩，寒暄时表出了去海上垂钓的欲望。我是个"渔盲"，兴味寡淡，便诚恳地说："这时来大连不去看纯洁如雪的槐花，如上宝山空手而归！"谁知，这么诱人且有力的建议却没有吸引他，只好请三位渔友当向导，陪他坐船前往附近的新海港湾。

　　我是第一次坐船在海上游玩，大海的浪漫、宽容、豪放没激活我兴奋的神经，而远处波涛中挺立的三个模糊的架子却引起了我的注意。我指着问船老大："那就是航标灯吧？"他点头答是。

以前，我从未实地见过航标灯，只是在书本和电视上有所了解，现在突然映入眼帘，有种难以言表的亲切感，紧张的神经一下子放松了很多。沉思半晌，我不禁感慨起来："航标灯真了不起呀，它不论风吹日晒、岁月淘洗，始终忍受寂寞、甘于奉献，默默无闻地在航海路上为人指引！"

望着那三盏灯，思绪的羽翼开始摇曳。我推测远处也许有三百、三千、三万，甚至更多的灯，它们浑然一体地构成航海线；我寻思"众里寻他千百度，蓦然回首，那人却在灯火阑珊处"的意蕴，觉得航海线恍如人生之路，波澜起伏，险象环生；我品味帮助过我的人，像这些航标灯一样，给人以希望、力量……是呀，人生的确不易，恰似大海一样茫茫，如果没有灯指南，何时才能到达希望的彼岸？！随着渔船颠簸的律动，思潮一起一落，那些暖人心脾的灯光，不绝地在我心里翻映。

点亮心灯　志存高远

孩提时，我爱学习，且悟性好，怎奈父亲去世早，母亲老实厚道，不谙世事的大哥不得不挑起家庭掌舵把航的担子。为此，我常常抱怨命运薄福，感到前途茫然。进入初三那年，因囊中羞涩，我不顾师生、亲友劝说，毅然丢下书本拥入北京打工。

打工生活非常艰苦。每天起早贪黑，在工地周而复始地搬运、拉车，累得手脚酸溜溜的，才挣 5 元钱，尤其是工头不知满足的贪欲和工友不知疲倦的劲头常震撼着我稚嫩的心。一时间，顿失家庭关爱和温暖的我，咀嚼到生活苦役似的艰辛和日子无望般的苦涩，更体会到城乡差别在心灵的落魄和知识贫乏在都市的恐慌。于是，过完那个春节，我又返校当了一名插班生。

接纳我的班主任是毕业新分来的，他叫黄建平，高高的个头、瘦瘦的身材，青年头型、白皙皮肤，言谈举止很有文人学者的风度。他脸上常露着笑意，好像春天里的一抹阳光，让人心里暖洋洋的。获悉我的情况，黄老师非常高兴，特意把我安排在一个非常好的座位。

黄老师非常和蔼可亲，平易近人，负责数学教学。听他讲课有一种享受在胸中荡漾，有一种激情在体内偾张。他手势灵巧、启人心智、板书工整、引人深思，课堂上常为学生打开一个个心结；他才思敏捷，娓娓道来，话语间闪烁着知识与智慧的火花，课堂下常为学生营造温馨和谐的氛围。我像一棵移栽的树苗，在这种阳光、雨露下快速成长，不久就脱颖而出。黄老师备感欣慰，常因势利导。那年学校组织开学典礼，需要一名学生代表发言，黄老师找到校长，力荐我登台崭露头角，结果我的发言赢得了一浪又一浪的掌声和赞誉，这使我更加坚定了对"知识就是力量"的信仰。

一时间，我成了学校的"名人"。课堂上，只要我站起来回答问题，大家都向我投来异样的目光。课外活动，总有同学向我打听首都的逸闻趣事，甚至借机"涮"我，逗大家开心。一次，本班"校花"朝我暗送秋波，理智的春风一再助我回避、却步，而她却越来越大胆，越来越痴情。最终，她花开含笑，我仍心怦低头。

我的反常引起了黄老师的注意。他找我谈心，我缄默无语。于是，他像父母关爱孩子一样拍了拍我的肩，用真诚的目光瞅着我说："有啥困难吗？说出来心里一定会好受些，我帮你想想招法。"我支支吾吾地道出了难以启齿的心事。没想到黄老师没批评我，反而夸我做得很对，并鼓励："男子汉大丈夫，就得先立业，后成家，我看你差不了，只要好好学习，将来一定会有出息……"听了黄老师的话语，心中滋生一股莫大的激情和勇气，支撑我更加拼命学习。

第二天，黄老师对学生的座位普遍进行了调整，疏远了我与那位女孩儿的距离，还专门组织了一次学生管理教育，至今我仍能清晰地记得他说过的一句话："作为农村的孩子，要想走出去，唯有考大学和当兵才是出路，不管选择哪条路，但目前务必要好好学习将来才有盼头。"黄老师的教育像一石激起心湖的涟漪，使很多松懈的学生开始紧张起来；黄老师的开导又像是信仰高峰上的一座灯塔，吸引着很多学生一步一步地向它攀登。

甭说，黄老师的招法还真管用，那缕青涩的恋意很快被他灵活的艺术定格在萌芽状态，且只有我们师生三人知道。事虽平息，可我总是躲避不了女孩儿那怨恨、忧伤的眼神，尤其是每次目光碰撞时，溅起的火花总刺得我脸火辣辣的。心想，她暗地一定流了很多伤心的泪水。不久，女孩儿就回家务农了。再后来，听说她嫁给了我们邻村的一位小伙。

现在看来，青春年少，哪有女孩儿不怀春、男孩儿不多情的？！至于早熟现象，关键在于父母和老师与学生正确的沟通、理解、信任和疏通。其实，爱情是人生的必修课。一旦来临，有些爱我们必须割舍和放弃，有些爱又值得我们一生去追求和付出。可是，当真正明白的时候，往往暮色来临，悔之已晚。

我非常感谢黄老师让我早早地懂得了爱情与事业的辩证关系，少走了很多人生弯路。后来，我还剪裁了很多爱情枝蔓，直到 30 岁，职务至正营，才享受到洞房花烛的甜蜜。

黄老师很有同情心。那个学期快结束了，我的学杂费仍欠 76 元，最后是他暗地用工资替我交的。其实，黄老师的负担很重，父母在农村，多病，三个弟妹也在读书，全靠他一人扶持。这令我十分不安，直到第二年，我的哥哥承包了学校的瓦工活儿，还了钱，才稍感舒适。

离别总是随着时光悄悄而去，只有忆起时才感觉如梦境一样让人心醉。去年春节回家，我去县城朋友家串门，恰遇黄老师。一晃 21 年没见他了，除了脸上有些许沧桑，他依然笑容可掬，气质非凡，如今在一所中学当校长。席间，他举杯向大家介绍："当年齐贵特别刻苦，我看他不一般，就特别照顾他……"这时，我强忍着内心的激动，极力控制欲流的泪花，手捧酒杯一饮而下。

卓识明灯　引航上路

哲人说，选择是一种命运。事实证明，每一种选择的背后都有一条特定的路，每一条路上都注定着选择者特定的命运。毫无疑问，只有果断的、正确的选择，才能把人带到成功的起点；轻率的、错误的选择，则会把人引入失败的深渊。

18 年前，我在人生十字路口徘徊，一位女教授及时为我指点迷津，让我永生难忘。

尽管我好学上进，可因手头拮据，最终还是依依不舍地辍学了，再次踏上前往北京打工的列车。幸运的是，我读书时利用业余时间跟哥哥学会了瓦工技术，所以不费劲儿就谋到了一份儿差事。

一次，在一个知识分子家装修，但见房东夫妇年龄不大，40出头，都是大学教授，戴着眼镜，至今记不清他们的名字和家庭的位置，但温馨和蔼的烙印却很深。由于男教授工作忙，只来看过一次房子，随后就一直是女教授张罗购买装修器材。

女教授非常心细，第一天就盯上了我贴的瓷砖，她对老板说："这小伙子干活很认真，年纪轻轻就有这等手艺，以后发展前景一定不错。"老板接过话茬儿，笑着说："他不光认真，还好学呢，晚上没事就看书。"听了这话，她更为关切，立即问我的文化、家庭、特长。我的回答引起她不停地惋惜，最后仔细打量了我一番，说："你的确是一块读书料，应该到部队去锻炼，在那儿你一定能成材！"开始，我没在意她的夸奖和建议，只是一听而过。

女教授格外关爱我，每天总是先为我端茶送水，没事就和我聊社会、人生、理想和未来的话题，还讲"愚公移山"和"贫富和尚到南海朝圣"等励志的故事，我为她讲解鲜为人知的乡村趣事。就这样，我们相处得越来越融洽。于是，我非常敬仰她广博的见识、成熟的内心、理性的分析，她格外喜欢我的好学、悟性和质朴，并一再鼓励我到部队去锻炼。

那段时间，我一听到女教授的鼓励，生活就充满阳光，感到信心十足；可一寻思她的建议，我又底气不足，甚至犹豫不决。因为来建筑公司不久，我就赢得了一位大老板的赏识，他经常扶植和培养我，让我来年当小工头，我觉得这是难得致富的机遇，况且家里还有一大笔债要还呢。至于当兵的念头，以前我也萌生过，觉得手握钢枪、戍边卫国，很威风、很自豪、很光荣，但一听说"当兵后悔三年，不当兵后悔一辈子"的顺口溜，又有顾虑，又觉得部队充满神秘感。

另外，我当时已经19岁，当兵年龄偏大，惧怕当三年兵再回家，那就亏大了。

于是，我暗地请女教授拿主意，她不假思索地说："打工挣钱的机会以后多的是，而当兵成材能改变命运，机会仅在眼前，就算你当三年兵回家也比打三年工强。部队是个特殊群体，在那里能学到社会上学不到的东西，孰重孰轻还用问吗？！尽管眼前有些困难，你不还有三个哥哥吗……"一番开导使我豁然开朗。

半个月后，房子装修好了，临别的前一天晚上，女教授执意要做东，对我们五位农民工表示谢意。推杯换盏之际，她特意送我一句话："孩子，好好干，别灰心，我看人没错，你就像我讲的故事中的贫和尚，因为你骨子里有一种不服输的登山精神，我建议你当兵去，在那儿你一定能成才。"这时，我已完全赞成女教授的观点。

那年年底，我很顺利地当兵来到了东北。工作中，我经常想起那位女教授讲的故事，精神的力量支撑我跨越了一座座如山般的障碍，攀登到一个个辉煌的事业之巅。

如今，我已成长为团职干部，真得感谢那位女教授当初帮我做出的智慧抉择。在她看来，鼓励我上进，可能是职责范围内应尽的一次课外辅导；对我而言，却是在黑暗中点亮了一盏人生的指路灯，彻底改变了一个农村孩子的命运。

说来真是奇怪，人海茫茫，以前与我共过事的人很多，如果闭目遐想，一时还记不清他们的模样。而那位女教授，与我只是萍水相逢，却让我时时难忘，想一次，便纠结一根情感的丝线，在心湖漂荡，成为最绚美的风景。

品味航灯　照亮前程

在工作中每每遇到困难挫折时，我就会想起表哥钱太平的谆谆告诫，这时信仰和力量便发酵生威。

表哥56岁，退居在家乡红安县城，好些年没去看他，去年春节回家特意去拜访。一进家门，表哥就问起了我这些年成长的经历、家庭的琐事、将来的打算，直到上桌吃饭，仍与表哥唠得很投契，丝毫没有顾忌，并开怀畅饮。那天，我真的喝多了，懵懵懂懂地被哥哥开车带回了家。

第二天，我正准备收拾东西返回沈阳时，突然接到表哥电话，说有事告知。当天，他请了个车从百里外赶来送我。我在镇上饭店里包了个雅间，点了几道菜，但没有喝酒。刚提筷，表哥就很正经地说："你要回部队了，我送你三句话：一要强化政治敏锐性；二要加强个人修养；

三要少喝酒，尽量不喝。我经历了枪林弹雨、出生入死的考验，工作几十年，有经验，也有教训，望不要走我走过的弯路……"表哥教给我诸如此类的道理，都是他在生活中的宝贵沉淀与积累呀，以前从未听他说过这么严肃的话题，一定是昨天他看到我言行的瑕疵，特意来提醒我、警醒我。

刚提及经历的话题，表哥欲言又止。我知道他的出身不太好，以前不敢问，也没机会触及他个人隐私。见他主动袒露心迹，我便直奔主题，他若有所思，才慢慢解答。

表哥先从他的母亲，我二姑讲起。二姑是个老实人，无文化，但贤惠大方，成人后许配给距我家七公里华河镇的聂家大儿子。她的公公是位老红军，可惜中年殉于战场，婆婆精明、要强，带着三个儿子从农村搬到镇上，靠做生意养家糊口。婚后，姑父百般呵护她，日子过得很甜蜜。按理说，在 20 世纪 60 年代，农村女孩儿能找个这样的婆家是很幸福的事，可二姑一直处理不好婆媳关系，常挨婆婆的数落和谩骂。时间长了，二姑总是暗地委屈流泪。一气之下，我的爷爷、奶奶就劝她离开了聂家，改嫁到离我家对面一公里的钱畈村。这时，二姑有了身孕，也就是怀上了我的表哥钱太平。

二姑改嫁后，少受了很多气，日子过得也顺心，可表哥一出生，就给家里罩上了一层阴霾。钱畈村独姓，很团结，表哥是聂家的命脉，出生后姓钱，一直遭村里人的反对。出于同情心，养父强忍着抚养了表哥。

表哥的童年非常苦，不仅享受不到应享的幸福，还得受鄙视、指责，甚至打骂。到了上学的年龄，同龄的孩子都高高兴兴地背着书包上学，而表哥上了三个月的学被拽回家帮忙料理家务，照看弟弟、妹妹。这时，表哥刚刚懂事，只要他与村里的孩子闹别扭，人家总是骂他"野种"，他常在一番斗嘴、打架之后，气得泪流满面。

表哥很聪明，在教训中学会了忍让，尽量不与人发生正面冲突。一次，二表哥与村里一孩子打架，骂对方家的女子，这在农村是最忌讳的，那孩子的母亲听到后，气愤地要打他，表哥边上前阻拦边赔不是，对方仍得理不饶人。无奈之下，表哥打了弟弟一耳光才解了围。这时，二表哥哭哭啼啼地回家向姑父、二姑告状。两位老人一听火冒三丈，拿起棍子就把表哥撵走了，让他永远别进家门。

人都说世上只有妈妈好，可母爱的天平总是偏离表哥。表哥多次想上学，二姑总是极力阻拦；有啥好吃的，二姑总是先给弟妹；姊妹兄弟吵架，二姑总是压着表哥。眼前，可怜的表哥没想到唯一靠得住的母亲，也如此对待自己。他伤心透了，在村后的山路上转悠了一下午，想到了逃跑，想到了自杀，但望着村里的缕缕炊烟，又非常留恋人世间的亲情，觉得自己还有很多事情要做。于是，他决定要好好地活下去，并活出个人样来。这时，村里的一位爷爷路过，看他可怜兮兮的样子，问明情况后，便把他送回了家。

人要是命运不济，喝凉水也塞牙缝。那时，"文化大革命"正闹得乌烟瘴气，村里一些人常把表哥视为反面典型挤对他，可表哥没在意，越挫越坚强。13岁那年，他随生产队在地里干活，休息时，大家坐在一起嘻嘻哈哈地说笑话、取乐儿，尽兴时表哥也接话开了一个玩笑，一位长辈啪的一声打了他一耳光："小兔崽子，大人说话有你份儿？"二姑看不过眼，同他理论，那长辈得寸进尺，把母子二人打了一顿。

真是弱肉强食，欺人太甚！我爸爸听说后，一气之下，带村里几个身强力壮的青年前去讨公道，此事轰动了整个钱畈村，直到后来大队书记出面才解了围。

事后，表哥反思时坚定了一个信念："组织才是最好的靠山，必须借组织的力量才能从村里走出去！"从此，表哥积极向大队组织靠拢。只要大队和村里有通知精神，他总是带头落实，还常向大队党支部汇报思想情况。在组织的指导帮助下，表哥白天忙于干农活，晚上坚持自学，成长进步很快。

18岁那年，表哥当上了大队民兵连长，还入了党。一年后，"文化大革命"结束，表哥被大队推荐光荣入伍。再一年后，表哥因成绩突出，被直接提拔为干部。这时，二姑全家才在村里扬眉吐气。真是趋炎附势呀，那些以前横眉冷对的人，开始巴结二姑家。

讲到这时，表哥很淡定地说："人哪，就得硬气才能有作为！这几年虽然你取得了一些成绩，但要注意戒骄戒躁。你现在是领导干部，以后还会遇到很多困难和挫折，千万要学会宽容别人、包容一切，这样内心就能求得安稳，人生就能换得安宁！等你到部队后，我再给你邮些资料，希望对你有所启发。"

此时，我心里大吃一惊，觉得表哥真够稳重的，心里也真能装事。那顿饭，我们足足吃了近四个小时，才依依不舍地送走表哥。

我回单位后，很快就收到了表哥寄来的特快专递，内有他参加战争前写的从未公开的复印的遗书、描写战斗经历的资料和一封写给我的信。我小心翼翼地打开，边读边琢磨表哥的形象。

表哥是真正的战斗英雄。担任潜伏任务，他在充满毒蚊和蚂蟥的草丛里一趴就是一天两夜，任凭头顶子弹嗖嗖穿梭，始终纹丝不动地盯着目标。战斗进攻时，他带领一个排捣毁敌军团指挥所，排里伤19名、牺牲5名战友。为此，他荣立三等功一次。

表哥自学能力强。他几乎没上过学，在入伍仅两年时间内，却能写文笔流畅、立意高远、哲理深厚的书信。战斗结束时，表哥为了悼念阵亡的战友，写下了《青松啊傲然挺立》的诗歌，很动情，也很有文学色彩；在连队开展反骄破满教育时，他写下这样的体会："失败、挫折，是对一个革命战士的锻炼，也是对一个革命战士严峻的考验。胜利、荣誉也是对一个革命战士的考验，往往比前者更为严峻。我一定要在荣誉面前克服各种情绪，争做一个合格的共产主义战士。"

表哥是个重义气的人。读完表哥参战前写下的遗书，我知道他领会到了年少时母亲对他的严厉，那是为了让他能坚强地生活下去。所以，他入伍后理解了母亲，并在"遗书"中写下这样感恩的语句："假如我牺牲了，组织上肯定要给予一些照顾，你们在生活上过得去就行，尽量少给组织添麻烦，因为打仗，国家经济上的困难很大。烈属称号应该由娘享受，因为她生我养我一场，算是报恩吧。在立烈士纪念碑时，一定要把我的名字改为聂卫华，这样做不是不尊重生养我的父母，而是我也有自己的尊严和人格，并要遵守事实，同时也算给我姓聂的家族光宗耀祖。时间来不及了，马上就要起床出发了，还有很多亲友顾不得写信，请你们代我向他们问好！特别是黄宏焕、钱从根等大队党支部的所有领导，及所有的亲戚和相好的朋友问好……"表哥为人多仗义呀，他在感恩母亲、养父、生父、朋友、亲戚，甚至组织和国家时，权衡得那样细致、周到。

读着，读着，我的眼眶开始湿润，我想到了表哥整理的资料里引用保尔·柯察金的一句名言："一个人当他回首往事的时候，不因虚度年华而懊悔，也不因碌碌无为而羞耻，那么他在临死的时候，就能够说：'我的一生已献给了最伟大的事业……为人类的解放而斗争。'"表哥是这样想的，也是这样做的。如果用这句话去定位他，我想那是最准确、最生动、最形象的描绘。

高山仰止，景行行止。表哥用大半生的包容与承受的行动来教诲我，实在令人感动，颇为敬仰。其实，他所传达给我的是一种情感的依附、精神的归宿、前行的动力，更是一种如航标灯般对他人、对组织、对军队、对国家的责任担当！

（原载《辽海散文》2013 年第 5 期）

走近乔安山

隽语点睛

　　雷锋是在党的关爱下成长起来的青年，他牢记党恩，践行诺言，值得学习，宣传他是我义不容辞的责任。不瞒大家，近十年，大小报告我已做了近2000场。尽管我已经65岁，有时力不从心，但我还有儿子、孙女，我要让他们，乃至子子孙孙，孙孙子子，永远地把雷锋精神传播下去。

　　北京的3月，是个政事之春。庄严的人民大会堂内，一场纪念雷锋逝世50周年事迹报告会隆重拉开帷幕，热情洋溢的宣讲再次似迸发的暖流散射到长城内外，滋润着大河上下人们的心田。5位代表的发言激起阵阵掌声和屡屡歌吟。若评印象，唯独对女士官乔婷娇的观点记忆犹新，因为她是我心中偶像乔安山的孙女，这吸引着我去挖掘、思考、雕琢她爷爷那默默无闻的雷锋形象。

　　我是在大别山区听着雷锋歌曲长大的孩子，成人前只知学雷锋就是做好事，究其内涵，则一知半解。当兵来到东北后，思维触角衍生了新的根系，雷锋意识凸显了广阔的领域。一次，单位组织看电影《离开雷锋的日子》，方知雷锋生命定格在 22 岁的缘故。这引起了我的反思：如果乔安山驾驶技术过硬一点，雷锋也许当时能躲过劫难……可事实未有假如。乔安山为此引咎自责，内心始终笼罩着无法抹去的阴影，尤其是每次做好事受委屈、遭白眼、被指责时，常常内疚、忏悔得无地自容，只好一次又一次地来到雷锋墓前，向老班长诉苦、自责、发誓、立志。从那时起，我一直以为，乔安山坚持学雷锋是为了弥补过失，才不得已为之。尽管如此，我还是常怀敬意，渴望有朝一日能见到生活中的主人公。

岁月如梭，转瞬 10 年已过。一次偶然的机会，我有幸近距离聆听乔安山报告，彻底改变了我固有的看法。

2006 年夏天，我任某部宣传股长，随营在辽宁省抚顺市某山沟野

图为《前进报》刊登的乔安山做报告的情景

外驻训，在了解驻地社情民情时，获悉乔安山的家离当地只有两公里，便迫不及待地邀营教导员平兴强前去拜望。正巧，乔老在家。只见他中等身材，头发半白，眼袋下垂，皱纹明显，面容憔悴。最打眼的是，他的左手背贴有药棉签，显然刚打完点滴。一见面，乔老非常热情，递了香烟，又端茶水。看他病恹恹，我没说明来意。一阵寒暄后，平教导员就直奔主题："久闻乔老学雷锋感人事迹，特请您为我们驻训官兵做场报告，您却身体欠佳，实在不好意思开口。"乔老笑了笑，脸上立即露出几分精气神："没事，没事，这只是轻感冒，已经挂了两瓶点滴，好得差不多了。说心里话，离开部队这么多年，我对绿军装仍特有感情，只要给当兵的做报告，就格外亲切，特别激动，非常愿意效劳，哪怕是赴汤蹈火，也在所不辞。"没想到乔老那么爽快，聊了十多分钟，我们把做报告的时间定在 8 天后的上午。

那天，乔老完全康复，按时赴约。他没有准备讲话稿，但条理清晰。首先，他兴奋地讲起和雷锋 140 多天的工友生活。1959 年，他们都在鞍钢工作，雷锋在焦化厂开推土机，乔老在炼铁厂当炉前工，就因一次抢救雨中 7200 袋水泥，在遮盖物不足的情况下，雷锋竟把自己的床被拿去盖水泥。从此，雷锋的言行便深深地烙印在乔安山心里。

接下来，乔老又讲了雷锋逝世的经过，内容和电影里演的差不多。说到学雷锋的尴尬和难处，他没露出一丝抱怨和憎恨，反而说这习以为常，只能"理解万岁"了。一次，乔老冬天出车，路遇病重女孩儿，想把她抬上车送往就近医院，却遭车上两名搬运工阻拦。他没理会，仍坚持助人。结果，女孩儿得救，俩搬运工却双脚冻僵，一人气愤地打了乔老两巴掌。他没还手，还笑着赔不是。讲到这儿，我仔细地打量了一下，乔老的表情有点儿木讷，嗓音有点儿低沉，眼圈微显干涩，似乎有一种难以言说的苦楚。这时，一位战士走上台，向他敬了一个十分标准的军礼，又献了一束鲜花，台下立即掌声四起。

乔老感动得眼眶湿润，眨了几下，便振作起来，又讲起了一些媒体编造的所谓雷锋"初恋"的故事。他说，雷锋根本没有对象，与女孩儿通信说成是恋爱，这完全是一种误解，在那个时代背景下，绝对不允许出现这种思想举动。为了辟谣，他举了很多例子，像为自己打抱不平一样，把雷锋与姑娘纯洁的姐弟情剖析得一清二白。战士听得津津有味，接二连三地站起来提问，乔老都一一解答，原计划报告安排一个半小时，结果延长到 140 分钟。

临近尾声，乔老的话语掀起了高潮：" '人的生命是有限的，可是，为人民服务是无限的，我要把有限的生命投入到无限的为人民服务中去。'雷锋是在党的关爱下成长起来的青年，他牢记党恩，践行诺言，值得学习，应该弘扬。这些情况我非常了解，宣传他是我义不容辞的责任。不瞒大家，近十年，大小报告我已作了近 2000 场。尽管我已经 65 岁，有时力不从心，但我还有儿子、孙女，我要让他们，乃至子子孙孙，孙孙子子，永远地把雷锋精神传播下去。"那一刻，我才真正悟透雷锋精神的实质，为乔老难能可贵的远虑而心旌摇曳。

做完报告，我们引着乔老参观了新组建的三连，他一边听介绍一边感慨不已："看你们多优越呀，我们那时生活艰苦，装备低劣，真没法比较。现在生活条件好，信息发展快，技术含量高，但要注意更新观念，紧贴时代发展。就拿学雷锋来说，不能像过去仅停留在做一两件好事上，而要爱岗敬业，忠于职守。作为基层带兵人，你们要时刻研究带兵训练，如果把这些新装备玩得溜溜转，部队战斗力上来了，那才是雷锋精神的真正体现呢……"

乔老的话语简单朴实，但寓意深刻，催人奋进，时刻鼓舞三连官兵。如今，三连年年涌现学雷锋典型，先后有 6 人分别荣立一、二等功，连队也被军区树为"基层建设标兵连"，共计 6 次荣立一、二、三等功。每次提及这些成绩，我总会想起乔安山的报告，并认同这样一个理儿：人哪，不管啥时都要学会感恩组织，回报社会。

（原载《散文选刊·下半月》2012 年第 9 期，荣获《海外文摘》2012 年全国文学笔会征文二等奖）

高寒禁区春意浓

隽语点睛

　　离开四连时，我细品该连从第一代菜王到第五代菜王的艰辛探索，再想想我军从"红米饭、南瓜汤"的温饱型到"一天一个鸡蛋，一天一杯牛奶"的营养型跨越，我深信"吃得好才能真正练出战斗力"，更坚信"是组织不停地为这些生命补充叶绿素，才使高寒禁区释放出诱人的葱翠和清香"！

　　"五一"假期值班，翻阅军区《前进报》，看到边防某团四连军士长相国军 11 年间痛失 4 位亲人的消息，文字瞬时像子弹一样穿过我的胸膛，炙烧着尚未熟透的激情与感动，内疚便驱使我更敬仰这位勤劳能干、乐观向上的硬汉子。

　　四连是沈阳军区有名的"艰苦奋斗模范连"。一个月前，我特意去该连执行过军区理论宣讲答疑任务。那儿的确艰苦，隆冬最冷达零下 57 摄氏度，全年有 8 个月冰封雪裹，无霜期只有 80 天，当地有句民谣"六月雪花飘，八月霜来早；种瓜不爬蔓，种豆不结角"，是吃菜难最真实的写照。过去，官兵长年巡逻在百里无人烟的边防线上，因常吃冻菜、烂菜，不少人患上了阴囊炎和指甲变软等疾病。现在，因有大棚种菜，官兵一年四季能品尝绿色，健康指数直线上升，黑龙江省军区党委推广了他们的经验做法，号召其他边防部队学习效仿。所以，去边防，我特意蹲四连采访了一天。

边防的感人事实在太多，但我紧紧抓住四连种菜这条主线。在该连荣誉室，我敏感地捕捉到邓万才、宁广红、修玉强、陈光升四位菜王艰辛探索蔬菜种植的简要事迹，他们是军区以上典型，都荣立过二等功，最后有三人提干，一人出席过全军劳模表彰大会，受到江泽民同志的亲切接见。如今，他们在军地干得都很出色。至于第五任在职"菜王"相国军，自然成了我笔尖下的主角。

2004年年底，小相从山东聊城应征入伍，新兵下连不久就接过了大棚种菜的重任。他勤劳肯干，善于研究，认真总结前四任菜王种植经验，成功引进了"南菜北种""洋菜中种"技术，改良西红柿7个品种、西瓜5个品种，就连新疆的哈密瓜、山东的白梨瓜也被"嫁接"到连队；他还心灵手巧，主动请缨，自借电锯等木匠工具，为连队休闲园建造了"极品"六角亭，引来无数游人拍照留念和啧啧称赞。为此，他先后两次荣立二等功和三等功，多次被评为优秀士兵。

小相特刚强，很阳光，也精干，一双粗大的手总是闲不着，脚穿的鞋时时布满泥土，黑黝黝的脸常常洋溢着笑意，好像没有一丝烦恼和忧愁。连队官兵说，他那是硬撑出来的。2013年初，他父亲患心脏衰竭、心肥大、冠心病，做了支架手术，一年花去12万元，最终还是离开人世。半年后，儿子出生不久，又患上了百日咳、肺结核疾病，花了13万元还没保住孩子。真是祸不单行啊，一个普通农村家庭，精神与经济上哪能经得起这样轮番的摧残。好在有组织的关爱和战友的抚慰，为他减轻了4.5万元的负担，使他干活儿精力更旺，动力更足。

我慕名参观连队日光温室大棚。一进门，就听见地火垄烧得呼呼的，一种暖意瞬时溢满全身。打眼看棚内布局，面积不足300平方米，两垄菜园棱角分明，离地两米高全布满了整齐划一的细线，供种植的黄瓜、豆角等菜苗藤攀爬，还有一箱箱的菜苗挂在棚边的架子上，菜叶嫩嫩的、绿绿的，那种生机让人一看很有亲切感。

"这太了不起了，高寒禁区竟有这样的绿色！"我瞬时兴奋诧异，心花怒放。自从脚踏边防，到处目睹白茫茫的雪域和萧瑟的丛林，而眼前的绿色就像望梅止渴一样令人振奋和垂涎，觉得这种绿色营造出了家的亲切与温馨，它不仅仅满足枯竭的食欲，更多蕴含着当地群众对绿色精神色彩的向往和敬仰，还寄托着官兵对田园生活的回味与眷恋。

小相真不愧为"菜王"，他介绍西红柿的品种、形状、颜色、口感等如数家珍、惟妙惟肖："'贼不偷'西红柿，始终绿油油的，软乎就可食，吃到嘴里沙绵绵的；大黄桃柿子，黄了大半就可吃，酸甜可口；樱桃小柿子，不像市场那样水分多，口感好；红柿子，大个儿，红透了吃，像西瓜瓤，特爽口；羊奶柿子，形状像羊奶头，口感跟'贼不偷'差不多；草莓柿子，暗红，像草莓，发软，非常甜……"

小相真能干，一个人负责连队两个大棚的蔬菜种植任务，面积近600平方米，且每年种两茬。第一茬在2月上旬育苗，3月初菜苗下地，4月下旬就能吃到新鲜蔬菜，一直持续到7月上旬，这时主要种植角瓜、柿子、茄子、尖椒、西瓜、香瓜、小白菜、生菜、水萝卜等，共产8000多斤蔬菜；第二茬在6月份育好苗，7月中旬栽种，8月下旬开园，10月下旬罢园，这时主要种植萝卜、芹菜、尖椒、柿子，收成也就6000多斤。因烧柴火成本太高，频繁种植不划算，所以每年11月、12月和1月就作为休整期。

主管四连后勤工作的副营长张朝辉透露："小相每年种菜为连队补充伙食费3万多元。节约不是目的，关键是为兵解馋，满足大家口感，补充各种维生素。像市场小白菜现在30元一斤，夏季西瓜每斤最贵达60元，若市场购买肯定吃不起，但连队能自食其力，且品种齐全。前年省军区在我部召开农副业生产现场会，会场主要设在这儿，连队还有'山羊乐园''百禽园'，羊、鸡、鸭、鹅、猪全是原生态养殖，蔬菜和肉食都是健康的绿色食品……"

那天中午，我在四连蹭饭，令人终生难忘。六菜一汤，香气扑鼻，每个桌上还架着一个火锅，热气腾腾，看着锅里扑哧扑哧的小白菜汆丸子，还有蒜苗炒笨鸡蛋，舌上的味蕾全部被这色香味激活，胃中馋虫也蠢蠢蠕动，我上桌一下吃了两碗，肚子虽填饱，但咂着嘴巴还想吃。再瞅瞅战士们吧唧吧唧的吃相，实乃香甜可口。

离开四连时，我细品该连从第一代菜王到第五代菜王的艰辛探索，再想想我军伙食从"红米饭、南瓜汤"的温饱型到"一天一个鸡蛋，一天一杯牛奶"的营养型跨越，我深信"吃得好才能真正练出战斗力"，更坚信"是组织不停地为这些生命补充叶绿素，才使高寒禁区释放出诱人的葱翠和清香"！

（原载《辽海散文》2015 年第 9 期）

第五辑 沙场论见

经典动人的文学作品，要么揭示事物的真相，要么阐释真理的本质，要么弘扬人间的真情……那种语言和思想的张力，常让文思与脉络同频共振。一般读者品味这些文字之瑕美，是摸索套路、研习蹊径，提升阅读之境界。而军人鉴赏这些思想之睿智，无异于吮吸血性基因，砥砺精神利剑。

亮剑须砺剑

——读《中国历代军旅诗词选编》有感

隽语点睛

最近捧读诗作《中国历代军旅诗词选编》，对中国古代军人砺剑和亮剑的风采有了广泛的涉猎和现实的思考，这促使我精神的高地愈来愈凸显理性的峰峦，尤其是聆听专业的配乐诵读，止不住热血沸腾，激情偾张，恍如手持利剑劈刺战场，紧握马辔叱咤风云。

剑乃短兵之祖，近搏之器，佩之神采，用之迅捷，自古持之为荣。烽火年代，剑是一种勇猛精神和民族气节的符号，曾激励无数英雄扬名疆场；和平时期，剑是一种尚武精神的彰显，挥洒着正气和阳刚。

最近捧读诗作《中国历代军旅诗词选编》（以下简称《选编》），对中国古代军人砺剑和亮剑的风采有了广泛的涉猎和现实的思考，这促使我精神的高地愈来愈凸显理性的峰峦，尤其是聆听专业的配乐诵读，止不住热血沸腾，激情偾张，恍如手持利剑劈刺战场，紧握马辔叱咤风云。

优秀的文艺作品总是源于生活，最终又回归生活。众知，《选编》是古老民族文化的沉淀，是灿烂华夏精神的标本，其思想厚重，意义非凡，影响深远。捧读之际，荆轲的大义凛然和义无反顾，嵇康的远大志向和人生追求，王维的武艺超群和勇猛杀伐，岳飞的满腔激愤和冲天豪气，陆游的豪情飞纵和意气风发，等等，会像磁场般吸引人，似战鼓般激励人，如军歌般鼓舞人。

当前，总部要求全军官兵学习《选编》，无异于吹起砥砺无形利剑的号角，作为每名待旦的亮剑者，务必要会察其幽婉，善观其精髓。

读史诗要悟其魂。仔细品味《选编》，像《国殇》《大风歌》等诗词，或高亢激昂，或正义凛然，或咏叹婉转，或低沉悲哀，蕴含着浓烈炽热的爱国情怀、豪迈轩昂的英雄主义、激越雄劲的尚武精神、哀怨深沉的忧患意识，充分展示了中国古代军人对战争的思想态度和情感痕迹。读这样的精品力作，我们要把身心与其情境、感觉和滋味相融合，让其智慧魅力与己之精神渴求相契合，最终融为一体，达到渗入血脉、浸入骨髓的目的。如欣赏戴叔伦的"愿得此身长报国，何须生入玉门关"，我们要想到自己的责任和义务，才能领悟到古代军人戍守边关神圣无比、以身许国责无旁贷的意境；回味李贺的"男儿何不带吴钩，收取关山五十州"，我们要针对当前各种分裂祖国的行径进行抨击，才能

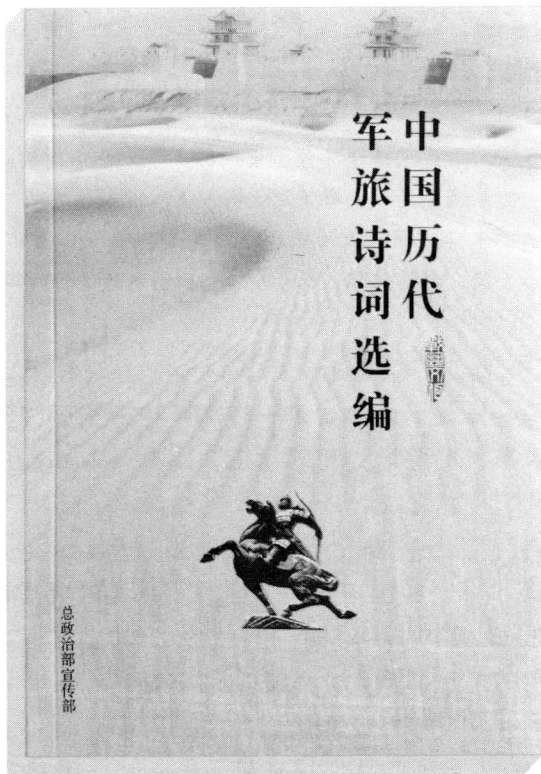

中国历代军旅诗词选编

总政治部宣传部

理解到古代军人为捍卫祖国领土而鞠躬尽瘁的志向；阅读文天祥的"人生自古谁无死，留取丹心照汗青"，我们要想想身边危难时刻勇于献身的英模事迹，才能感受到古代军人从容赴死之浩气……总之，读这些诗词，要感觉像有一双刚劲的、柔婉的、沉重的、轻盈的手，从不同的角度、音阶和情调，弹拨着我们敏锐的神经之弦，这样才能将诗魂内化为忠诚和爱国的基因，升华为战斗精神和革命英雄主义的内核。

读史诗要汲其智。《选编》是一本思想宝库，书中很多诗词充满哲理，如李白的"愿将腰下剑，直为斩楼兰"、王翰的"醉卧沙场君莫笑，古来征战几人回"等诗句涉及忠勇、生死、苦乐、进退、得失、荣辱，乃至国家的兴衰存亡等观点，它们凝聚着古人对国家、社会、人生的理性思考，多读可以提高文化素养，巩固精神堤坝，涵养正气与胆气，滋生智慧和灵性。书中还洋溢着很多古代军事思想。如王建的《赠李愬仆射（其一）》，前两句"和雪翻营一夜行，神旗冻定马无声"表明了行动的出其不意和严明军纪，后两句"遥看火号连营赤，知是先锋已上城"则强调兵贵神速，战以奇胜；李白《从军行》中的"突营射杀呼延将，独领残兵千骑归"蕴含着擒贼先擒王之智。今天学之，仍为时不晚，实在管用。另外，令人耳目一新的是，每首诗词后面还附有"注释""导读"和"感言"，尤其是"感言"中的"打仗凭实力，立身靠素质""将帅把士兵放在心上，士兵就会把使命扛在肩上""壮志点燃青春，使命砥砺人生""守护的是祖国的领土，捍卫的是民族的尊严"等隽语，读着直指人心，发人深省。

读史诗要扬其术。掩卷沉思，《选编》的意义不容置疑，但万事都在发展变化，时时需要更新，我们要用发展的眼光来看待这些思想财富。研究古剑的人也许会知："古有16套剑术，每一套都是伴随剑之更新而产生、发展、完善。"当前，随着科技发展，部队武器装备正加快更新，迫切需要驾驭信息装备的人才快步跟上，我们这时学习《选编》，不能剑虽换，而"剑法"依旧，"剑术"如故，而要立足本职岗位，将中国古代"上兵伐谋""安内攘外""不战而屈人之兵"等战略战术与新时代对革命军人的素养要求相结合，以适应未来信息化战争的特点规律和要求。当然，继承和创新时，还要破"怕"防"蛮"，敢试"第一剑"，善创"新剑术"。唯此，新人、新剑、新术才会脱颖而出，亮剑时亦能所向披靡、勇猛无敌。

（原载 2013 年 9 月 22 日《解放军报》、2013 年 10 月 25 日《沈阳日报》）

当以行道胜

——读《毛泽东军事谋略论》

隽语点睛

兵家常讲，小胜靠力，中胜靠智，大胜靠德，全胜靠道，道乃力、智、德之和。不难看出，毛泽东军事谋略聚"力""智""德"于一体，始终凸现着一种正义之道、智慧之道、发展之道。

单独讨论神灵，很多人会半信半疑。可说起毛泽东"预言""神奇""功绩"等神灵化段子，人们普遍都信服、痴迷，连许多坚信无神论的党员干部也追溯、推崇。这一现象在 QQ 群和微信圈极为火爆。

虽然我是马克思主义信仰者，但对此未敢苟同，也解释不清。一次，在湖南韶山冲参观，发现向毛泽东铜像敬献花篮的游人络绎不绝，其虔诚劲和信仰度远胜知名寺庙和兴旺道观里祈福求财的香客。引人入胜的是纪念馆展板上的文字："毛泽东是一个人，一个有血有肉的传人。但是，人们更愿意把他当神对待。毫无疑问，神在成为神之前也是人，只是因为这个人生前为人民做了无数功德无量的事情，所以人们才会世世代代像对待神一样对待他。"令人若有所悟。

之所以提及此话题，是因为最近读了《毛泽东军事谋略论》一书，思维渐阔，理性更深。

众所周知，中华民族长于思辨，精于筹谋，5000年兵家辈出，曾涌现出无数垂范千古的军事谋略杰作，其发展轨迹大致分为形成、兴盛、曲折和发展四个阶段，各时期的标志为《周易》《孙子兵法》《黄石公三略》和《李卫公问对》、毛泽东军事思想。可以说，这本书是发展时期的标本，与前三阶段著作是一脉相承、与时俱进的，称得上是中国军事谋略思想创新的奇葩。那么，我们不妨分门别类地品味一下该书的精彩。

与社会很多谈智慧谋略的书不同，该书独辟蹊径，寓事于理，用15个章节全面系统地讲解毛泽东军事谋略的主要内容、显著特征、历史地位、运筹方法，且每章标题言简意赅、直指人心，打眼看目录就紧紧地吸住读者的眼球。

读完绪论，不禁想到当下方兴未艾的军事浪潮和风起云涌的谋略创新，也会闻到霸权主义和强权政治弥漫的硝烟味，还会看到中国军事谋略思想的智慧结晶和发展趋势。欣喜的是，全球军事角逐残酷，世界军事谋略著作浩如烟海，而我国的《孙子兵法》却被某些西方强国费尽脑汁地研究和运用，他们不惧中国信息化，而怕我们"毛泽东思想化"。如此看来，毛泽东军事思想，不仅在国内是香饽饽，而且在国际智库领域也很有市场。这是非常值得骄傲和自豪的。

约略翻阅内容，觉得毛泽东军事谋略思想可圈可点，恩泽后人：遵义会议，扭转乾坤，拨亮明灯；《论持久战》，统一人民思想，坚定必胜信心；解放战争，打败蒋家王朝，建立民主政权；抗美援朝，杀"纸老虎"威风，长中国人志气……

倘若再究细节，会发现毛泽东军事谋略不仅仅适用于军事，而且对修身、齐家、治国、平天下，甚至经商、从政等大有裨益。如解决基本矛盾的关键："对于人，伤其十指不如断其一指；对于敌，击溃其十个师不如歼灭其一个师"；对人心理特征的分析："脾气暴躁的，容易鲁莽行事，经不起挑逗；刚愎自用的，容易一意孤行，听不进不同意见；优柔寡断的，容易犹豫不决，坐失良机；贪功图利的，容易不计后果，上当兵败；立场顽固的，态度难变，负隅顽抗"；还有对领导班子的配备，形成一个既有帅才，又有将才和干才的智能结构，如彭德怀、贺龙、习仲勋的组合，刘伯承、邓小平的组合，陈毅、粟裕、谭震林的组合，林彪、罗荣桓的组合，聂荣臻、徐向前、萧克的组合等，充分展现了毛泽东善于利用互补增强能量的用人思想……这些智慧是值得每位公民思考、学习和借鉴的。

兵家常讲，小胜靠力，中胜靠智，大胜靠德，全胜靠道，道乃力、智、德之和。不难看出，毛泽东军事谋略聚"力""智""德"于一体，始终凸现着一种正义之道、智慧之道、发展之道。基于此，人们才视他为神一样信奉、供养和宣扬。

哲人说，对于一种高深的谋略与理论，践行最根本的在于掌握方法，拓阔思维，善于创造，指导实践。反思我们党、国家和军队诞生、成长和发展之路，会发现毛泽东军事思想生动阐释了正义战胜邪恶、和平战胜侵略、人民战胜法西斯主义和军国主义的必然规律。因此，我们不难理解习主席在纪念抗战 70 周年阅兵式上高呼"正义必胜、和平必胜、人民必胜"的号召和宣布"裁军 30 万"的决定。可见，这是对毛泽东军事谋略思想的一种继承与创新，也是对历史发展规律的一种重温与揭示，故引起世界爱好和平人们的强烈共鸣。

当前，世界格局相对还是和平的，但"树欲静而风不止"，我国越是追求和平发展之路，面临的国际环境越是风云变幻、错综复杂，国外嫉妒眼光、恶意中伤渐多，如"中国威胁论""中国崩溃论"不时出现，尤其某些国家蓄意攻击中国的南海防御、攻击中国转型与改革、攻击人民币汇率……对此，党和国家没有屈服这些伎俩，毅然实施"老虎和苍蝇一起打""一带一路"等战略部署破解危局。作为站起来、富起来、强起来的中国人民，更是积极响应政府号召，带头学习、领悟、践行科学发展观，如在商海和很多企业中，老总带领员工学习研究《红色政权为什么能够存在？》《井冈山的斗争》《星星之火，可以燎原》《改造我们的学习》《论联合政府》《将革命进行到底》等谋略思想，目的就是在竞争中求生存和图发展，开创美好天地。

值得警醒的是，21 世纪将是智战时代，未来战争更加突出智力对抗。须知，道高一筹才能获得重大的战略利益，谋低一分就会遭受沉重打击，甚至丧权辱国。透析海湾、科索沃、伊拉克的硝烟，我们蓦然惊醒，中国古老的斗智、攻心等军事谋略被外国运用得淋漓尽致，造成"击其一点而瘫其一片""牵其一发而动其全身"。这说明，无论在过去，还是今天或未来，毛泽东军事思想始终是我们有效克制达摩克利斯之剑的法宝和招数。身为军人，时刻肩负捍卫祖国神圣使命的重任，理应成为学习和践行毛泽东军事思想的代表，更应有一种强烈的危机感、责任感和使命感。

古语讲："上下同欲者胜""顺则昌逆则亡"。目前，中国的发展是适应历史潮流的，是受世界爱好和平人们欢迎的，在国内更是符合民心民意的。如果在迷恋与崇尚的社会思潮中，用《毛泽东军事谋略论》书中难得的金点子指引一下人心，岂不是人定胜天，美上加美？！

（原载 2015 年 12 月 11 日《前进报》）

点燃思想的引擎

——读金一南《心胜》有感

隽语点睛

　　掩卷沉思，如果说铸造民族灵魂，点亮精神灯火，靠的是通过对社会历史规律的把握来感染人，靠的是有助于启示人们注意生活的法则，进而思考时代和民族的命运走向；那么，《心胜》所诠释的历史规律和生活法则无异于是最好的思想引擎。

　　人在忧虑、徘徊或逆境时，往往需求助，尤其想摆脱困境，但又不知路数时，这时更渴望亲人安抚、友人开导、贵人扶持和高人指点。以我切身的体会来看，能汇聚这四种恩惠于一身的便捷途径莫过于拜读国学书籍——这，就是经典文学的力量。

　　当前，军队改革自上而下逐步推进，一些单位撤并降改的举措，既给官兵带来了兴奋，也带来了阵痛。平心而论，我是一名入伍22年的老兵，身居基层指挥一线，处境不比刚刚调整完的领导机关稳妥，极易成为被"裁"的三十万分之一。心忧意乱时，我只好从书海中寻求救赎的灵光，一本久搁未读的《心胜》书突然吸引了我的眼球。准确地说，是书本封面上"心胜则兴，心败则衰；真正的力量，发自内心"的字眼叩开了守旧而紧闭的心扉。

作者金一南将军学识渊博、阅历宽广，是国防大学著名教授。《心胜》是他赴美国国防大学和英国皇家军事科学院学习后新理念的剪辑，分"强军之梦""将帅之风""战略之思""战争之道""前事之鉴""和平之履""他山之石""民族之魂"八章，内容主要立足国情、放眼世界，在回顾历史、引经据典，对比中西、畅谈感受中阐明一个颠扑不破的制胜机理——"战胜对手有两次，第一次在内心中，因为心灵是信仰、思想、精神、智慧和力量的发源地。"读着这些拯救人心的文字，如释重负、豁然洞开，恍如攀爬绝壁时，抓到一条借力的缝隙。

既然是名家名作，自有非凡之处，且看几点给人无尽遐思和有益的启示。

担大任必蕴将帅之风。古今中外，军事家、政治家、战略家、战术家的性格都很独特，其特点往往成为决定战场胜败的重要因素，一旦被文字记载，又会成为艺术形象的经典。回顾历史，从中国古代的韩信、曹操、诸葛亮、成吉思汗，到国外的拿破仑、蒙哥马利、丘吉尔、巴顿、朱可夫等人物，哪一个没有独特的个性？如毛泽东爱抽烟、丘吉尔爱抽雪茄、麦克阿瑟习惯叼着玉米芯烟斗……恰恰这些独特的个性练就了他们战术上的出奇制胜、战略上深谋远虑的本领，并得以青史垂名。仔细研读《心胜》，内容就具这一特点。作者用大量的事实来突显领导人的性格特点，如朱德的大度温和、彭德怀的由勇生智、刘伯承的深思断行，还有贺龙、叶剑英、粟裕、张云逸等将帅的特点也别具一格。作者还用尽心思地总结，律师和军人是美国 44 位总统两大出身的特点，尤其对 22 位总统的军人出身经历描写极为细腻。当然，作者在叙述这些将帅和总统的特点时，还一针见血地道出了些许智慧的告白。如"面对难以预测的历史和难以把握的机遇，起关键作用的仍然是人的素质与信念""能够在关键时刻帮助领导者做出关键判断采取关键行动的那种发自内心召唤的历史自觉，不但是伟人之所以成为伟人的必备条件，更为见风使舵者、见利忘义者、投机取巧者永远无法获得""总统敢于铤而走险、敢于单干、敢于个人负责"，还有苏联帕夫洛夫和朱可夫两颗新星陨落的叙述也令人惋惜与警醒。古人说："他山之石，可以攻玉""往者不可谏，来者犹可追"。有幸读到这些伟人的风范，对于我们正求上进的年轻人而言，无异于点拨人心、滋补益彰、助人前行。

破观念必补灵魂之钙。一个国家的崛起，不仅需要物质的积累，还需要精神的凝聚；一支军队完成转型，不仅需要武器的更新，还需要军魂的升华。读完《心胜》，心中不由得生发这样的感慨。想想清王朝，物质和武器先进，精神和军魂却极为落后。且看 1700 年至 1820 年中国的经济，GDP 不但排名世界第一，在世界的比例也从 22.3% 增长到 32.9%，即使八国联军侵华之后，GDP 仍居世界第二位。再看看军队，八国联军入侵北京时兵力不足两万，而当时京畿一带清军达十几万人，还有义和团的民众五六十万，仍然无法阻止北京陷落和赔款的悲剧。尤其在海军建设方面，清政府斥巨资购建了镇远、济远、经远、靖远等 9 艘军舰，组成了亚洲规模最大且装备技术先进于日本的北洋水师，结果甲午一败涂地，割地赔款，丧权辱国。这表面看是败于军事，实际败于缺乏世界眼光和忧患意识，败于精神颓废和选才机制不当，最根本的还是败于内心贫瘠和灵魂荒芜，导致精神萎靡、信仰缺失、思维束缚、观念禁锢。正如作者在序言开端所言："穷，不仅指物质，也指精神。弱，不仅指体格，也指内心。"由此，想到国家改革开放后的局面，国家变富了，文化多元了，左手搂着孔方兄、右手牵着石榴裙的领导干部大有人在，他们台上讲公正官话，私下搞权钱交易，沾沾自喜、肆无忌惮，他们在温柔乡里沉醉太平，哪管什么强国梦、强军梦。好在党中央英明决策，及时由上至下，从内到外，大抓思想观念"破冰"、体制机制"突围"、体系结构"重塑"和利益梗阻"消解"，让人看到了勃勃发展的生机，实乃大快人心。所以，从这个角度来诠释，我们不难理解《心胜》所倡导的主旨观点"真正的力量，发自内心"。

谋打赢必守法理之道。自古以来，历朝历代兴衰成败表明一条很重要的警示：兴国时执政集团中多数都具有良好战略素养，知道顾全大局，居安思危；亡国时执政集团内部多是无能之辈和苟且营私之徒，贪图享受，目光短浅，结果政息人亡。按这一逻辑来追究甲午海战的责任，我觉得首先要打总督李鸿章、提督丁汝昌、管带刘步蟾和林泰的板子，他们不思建军治军之法，而带头在歌舞升平中弄虚作假，在战火硝烟中谎报军情，导致皇帝把握不了实情，掌控不了局面。作者还从战略的高度剖析美军在朝鲜战争、越南战争、伊拉克战场和阿富汗战场的教训，可以说美军每一场具体战斗似乎都没有输，但战役战术胜利堆成的却是战略的失败，最后不得不万分狼狈地撤出，这说明美军在战略思维的整体性、全面性、穿透性、预见性、深刻性、彻底性、关联性、辩证性、艰巨性和关键性等方面的考虑是值得警醒的。在用兵之道方面，作者还剖析了美军在军制与统帅、兵器与地形和国际政治方面失利造成失败的根源。如在朝鲜战争和越南战争中，美军忽视了中国和苏联的支持，而在伊拉克战争，伊军在政治上十分孤立，联军作战没有引起邻近大国的干预，且地势平坦，利于行动作战。这说明用兵的三个因素，美军占尽了优势，所以打了场漂亮的沙漠之战。由此看出，作为部队指挥员，只要平时学会在继承传统、拓宽胸襟、学习科技、遵循规律和竞争较量中提升自己的战略素养，难时、危时、战时方能脱颖而出。

提精神必走创新之路。一个国家要有效维护自己的安全，必须建立一定规模的武装，必须颁布一系列相关的国防法律法规，必须开展国防教育，如此等等，其核心是必须抓民族精神的培育。而民族精神的存在和发展，必用创新来牵引科学研究、技术开发、物质生产和思想独立、精神养育、文化陶冶等才能实现。在书中，我们很荣幸地看到，《孙子兵法》和"雷锋精神"在西方强国已经作为一种先进的思想、高尚的精神来研究，这种文化软实力已产生巨大的正能量。如作者提及美军的改革创新，说它是一支世界上作战理论

真正的力量，发自内心

心胜

心胜则兴 心败则衰

《苦难辉煌》作者 再创新理念

金一南★著

长江出版传媒
长江文艺出版社

与部队编成变化最快的军队，从第二次世界大战后的杜鲁门炮制的"遏制战略"，到克林顿当局推出的"营造—反应—准备"，再到 20 世纪 80 年代中期出笼的"空地—体战"和"联合作战"理论的应用，不到 40 年时间就经历了 9 次大规模军事战略大调整。当前，世界范围内新一轮科技革命已全面提速，智能、光子、纳米等技术的突破已不是新鲜事儿，网络作战、太空作战、智能作战、全维战争等新的作战样式渐露端倪。这时刻警醒我们，军队不能流连于昨天而尾随战争，也不能困顿于当下而模仿战争，务必着眼于未来而设计战争。所以，我们要自觉视创新为民族精神的引擎来带动整体，形成人人崇尚创新、人人渴望创新、人人力行创新的浓厚氛围，强国梦和强军梦方可早日成真。

经典的文艺作品都有唯一性和不可重复性，它凝聚着作者的阅历、学识、智慧和思想火花。掩卷沉思，如果说铸造民族灵魂，点亮精神灯火，靠的是通过对社会历史规律的把握来感染人，靠的是有助于启示人们注意生活的法则，进而思考时代和民族的命运走向；那么，《心胜》所诠释的历史规律和生活法则无异于是最好的思想引擎。

根植生活立潮头

——读 2012 年度中国金奖散文《渐行渐远的滋味》

隽语点睛

思想是散文的灵魂，其深度决定着散文的精神高度。现实创作也一再证明，深刻的思想发轫于渊博的学识偾张、良好的思维训练、深厚的生活积累和对社会、历史与人生的深邃洞察，它是融注于作品血脉之中的精魂，时刻体现着散文的永恒价值和生命活力。

2012 年，中国散文彰显着一种蓬勃发展的趋势。且看文坛：有的人费尽心思钻研散文，有的人不惜重金出版散文，有的人想方设法出口散文……若掂量这些作品浓缩的含金量，著名作家蒋建伟先生却说："报章里每年发表散文数以万计，但最终能让广大读者感动的、愉悦的、赞美的，不会超过 20 篇，甚至只有几篇。"既然是专家点评，"那几篇"散文绝对够范儿，这吸引我把目光聚焦到"最高个儿"——2012 年度中国散文排行榜金奖得主李存葆的《渐行渐远的滋味》一文上。

对于文化大散文作家李存葆，我只知其文，不熟其人。据了解，他现任中国作协副主席，其作品一直以"大气恢宏，丰腴典雅，雄健悲愤，内蕴深邃"的美学风格享誉海内外文坛。而作品《渐行渐远的滋味》深接"地气"，一改过去宏大叙事的特点，以质朴细腻的手法，不惜 39000 字的笔墨描写山东煎饼、饼子、馒头、小米、大米、粽子、月饼、年糕、烟台苹果、莱阳梨和中国对虾等小吃的故事，字里行间透出一种逼真的生活底蕴与岁月印痕。

读罢此文，给人印象最深的是，李存葆是一位热爱生活、深入生活、研究生活的人，他的所思所感始终饱蘸着生活的热度。如他把 20 年前摊煎饼、贴饼子、做馒头等小吃的细节写得活灵活现；他把品尝粽子、月饼、年糕、乐陵金丝小枣等小吃的味道写得细腻动人；他把过去与现在小吃味觉反差的玄机写得妙趣横生……读这些语句，就像现场观看烹调师厨艺一样，令人馋涎欲滴，大开眼界。不难看出，李存葆创作的根系已深扎现实生活的土壤中，其作品的活力已折射出了"文艺作品源于生活，但高于生活"的真理性永远值得坚守和探求。

带着几分敬意，越品越觉得文章内蕴幽深，文风不凡，一股绵延的思绪不禁油然而生。

结构简练 既"集"又"散"

自古讲文章的结构，无不强调"文似看山不喜平"，说文章过于率直呆板、一览无余，会使人感到乏味。这就像公园里的路径总要曲曲弯弯、遮遮掩掩，或者修筑笔直公路的草原和沙漠一样，有时也要故意修个弯道，其作用就是刺激游人的心理。散文亦如此，有时也需要迂回，满足读者心理的爱好。然而，散文作为所有文章体裁中最自由的形式，一直以"形散而神不散"框定了读者的思维模式。李存葆却力避乏味，调整视角，用既"集"又"散"的结构来调和读者的口味，激活读者的神经。

先说其"集"。表面看来，作者运用的是先总后分的写作模式，使整个篇幅有棱有角。在写总时，把"耳、目、口、鼻、身"五官对应的"听觉、视觉、味觉、嗅觉、触觉"的功能对比起来描写，引出结论"唯有味觉拒绝遗忘"。在写分时，作者集中笔墨写出"煎饼·饼子·馒头""时鲜菜蔬·塑料大棚""小米·大米""粽子·月饼·年糕"等 9 个片段，每个片段似毫无关联，但实际上，"味觉拒绝遗忘"的观点像一根理论红线串联其中，使其周密严谨、浑然一体。

再道其"散"。既然是散文，我认为就得"散"。而很多人谈散文、写散文，觉得"不散"才是写得好。须知，散文佳作很讲究内在整体性，最难做到的恐怕还是结构自由、行文洒脱的"形散"。仔细研读9个片段，发现作者均运用自由结构，即记叙、议论、抒情融洽无间，纵横自如，这种独到的艺术特色集朱自清的"纵式结构""横式结构""自由结构"散文于一体，给人耳目一新、亲近三分之感。

虽然文无定法，散文结构的"集"与"散"也没有具体艺术圭臬的高低之分，但我觉得李存葆这种"二者交融"的艺术特色是非常老到的，值得每位创作者学习、研究和借鉴。

思想幽深　既"破"又"立"

思想是散文的灵魂，其深度决定着散文的精神高度。现头创作也一再证明，深刻的思想发轫于渊博的学识偾张、良好的思维训练、深厚的生活积累和对社会、历史与人生的深邃洞察，它是融注于作品血脉之中的精魂，时刻体现着散文的永恒价值和生命活力。

透过作品，感到李存葆的生活经验丰富自不待言，从介绍山东民间的18个节日、列举毛泽东把5000斤茭白作为送给斯大林七十寿辰贺礼的珍闻逸事、引用《金乡县志》记载金乡小米成为康熙年间御米的来由、对饮食中所发生的道德和伦理上的种种病变的看法等等，可以看出文章的知识性、趣味性、历史性、现实性错杂纷呈、交融得体。

更绝的是，作者每写一种小吃，都把过去与现在的味觉进行对比，而后再谈自己的看法、观点。如他在写第一片段"煎饼·饼子·馒头"时，结尾说"因了小麦味道的渐次退化，因了磨糊机、磨面机代替了石磨石碾……我味觉的记忆是那样的顽固，那样的刁钻；宾馆里的煎饼、馒头，我打眼一看便知它们都是机械化的产物"。最后各种小吃介绍完毕，才道出味道渐远的原因是人为使用"化肥和农药""瘦肉精""漂白粉"惹的祸。在文章的结尾，作者发出了"家宴难再"的感叹，强调人们逐渐接受"小吃"变"大餐"的就餐习惯，以凝练的语句"造物主从来没有欺骗过我们，欺骗人类的只能是人类自己……"点明文章的中心思想，意在倡导社会亟须要加强道德诚信建设。

可见，散文的思想不是直接地表述的，而是潜在的、隐性的，唯此才给人以张力和激荡，给社会以清风和阳光。

反思现实，文坛每年崭露头角的散文作品的确不少，但有多少在思想主旨上感动心灵，撼人心扉，启人心智，引发共鸣呢？答案不言而喻，思想是散文扣人心弦的关键点。这说明，作者不读名著、不深入思考、不进行刻苦的思维训练，不可能有特殊的视角、深邃的洞察、独到的见解，创造的东西自然是没有灵魂的，更是苍白无力的。这类文字，与其有，不如说是浪费人们的精力和时间。

语言新鲜 既"准"又"活"

语言是思想的外衣。好的语言就像磁场一样能把读者眼光和思维吸引过来，从而引起思维与意识的双向角力与碰撞。散文作为文学的一种特殊体裁，其语言不是极致者，但也被多数名家高手致力追求。如鲁迅追求精练深邃、茅盾注重细腻深刻、郭沫若讲究气势磅礴、朱自清推崇清新隽永……而李存葆注重汲取诸位名家精华，力求别开生面，独树一帜。

一是注重用字选词，使句式鲜活明快，语意不凡。这在作品中就时有所见。如："肚儿已是填饱，咂着嘴巴还想吃"，一个"咂"字把演员津津有味的吃相描绘得很逼真、很形象；"当今人们参加各种场合的宴会，仅有一颗提防之心已远远不够，嘴边得多设几个把门的"，"提防"和"把门"两词把文章的意图，要注意饮食安全的重要性很艺术地凸显出来了。此外，还有很多类似形象、生动、清新、明丽的词，提升了艺术表现力，使人易于接受和理解。

二是注意使用清新隽永的语言，使文字朴实亲切、蕴含真情，使事物生动有趣、力透气息。如：他在写吃石磨磨的小麦做的馒头和粽子的味道是这样描写的，"馒头那甜丝丝、清幽幽、柔绵绵的滋味儿""樟萝叶粽子中的黄米，紧紧黏在叶片上，黏得能扯出黄丝儿来，加上红枣的浸润，吃起来黏黏的，糯糯的，香柔柔的，甜滋滋的"，读这些文字，口水便会油然而生。此外，还有"富养闺女穷养儿""发小"
"三毛五角"等富有乡土气息的词句，都增强了作品的艺术感染力。

三是运用排比、反复、对偶、比拟、引用等多种修辞，增强语言的
新鲜感和艺术感染力。在文中，这一特点不胜枚举，随处可见。它们
主要是用于介绍做小吃的工序、形容小吃的颜色味道、列举民间节日、
描写瓜果的种类等。这些修辞手法的成功运用，使逼真的艺术效果更
为明显，读之更为吸引人、感染人。

古人讲："太上立德，其次立言。"由此想到，当下中国正处于改
革开放的攻坚期，喧哗与骚动存在、烦躁与痛苦尤深，社会出现很多
文明失范、道德沦落的现象，令人苦不堪言、痛心疾首，但人们都习
以为常、见怪不怪。而李存葆的散文《渐行渐远的滋味》却毫不避讳
地指出了社会隐形杀手的罪愆，唤醒了人类麻木而又沉沦的心灵。故
呼："其德可敬，实为美文，应传千古！"

（原载《大众文化休闲》2013 年第 10 期）

力透纸背的高原情

——读王宗仁散文集《藏地兵书》

隽语点睛

　　最动人的要数生离死别的亲情，看了让人有一种揪心的隐痛，久久难以抑制。众人皆知，亲情的"脐带"总是与父母和子女等亲人的躯体紧密相连的，它融彼此的血脉、精神、心理和情感于一体，须臾不可割裂。然而，书中呈现的亲情却是支离破碎、悲怆凄凉的写意。

　　王宗仁是著名作家、军旅散文家。从 1958 年入伍起，他一直写青藏高原故事，其独创风格和精品杰作早已享誉海内外，尤其是代表作《藏地兵书》问世，很快引起了广大读者和评论专家的关注，不久就赢得"第五届鲁迅文学奖"的殊荣。最近，有幸拜读该书，一种心灵的震撼与敬仰，一番情感的共鸣与启迪，引领神思穿越那重重雪山寻找精神突围。

　　《藏地兵书》记录的是中华人民共和国成立后一群扎根雪域高原军人默默奉献的故事。那时，由于经济萧条、环境恶劣、生活艰苦，"昆仑山""唐古拉山""西藏""拉萨"简直就是死亡区，现在生活条件好了，常人看到这些字眼，仍然会想到那里严重缺氧和常年积雪的无情

"杀手"。若要前往，恐怕身未动，就会心里咯噔，甚至生畏和打怵。然而，如果翻阅《藏地兵书》，仔细品味那在车轮履痕与记忆印迹中雕琢出的18篇大散文，情感山谷瞬时会升腾悲欢离合、酸甜苦辣的溪流，再深悟文中那些合葬墓、女兵坟、幼儿冢等感人细节，精神高地立马会迸发挑战严寒、不惧挫折的基因。平心而论，这种感觉不是单向的情感宣泄，而是一种思想与意识的双向角力与碰撞。

缘境生情，境由情显。这就是生活赐予文学作品的新鲜活力，也是精品立足文坛的过人之处。依我看，《藏地兵书》的亮点和特色各有千秋，姑且不论作者大开大合的写作技巧和隽永优美的诗意语言，单就书中充盈的情感故事这条主线进行赏析，感觉就像放飞风筝的丝线，紧紧拽着读者的神经，让人陶醉其中，欲罢不能。

通观全书，凸显的战友情、亲情和爱情最动人，给人留下刀子也无法刮掉的印象，它始终弹拨着人们的心弦，引发很多的叹惜与思考。

且看生死相依的战友情，恍如一颗铆钉把官兵的激情死死地钉在那雪山上。是的，自古战友情深似海，至诚亦纯。如果说和平时期的战友情是相互关心、理解、帮助，那么战争年代则表现为战壕里一起磨炼、硝烟中一起洗礼、生死时一起担当。毋庸讳言，文中涉及的当然是后者。在第一篇散文《雪山无雪》的开头，作者就直言不讳地说："自己第一百零四次站在海拔5300米的山口时，忽然觉得生活中许多可望而不可即的事情，其实是人为变得神秘的。"这意在他深爱那里的人与山、怀念那里的营房与坟地，所以才一次又一次地冒险闯"鬼门关"。诸如这种真挚情感的缩影在书中俯拾即是。

如《西藏驼路》文中，天气酷寒，高山反应强烈的近30名运粮队员死于途中，队长慕生忠没有放弃他们，在运粮工具紧缺的情况下，挤出骆驼白天背着这些尸体，晚上专门安排岗哨为尸体站岗，目的是让死去的战友跟队伍一起走，最终找个地方让他们安身；

《嫂镜》中的喜马拉雅山巅荒凉、寂寞得让人发疯，若离开女人，那儿是拴不住男人的，哨所排长是个有心人，让美丽的妻子雪莲从内地来到兵站，为哨所的20多个兵送来了特别的歌声和欢乐，回去后她又寄来了给兵站男儿的信和分给每人一张靓丽的彩照。战士们非常崇拜、尊重这位善解人意的美丽军嫂，把她的照片装在自己小镜的背面，以便随时解眼馋、排心忧。无形中，那些光棍冰冷的情感世界开始有了暖流，继而转化为保卫祖国的责任和动力。难怪一位将军来到哨所，听说军嫂的故事后，恭恭敬敬地向小镜子后面的彩照行了个军礼⋯⋯

看到这里，您不觉得那种真挚深厚的战友情释放出的是一种可贵的团队精神，更是一种无坚不摧的战斗力吗？！

最动人的要数生离死别的亲情，看了让人有一种揪心的隐痛，久久难以抑制。众人皆知，亲情的"脐带"总是与父母和子女等亲人的躯体紧密相连的，它融彼此的血脉、精神、心理和情感于一体，须臾不可割裂。然而，书中呈现的亲情却是支离破碎、悲怆凄凉的写意。

《情断无人区》中的李湘和拉姆历尽千辛万苦结为夫妻，很快有了儿子小多吉，还意外地拾到一个通人性的狼崽甲巴，可幸福的家庭却遭到狼群恶性的报复。一天，夫妻俩外出，狼群来抢狼崽，把熟睡的儿子吃了，忠诚的狼崽不但没认亲，反而与之厮拼，待主人回来看到的竟是孩子的白骨。从此，拉姆离家出走，李湘一年又一年地到处寻找爱妻。结果，女主人死于荒郊野外，甲巴把她的尸体驮进了深山，李湘听说后欲哭无泪；

《苦雪》中的女主人公宋姗和副院长的丈夫霍磊都是高原军人，因受不了高原反应的折磨，霍磊把夫妻二人的工作调到内地，临走时妻子却执意扎根高原。从此，10岁的儿子从姥姥家来到丈夫身边，却得不到家庭的温暖，他一次又一次地来信诉说自己对母亲的记恨和思念。无奈，宋姗让探亲的战士把儿子接到身边，结果看到的却是孩子的尸体。临到文尾时，才道出宋姗"死心眼"的原因，原来她的父亲也是高原军人，牺牲在她工作的岗位，她出生后母亲改嫁，唯一的亲人爷爷把她养大。在她15岁那年，爷爷临终时告知她爸爸部队的地址，说那儿才是她的家，那儿还有她的亲人⋯⋯

感动之时，忽然觉得这种超越理性与现实的描写，招准的是人类良知的某处致命穴位，才力促文章具有感天动地、发人深省的思考价值。

还有生死与共的爱情，像曲径通幽的小说一样环环相扣、引人入胜，也像战友情、亲情一样脱出了常轨，充满悲恻色彩。

《唐古拉山和一个女人》中的男儿想女人想得心发慌，一位文工团的女兵来西藏边防演出，却被高山反应袭倒，为了温暖战士情感的心窝，她为大家唱了一夜的歌，第二天却长眠在帐篷里……

《遥远的可可西里》有两名女军医叶萍和阿袁同时爱上了一起工作的男军医胡明，结果叶萍成为新娘，而阿袁沮丧地离开了高原。就在叶萍准备去内地分娩时，组织却派丈夫去执行重要任务，她焦急等来的却是丈夫全身是血的尸体，不巧这时孩子出生又夭折。这时，她得到阿袁的抚慰，还收到内地退休在家的将军叔父的信，老人家对当年安排她来援藏表示非常的歉意……

"两情若是久长时，又岂在朝朝暮暮。"是呀，难怪人们常说，军人的爱情少有花前月下的浪漫，也少有成双出入的温馨，更少有卿卿我我的甜蜜。但是，有多少人又懂得，军人把对爱的忠诚与信仰永远埋藏心底，把无私、崇高和神圣的爱情观诠释得淋漓尽致，关键时宁可舍"一家福"也要保"万家圆"。

合上《藏地兵书》，感觉这的确是一本好书。表面上看，作者笔下的战友情、亲情、爱情似乎始终氤氲着悲惨的阴影，我特地留意了书中每个死亡的细节，共有 78 人命丧在高原；实际而言，悲剧折射出的却是高原军人在艰苦恶劣环境中恪尽职守的责任感和默默奉献的无私精神。我还意识到，书中五分之一的素材都是作者亲身经历的，其余的都在采访中撷取的，这种重温和回首往事的过程，是作者重新审视心灵、实现灵魂救赎和精神重塑的过程，更是高原军人形象和精神再现的过程。

不难看出，真正优秀作品的出现，除了勤奋之外，还有赖于文化造诣与思想情趣，一般的写手并非都兼具，而这三者却同时在王宗仁身上闪现光芒，实乃可贵。

（原载《大众文化休闲》2014 年第 6 期）

平实与本真的绚丽

——读蒋辉平文集《平实之辉》有感

隽语点睛

　　蒋辉平作为军区机关的二级部长，能够在每天繁忙工作和事务中，耕好自己岗位的"责任田"，种好思想领域的"黑土地"，这的确值得肯定。我真心地盼望各级领导干部多一点忧患意识、多一点前瞻意识、多一点钻研意识，努力争做信息时代的引领者、敬业者、开拓者。

　　蒋辉平是沈阳军区司令部直属工作部部长，最近出版新作《平实之辉》，令人惊讶、敬仰、感动。因为我深知，他身居要位，担负着抓机关和直属部队建设的繁重工作任务，在这种情况下能够著书，不难看出他对学习的执着和深植于心的敬业精神。

　　看其简历，他和绝大多数中国军人一样，从基层一点一滴地吃苦受累、摸爬滚打，由普通士兵到基层干部，到机关参谋、处长，再到今天的部门领导，经历十分丰富。

　　若提印象，他的血脉、性格、气质、生活习惯甚至语言方式，都洋溢着湘域文化的底蕴，做事颇具直率坦诚的性格气质和特点，尤其是认真较真、果断坚决，讲标准、求精品的工作风格，给部队官兵留下了很深的印象。

诗人白居易曾说过："文章合为时而著，歌诗合为事而作。"如果说伟大的文学作品是伟大时代的产物，那么优秀的理论文章一定拨动了生活的琴弦，触及了生活最敏感的神经。打开蒋辉平的《平实之辉》，处处充盈着他入伍38年来，对党创新理论的向往与追求、对岗位责任的坚守和执着，见证着他在使命中的深刻思想、在奉献中的炽热激情，读之思维层次得以提升，精神境界得以升华。

乍一看，文集《平实之辉》里的文章，都属于工作材料、研讨文章和微型言论，没有小说的曲径通幽，没有散文的形散神聚，也没有杂文的言锋犀利，显得平朴淡然。

若微品，感到语言风格平实，内在思想意境悠远，简练中不失婉约，写意间不乏蕴藉，更多的是充满智慧和经验的总结，就像作者在《写在前面的话》中所说："我本非墨客文人，写作技巧可谓笨拙，但我敢保证，收录其间的，都是在一老本实地工作中积累的真实经验，获得的切身感悟，虽然算不得哲言警句，却也篇篇都是苦心孤诣。"

再细究，"深""智""真"的特点便跃然于脑海。

"深"，就是思想富有深度。我始终认为，读一本好书，应不满足于其知识的丰富、不止步于其语言的华丽、不流连于其情感的充塞，更为看重的是其思想的分量，因为思想的深度决定着作品的高度。我们写材料也好，做文章也罢，务必要遵守这一规则。反思现实，当前一些机关干部想不出独到的见解、写不出打人的材料，根源就是思想深度不够。看了《平实之辉》一书，我更坚信这一认识。《理性探幽篇》的15篇学术文章，站立点高，思维独特，逻辑严谨，说明他平时没少下功夫去学习、去思考、去打磨，才取得这些成果；《实践求真篇》的14篇研讨文章、《偶感拾零篇》的13篇言论，结合自己工作谈所见、所思、所感，且多数都在报刊上发表，其思想深度值得肯定。不言而喻，思想的深度来源于平常的学识积累、良好的思想锤炼、深厚的生活感悟和深邃的细致洞察，这是文字工作者通向成功的唯一途径。

"智"，就是内容充满智慧。蒋辉平在机关工作25个年头，从参谋到部长期间，亲自撰写的各类材料不少，书中遴选的形势分析、谋划工作、总结经验、统筹指导等文章，是其领导才智和辩证思维的真实记录。其中，《筹谋点睛篇》的 8 篇工作部署讲话稿，内容翔实，导向明准；《要事汇映篇》的 5 篇工作情况汇报稿，看着令人可鉴；还有《辅导集锦篇》的 5 篇材料纯粹是传经送宝，其中的很多经验方法之谈不是一般干部三年五载就能具备的素质，作者运用马克思主义的立场、观点和方法，解读现实中新情况、新问题、新矛盾，既高屋建瓴又有的放矢，既有理论高度又有实践厚度，既有现状分析又有办法措施，因而具有很强的指导性、贴近性和可读性。如为直属队团以上党委机关专题辅导提纲《着眼特点，严格制度，切实增强党管干部的执行力》，围绕党管干部讲解"谁管、管什么、怎么管"三方面问题，读着令人茅塞顿开，深感任重道远。由此感到，现在一些基层干部目光短浅、视野不宽、思维狭隘，不愿也不屑于学习书本，对部队建设中涌现出的新情况新问题见怪不怪，导致解决问题表面化、形式化，甚至束手无策，成为"肠梗阻"。所以，笔者奉劝现在的年轻干部尤其是军区机关的干部练文笔，最好要研习高层次文章，接受高品位熏陶，对自己的成长进步会有深远的意义。

　　"真"，就是蕴含真实人品。中国文坛历来讲究"文如其人，人如其文"。我非常赞同这一观点，任何文章都是通过思想来传情达意的，只有高尚的灵魂才能写出优秀的作品，一个浅薄的灵魂，无论如何都写不出优秀的作品，因为他无法给语言以思想的灵光。翻开《平实之辉》，书中很多文章不流于客套，无雕饰痕迹，完全就像现实工作中的作者一样率性自然。如《"人人都像学生"》《把自己当作泥土》《子弹是士兵的语言》《将素养放在信息化的天平上》等文章都在

全军以上媒体发表过，内容基本上是强调修身、做人、敬业的，凭我对作者的了解，其所思所想完全与生活中原型相符。人哪，难能可贵的是，时刻用自己的心灵家园展示现实生活的"存在"与"价值"。

掩卷沉思，仔细回味。蒋辉平作为军区机关的二级部长，能够在每天繁忙工作和事务中，耕好自己岗位的"责任田"，种好思想领域的"黑土地"，这的确值得肯定。当前，全国上下正掀起文化强国、科技建军的高潮，我真心地盼望各级领导干部多一点忧患意识、多一点前瞻意识、多一点钻研意识，努力争做信息时代的引领者、敬业者、开拓者，为建设强大的国防军队而厉兵秣马、枕戈待旦。

（原载《辽海散文》2013 年第 1 期）

品尝情、理、景的味道

——读李国选散文集《今生偏又遇着他》有感

隽语点睛

　　李国选是副师职退休干部，而当年班子内一起共事的成员，有的已升至上将和中将。面对光环的悬殊，他仍素心依旧、陶情适性，继续用作品温暖读者的灵魂。在浮躁的社会心态下，这种修心的境界实在难能可贵。

　　李国选是位勤奋敬业、成绩斐然的军旅作家。作为文友，我爱咂摸他在军内报刊发表的散文、报告文学、杂文等文学作品，感觉他的内心世界广阔、精神生活充实，尤其细腻的情感、丰富的经验、敏锐的思想支撑着他创作的主体，并得以充分的抒发。

　　最近，李国选又有了新作——散文集《今生偏又遇着他》。浏览自序，心绪为之一震，发现他文学入门甚早，潜心研究极深，且痴情已融入血脉、浸入骨髓。

　　入小学，他爱书、藏书；进中学，他开始在《抚顺日报》发表作品；读高中，受益家乡文学名师刘中书老师的偏爱，更加激发创作热情；入伍后，凭着写作的特长"鹤立鸡群"，翌年就被提升为排长；当干部，从排长，到参谋、科长、旅后勤部部长，笔杆和枪杆始终比翼双飞，所抓工作的成果和经验被介绍到全军。

按理说，李国选凭着业绩和才气一直往前闯，定会有更大的双丰收。可是，他憧憬当作家梦想的根系扎得太深，且怜惜为迎来送往而浪费的大量精力，便毅然选择担当原沈阳军区联勤部专职研究员，直到从军35载退休了，还被部队机关返聘12年才回家休养。

如今，李国选是副师职退休干部，而当年班子内一起共事的成员，有的已升至上将和中将。面对光环的悬殊，他仍素心依旧、陶情适性，继续用作品温暖读者的灵魂。在浮躁的社会心态下，这种修心的境界实在难能可贵。

仔细阅读内容，我更敬佩李国选的文品，112篇涉及乡情往事、家庭幸福、工作警示的散文，散发着"情""理""景"特有的味道，让我全方面地感受到他思想的飞跃和艺术的精进。

"情"有趣味，别具匠心。创作主体的积淀与形成，常常开始于童年；好的散文往往有形式方面的、语言方面的、节奏方面的趣味。品读李国选的作品，发现二者兼具，令人心旌摇曳。如今，国家真正富强，百姓生活殷实，改革开放前的苦日子早已在人们的记忆中淡忘，而作者走出农村已经半个世纪了，还是那样熟悉、热爱和思念养育他的黑土地，从一人一事、一山一水、一草一木的描写，可以看出他是用心赋予文字以鲜活的灵性和不朽的生命力，那种纯真而热烈、醇美而深厚的情感绝无凭空捏造。且看《野菜香浓》，文中野蒜、

大娘袍、猫爪子等 7 种野菜的描写散发着"泥土"与"草根"的清香，读来就像真正吃到一盘绿色的山野菜；《下雨天，真好》，作者描写童年为满足精神和物质需求而顶盆听雨、春雨挖蛤蟆吃、雨天打麻绳等 10 个有趣的细节非常细腻、生动、清新，读之实乃亲切感人、养眼润心；诸如"老鸹落在猪身上，笑话人不如人""装扮老头的张家二叔因事没来扭秧歌，他的对手'小老妈'成了'寡妇'"等很多充满幽默、浸染乡土气息的语言描写，大大增强了文章的可读性；还有《榛子熟了》《别了，虱子》《棒槌声声》等文章情景交融、此起彼伏，彰显了作者厚实的文字功底和娴熟的写作技巧……总之，这些氤氲着草根馨香的文字，在吃顿饭一掷就千儿八百的时下，极为少见，年轻人读之也许没啥感触，而对于中老年人来说，这是一种岁月的见证、一种亲情的反刍、一种人性的归真。此为作品最成功最艳丽最宝贵之处。

"理"有辣味，启人心智。文学创作难在将经历感悟成经验，再将经验艺术地表现出来。李国选潜心研究文字一辈子，可以说学富五车、才高八斗，尤其是在军区领导机关工作，阅历了很多大事、难事、愁事、怪事，他能把其中的启示、道理、悬念演绎出来，实乃人生一笔智慧的精神财富。纵观全书，运用批评这把"利器"，实事求是，秉笔直书，敢于亮剑，说真话，讲道理，辨是非，在点滴中道尽生活的五光十色，是李国选撰写哲理散文特别擅长的笔墨，这在书中占了很大篇幅，为我们修心、做人、处世，乃至文学创作，都提供了文明、新颖的视野与思路。如，他写《记住父母的生日》《孝而达顺合家欢》《破车莫揽载》《礼多人也怪》《婚姻保鲜十法》等爱情婚姻、家庭生活时，列举的人物有国内外的大科学家，社会名流，也有平凡工作岗位上做出不平凡业绩的干部，用人物的先进言行来教诲、感染读者，使闪光的思想活灵活现；他结合工作写的《"走捷径"与"防陷阱"》《"财路"与"绝路"》《呼唤一种机制》《"隔着锅台上炕"透析》等文章，对国民劣根性，陋习难改，世风污染，是非颠倒的抨击与鞭挞，对贪污、贿赂、欺诈等种种腐败的揭露与批判，观点直指人心，分析有条不紊，措施具体得力；还有《王熙凤的管理之道》《为宋江的人才策略点赞》《以项羽衣锦还乡为戒》等读书偶得，从引经据典和剖析明理可以看出，作者把《诗经》、四大名著等我国古老的经典文学研究得炉火纯青，字里行间表达了他勤奋好学、乐观自信、积极进取的志向。可见，李国选是工于思、长于辨的，他的哲理散文始终深含思辨的机锋，议论的对象紧贴生活，具体而细微，语言刚烈悲壮、幽默讽喻，体现了动人心弦、启人深思的艺术效果。

"景"有韵味，引人入胜。写景散文不能为了写景而写景，而要在写景中注入自己的独特感受和内心的情愫，微妙地流露作者内在的思绪和生活情趣。当然，这种流露时隐时现，需读者留心关注，从中约略感觉其思想脉搏。品味李国选的写景散文，我最喜欢的是《天下第一奇庙》，作者先从自然、人文、历史景观描写福建省惠安县崇武镇具有四百年历史的"和寮宫"，接着对比描写紧邻的被誉为天下第一奇庙的"解放军庙"出名的来历，介绍参加解放厦门、金门战役的官兵，为了避免当地人民群众惨遭敌人屠杀，故意端起机枪扫射、吸引敌机的往事。结果，5位战士为救13岁的女孩儿献出了年轻的生命，整个战斗共有27位战士为了百姓的安危而壮烈牺牲。小女孩儿长大后，为报恩组织爱心群体捐款捐物建庙、个人守庙至老的情节波澜起伏、感人肺腑。这篇文章看似写庙，实际是讴歌党的军民鱼水情深好传统。还有游记《滨海大道览胜》，描绘景物，抒发感情，类似于朱自清的《荷塘月色》移步换景的写法，其结构严谨细密，脉络清楚，达到了散文"形散神聚"的可贵境界。另外，我们还可以看出，李国选写景文字的隽永、清丽，对美景感悟的深度、新意，已成为他文学创作水平和风格成熟的重要标志，读之能感觉到其分量的贵重。

文贵于心。李国选非常谦谨、低调，与其沟通，他流露出"老冉冉其将至兮，恐修名之不立"的心绪，这让我敬意更浓。虽然他早年过花甲，但其心始终萦绕在军营，思始终驰骋在疆场，其作品无论是对问题的辨析，还是对生活的感悟，始终洋溢着逼人的青春活力，这是当前践行强军目标难得的文化底蕴。

（原载《辽海散文》2017年第1期）

老兵的家国情

——读葛江洋散文集《净水微澜》有感

隽语点睛

　　我觉得《净水微澜》是那古老的绵长的家国情怀在新一代才俊心中生根发芽、赓续传承的缩影。在当下反腐倡廉热潮中，这种精神形象实乃可贵，值得推崇与弘扬。我推断，这也许是作者以"净"为本书主题的玄机。

　　我和江洋因书结缘达 5 载，彼此对文学的爱好与共鸣，默契如推杯换盏般情思交融、心绪沸腾。暑假期间，他精心烹饪文学盛宴《净水微澜》，谦谨地请我赴约品尝、评析一番。

　　既然是诤友，就得讲点实话。也许是穿军装的缘故，我一直乐于欣赏滋养灵魂、润泽德行的军旅散文。至于江洋的作品，我翘首期盼，更为看重。因为他的父亲是位历经硝烟洗礼的老红军，书中肯定有精彩感人的故事；因为他曾经是位 30 年的老兵，书中必定有智慧结晶的坦言；因为他工作在群贤毕至、少长咸集的辽宁散文学会，书中一定有文学思想的高峰。当我接过砖块厚的文集，大致翻阅时，内心一惊，果然被言中。可是，由于考研备战，加之突击性的学习任务重，忙得我无暇顾及，直到三个月后喘过气，才利用课余间隙一页一页地读起来。看完最后一页时，我再也按不住一串串神思遽然的跃动，忍不住久封创作激情的偾张，便利用元旦假期，一股脑儿倾吐于笔端。

挖掘内涵，《净水微澜》博古通今、启人心智。书中散文或叙事，或抒情，或言志，或怀旧，或述今，篇幅长的万把字，短的两三百，内容表面或回忆父爱、母爱和对儿子的期望，展现他对家乡、亲人和朋友的真挚情感；或记录工作轨迹、体悟与感受，抖搂经历、阅历和思想财富的家底；或歌颂革命圣地、祖国大好河山和英雄业绩，体现忠于职守和敬业精神。实际上，彰显的是一种对党的忠贞和热爱风范，表现的是一种不屈不挠、乐观向上的思想情操和坚定的理想信念。不难看出，这是一种家国情怀的再现。

其实，中国自古以来，"家"与"国"融为一体，紧密相连。从担负大任的"修身齐家治国平天下"到"先天下之忧而忧，后天下之乐而乐"，从舍生赴死的"捐躯赴国难，视死忽如归"到"人生自古谁无死，留取丹心照汗青"，从念念不忘的"感时花溅泪，恨别鸟惊心"到"王师北定中原日，家祭无忘告乃翁"……我们读到的都是个人前途与国家命运的同构共振。与其对比，我觉得《净水微澜》是那古老的绵长的家国情怀在新一代才俊心中生根发芽、赓续传承的缩影。在当下反腐倡廉热潮中，这种精神形象实乃可贵，值得推崇与弘扬。我推断，这也许是作者以"净"

净水微澜

葛江洋 ◎ 著

白山出版社

为本书主题的玄机。

解剖内容，《净水微澜》特点鲜明、感人至深。主要体现在三个方面：

一是忆往事，凸显精神。人是需要精神的。一个有理想、有抱负、有责任的人，应该在精神上有所追求。《净水微澜》所追求所弘扬的是什么精神呢？主要是父传子承为振兴中华而奋斗不息的创业精神、全心全意为民谋利办实事的精神、不畏现实困难而艰苦创业的精神……这些思想在书中历历可见。

如《父亲为我拎粪筐》中写道，为完成学校交粪任务，他不好意思跟在马车后面抢粪蛋，让同学代交。身为行政九级的父亲获悉，清早叫醒他，带他一起拾粪完成了任务，这矫正、激励了作者稚嫩的心灵。

在《父亲这样告诉我》一文中，我找到了江洋从一名温室的老疙瘩成长为军中大校的奥秘："父亲告诉我，做一个大写的人，做人要自立自强，怎样去生活，亲情是什么……"作者是在父亲的这些谆谆教诲中渐渐受益成长的，读之亲切、真实可信、感人至深。

《父诚如山》中描绘老红军父亲的诚实劲儿非常动人，党史办的同志拿来照片，让他确认照片上毛泽东穿的棉衣是不是当年他亲手做的，他却再三坚持地说："事情过去这么多年，我怎么晓得！"这对一般人来说，很可能顺着启发做回答，立马会名扬四海，而他却严肃认真、诚实倔强，还有他的很多刚正不阿、廉洁自律等故事非常感人，我觉得作者写的一副挽联"上井冈山走长征路堂堂正正不务虚名，跟共产党尽公仆心清清白白做人一生"定位很准……

仔细品味，这些琐事虽小，但立意很高，以小见大，见微知著，以老红军父亲为代表的共产党员形象立竿见影地展现在读者面前。

二是记业绩，歌功颂德。江洋不管是当战士报道员，还是提干后走向领导岗位，甚至步入社会，始终以灵动之笔记录过重大创业史，记录过很多重要人物，也记录过很多默默奉献的平凡英雄。《流淌的军营奋斗的歌》是他撰写某油料仓库全面建设纪实的汇报片脚本，读"青山做证，大海做证，46 年的光荣历程，证明我们对祖国的忠诚！青山做证，大海做证，肩负光荣使命的我，还将被历史证明……"等简练语句，仿佛置身于气势恢宏的阅兵场；《我和雷锋有个约定》记录的是一名普通工人田志永成长为被党和国家领导人接见的劳动模范，淋漓尽致地展现了主人公艰难创业的历史进程；《地税之光》则是记录沈阳地税秉公执法、为国效力的标杆形象，还有《小楷大字写人生》《吹响英雄"集结号"》等记录的是理想抱负的才艺展示的典型人物……这些篇幅都属于"大块头"，读之没有枯燥乏味之感，反而心生敬意和赞赏，由此可以看出作者积累与功力之一斑。

三是游山川，抒情释怀。爱好山水，倾心自然，历来为文人所推重。江洋善于从自然山水中寻求精神慰藉和解脱，注重挖掘和讴歌山水艺术，每游完一隅，他就写下一篇又一篇游记，譬如《游记三则》《感受三亚》《天山脚下的美与遗憾》《阿勒泰，你离我是近还是远？》等等，还有平时我看过他写的关于台湾和辽西等没载入书中的游记。其实，我早就悟透了他写游记的目的，他不完全是写山水，更包含了他对革命圣地的追忆、对祖国大好河山的赞颂、对各地风土人情的考察。这也许是他追求一种诗意栖居、倾心自然的晚年生活方式。

赏析风格，《净水微澜》一反常规、标新立异。全书分为《净之初》《净之旅》《净之情》《净之歌》四辑，以"净"为线贯穿始终，装帧设计也非常大气、新颖。更吸引人的是，江洋把学生时代的"作文手稿""考试成绩通知单""红卫兵袖标""奖状"，知识青年下乡时的"留城证明"和"粮票"及新兵时的"日记"等等，都以完好无损的图片配置在书中。对于中年以上的人而言，此类琐碎的记忆见证物，早已成为岁月垃圾。可眼前的这些"老古董"，让人一看就有几分亲近和新鲜之感，甚至引人怀旧和产生联想。这让我很敬佩他的心思细腻和完美价值。

再看其写作手法，突破陈规，判若两人。如《摇篮曲》《难忘慈母心》《大海情丝》《荣誉》《爱笑的女兵》等在报刊发表过的文章，都体现出了他的老辣功底和思维触角，在文字领域很有范儿。而《金县的岁月》《初到军营》《留在了乱石山》《出兵前指》《关于直线的笔记》《重回乱石山》等文章就过于形散，没守文法，一泻而出，但读之仍触人心弦，引人入胜。在与作者交流时，他说这纯粹是为了一种纪念。听之，引发了我更深入的思考。

据悉，江洋勤奋多思、成果迭出。学生时，他就喜欢文科。入伍后，他一直笔耕不辍，军衔至大校，写出大量经验材料和文学作品。脱下军装，他恋书情结尤甚，立即参与《辽海散文》编辑工作，至今已6年。对于这样一位老笔杆子，难道他不通晓写作的套路吗？反思时，我想起刚刚学过的志愿军在朝鲜战场上突破临津江战例，一反常规的战争模式，把突破口选得险、把进攻出发阵地选得险、把炮兵阵地选得险（近），但战争结局令人瞠目结舌、拍案叫绝，创下"三险三奇"的佳话。再看看江洋的文章，二者似乎有相同之处。写文亦如此，就像打仗一样因地用兵，战法和谋略不落窠臼、别具一格，达到取胜目的方为上策。如此看来，这在写作领域算是一种创新哩！

行文至此，我对江洋有了更为全面的了解，瞬时似乎从他身上看到了一种人生规则：无法到达的目标灵魂可以光顾；目标如同开放的花朵，令人艳羡和赞美，而灵魂是花园的素蝶，可以随意飞舞。是呀，江洋脱下军装，潜心钻研文学，也就是化蛹成蝶，开始新的灵魂之旅而已。在此，我发表一丝感慨，算是由衷地向他祝福：

奔跑的新年
越来越康健
走失的视线
拉伸一条清晰的路
时光的驿站
传来岁月的钟声
吟诵祝福的梦呓
表达真挚的情感
愿老哥越走越远

（原载《大众文化休闲》2015年第10期）

散文写作琐谈

隽语点睛

含蓄彰显出了散文的思维品质、文化品位和诗性品格，成为人们识别优美散文的一种标志符。按照"阅读与思考总是先于写作"的逻辑，我们鉴赏古今美文之睿智，品味散文含蓄之瑕美，理应摸索套路、研习蹊径。

中国传统绘画技巧，特别讲究着墨疏淡，以留白凸显意境，引人遐思联想，产生以无胜有之感。散文写作亦如此，也需处理好"留白"，作者不写的地方，正是他想写的地方，力求做到意到笔止，因文生情。倘若逆之，写得过满，说得太多，便会堵塞想象，遮盖空灵，就无弦外之音和言外之意。

散文"留白"，就是常说的含蓄之美。它与西方的完形心理学原理不谋而合：人在观看有"缺陷"或"空白"的事物时，会情不自禁地产生一种内驱力，促使大脑积极兴奋地思考，去填补和完善那些"不足"，使之趋向完美，构建成一个"完形整体"，让人内心平衡，愉悦幽生，就像艺术家眼里的维纳斯雕像一样完美无比。

　　不言而喻，散文的含蓄之美，是指作者在作品中不直接阐明生活的假恶丑，而是尽量用形象委婉的话语来弘扬人性的真善美，即将真实的思想意图寓于具体的事物描绘之中，做到有余不尽，言外可想，给读者以广阔的联想和想象空间。专业地讲，就是"象外之象""韵外之致""味外之旨"。或者说，在散文的形象描述中涵养着的、作者不曾明示，读者却可经由审美想象获得的隐形景象、潜在情思、悠长意致。如："一次我在街上看到从乡下运来的一卡车牛，它们并排横站在车厢里，像一群没买到坐票的乘客，东张西望，目光天真而好奇。我低着头，不敢看它们。我知道它们是被运来干啥的，在卡车缓缓开过的一瞬，我听到熟悉的一声牛哞，紧接着一车牛的眼睛齐刷刷盯住了我：它们认出我来了——这不是经常扛一把铁锨在田间地头转悠的那个农民吗？他不好好种地跑到城里来干啥来了？瞧他夹一只黑包在人群中奔波的样子，跟在乡下时夹一条麻袋去偷玉米是一种姿势。"这段文字漂亮极了，可以说达到了"意在笔先，神余言外"之意境和"若隐若现，欲露不露"之功效。

　　其实，散文的含蓄之美由来已久，早在古代中国哲学和美学传统中就根深蒂固。如孔子在《礼记·乐记》中说，"大乐必易，大礼必简"；刘勰在《文心雕龙》中讲，"辞如川流，溢则泛滥"。还有古代散文名篇《桃花源记》《岳阳楼记》《醉翁亭记》，语言极简，蕴含深刻，魅力四射，至今无不彰显着古代文人的智慧才情和语言天赋。

　　随着文化兴盛，人们越来越追求个性和自由，故散文阵地百花齐放，各显风骚，长篇的大有恢宏之势，精短的也有隽永之长。不管文体如何与时俱进，但含蓄的韵味始终一脉相承。如中国作协副主席李存葆的散文常像小说一样曲径通幽，悦目养心；而辽宁作协副主席鲍尔吉·原野的散文篇幅不长，文风古怪，有的语言表面看不通文理，实则新鲜引人，咂摸耐读。在 2012 年中国散文排行榜中，李存葆的散文《渐行渐远的滋味》以 39000 字的笔墨荣登榜首，而鲍尔吉·原野的散文《井》才不足 1400 字，稍逊一筹。据多数读者反映，两篇散文是棋逢对手，难分伯仲。

　　当然，散文的含蓄之美不仅仅体现在"留白"上，还有"寄托""反衬""动势""点缀""幽默"等。古人讲："一切景语皆情语。"

散文写作实践表明：在艺术体察上，作者的喜悦、愠怒、沉郁、恬淡等心理常在散文的叙事、写景、议论中占主导因素，并左右着读者或思或想。但是，如果作者在创作散文的过程中，完全站在客观的位置，含蓄地观察人情世相、表达事物的本质，便会给读者留下意犹未尽的感觉，反而会产生更加强烈的艺术感染力。如《卖炭翁》中的"可怜身上衣正单，心忧炭贱愿天寒"，就是很艺术的客观描写，本来天寒地冻，老翁身着单衣，够可怜的，可他仍乞求上天更冷些，原来是被生活所迫，这不仅刻画了老翁的矛盾心情，而且有力地揭示了封建社会人吃人的真面目。

可见，含蓄彰显出散文的思维品质、文化品位和诗性品格，成为人们识别优美散文的一种标志符。按照"阅读与思考总是先于写作"的逻辑，我们鉴赏古今美文之睿智，品味散文含蓄之瑕美，理应摸索套路、研习蹊径。

润色腹稿练内功

腹稿是操练思想功力的过程，决定着行文的快慢和文章的优劣。写作名家和高手动笔前非常注重练这一内功，鲁迅写文章前总要"凝思默想"，叶圣陶提倡写文章时必须"想清楚了再写"。这些成功经验表明，打腹稿主要是提炼文章的脉络和肌理。

思破题。破题就是准确地突出主题，它是成就一篇好散文的至关重要因素，正如人们所言"题好一半文"。破题的基本方法就是抓题眼，题眼是题目的眼睛，它反映着文章的主题，决定着文章的内容，表明文章的感情色彩，甚至决定着文章的结构。抓题眼也有规律可循：若题目是主谓句的，题眼常在谓语部分，如《槐花恋》，题眼是"恋"，就要围绕"恋"展开内容；若题目是动宾短语的，题眼常在动词上，如题目"听听那冷雨"，题眼是"听听"，内容就要围绕"听"字动脑筋；若题是偏正短语的，题眼往往是定语或状语，如题目"珍贵的尘土"，题眼是"珍贵"，内容就要写出"珍贵"的特点；有的题目是无修饰和限制的词，题眼往往就是题目本身或它的象征意义，如《送行》，描述的是两种不同的送行场面，实际是写人物内心的情感。所以说动笔之前，面对大量素材，首先要拟定好题目，再围绕题眼进行梳理，无论印象片断多么精彩夺人，只要游离出了特定的题旨和氛围，当弃则弃，当改则改，让割爱尽显酝酿构思中。

谋风格。每类文学作品都有自己的特征，如小说呈连贯式、突出情节，散文呈散跳式、关注情境，诗歌呈飞荡式、表现意象。专门就风格而言，散文分"写实""写意""象征""怪异""意识流"五种，学写时不能鱼目混珠，让作品成为"混血儿""大路货"或"舶来品"。一般来说，前三种风格常见，写手追求较多，如朱自清的《背影》和鲁迅的《从百草园到三味书屋》为典型的"写实"风格，而周敦颐的《爱莲说》、茅盾的《白杨礼赞》则属"象征"之列，多数读者耳熟能详。后两种风格没有扎实的文学功底、实践经验、生活阅历等是很难驾驭的，故文坛不多见。值得提醒的是，体现哪种风格要考虑自己的个性气质和题材因素。如果作者注意力稳定、善于察觉细节，用写实风格较方便；倘若是敏感、易于冲动之人，那就更胜任写意或象征风格；假如作者易海阔天空幻想，那就不妨一试更为内心化的怪异或意识流风格。当然，文无定法，最好到啥山唱啥歌，根据特定题材选择特定风格诉求。

想构图。散文结构不仅仅指文章的外部组织方式，还有创作主体的意识、情感、思想，特别是独特的生命体验转化为物质的一种形态。优秀的散文作品所呈现的结构一般分为链型、扇型、对比式、对话式、转述式。链型多数以时间变迁、某种体悟的逐层显示、"我"之活动足迹、一种诗化的意象为串索，而扇型则用诸片断中共有的某种性质来连缀整体形象、用特有的情思氛围来包容或连缀诸种片断、用某种或隐或显的逻辑关系来连缀整体形象，后三种结构就不难理解，看字眼儿就明了。这五种散文构图绝非一成不变，列举它们主要是熟悉审美构图经验，从而为超越既往经验、进行独特崭新的构图尝试打基础。所以，采用哪种构图，关键要看它与具体的那个散文题材、发掘题材的那个散文题旨是否匹配。

铺陈语言显妩媚

散文语言基本上由描写和叙述两大要素构成，有时也穿插议论成分，但非支柱性要素。鉴赏一些真正优质的现代散文，在字里行间，可触摸到那种有血有肉的人心跳动，可感觉到那种呼唤、升华另一颗灵魂的富于光泽的内在声音。这一功夫除与作者学识的高与低、气质的雅与俗、审美感悟力的敏与钝等有关外，还需遵从文学圭臬，注重反复推敲和点滴磨炼。

善于情先入境。散文描述的使命旨在凸现情境，其描述的美学技巧，首先要眼前有情景，胸中有氛围。也就是欲要写境，必先入境。对于初上路的散文作者来说，这一点非常重要。反思很多散文写得空泛而且吃力，其中一个重要原因在于作者未能入境，未能望见，未能感觉到自己的描述对象，而只逗留于浅层的印象交代说明层面。如要写某天日落时的细节，切不要把描述重心放在搜词造句上，而应细细回味或体验打动内心的日落情境。像萧红笔下的火烧云："火烧云上来，照得小孩子的脸是红的，把大白狗变成红色的狗了，红公鸡就变成金的了，黑母鸡变成紫檀色的了。喂猪的老头子，往墙根上靠，他笑盈盈地看着他的两匹小白猪，变成小金猪了……"这段文字描述角度不落窠臼，避开了形容词的常规表述，通过借物写天，对光影变幻中的色彩把握，字字落到实处，使火烧云的景致逼真如在眼前。倘若她眼前心中无境，何以绘出如此之妙境？所以，散文描述的重心，应架设在内心视象和感觉方面。

绘出鲜活质感。质感，原本是造型艺术领域的一个术语，演绎到散文领域，就是以精致的笔法，传达出描述对象在轻重软硬、粗细糙滑、深浅冷暖等的特质，以鲜活而通透的空间逼真感，使作者的内心视象有效转化到读者的审美再造想象中来，让散文情境得以立体凸现。如萧红旁敲侧击的描写"家乡这个观念，在我本不甚切，但当别人说起来的时候，我也就心慌了"，如从正面说就是"本不甚切的家乡观念，在别人说起来的时候，就变得深切了"。显然，正面描写比旁敲侧击乏味得多。散文写作经验表明，老到的作家多采用调动具象化文字、用准字句、动用感觉经验、化虚为实等审美技法，一般作者常借助比喻、比拟、摹状、借代、夸张、顶真等修辞，使抽象变成客观实在、无形变得栩栩如生、寻常化为生动神奇。像鲍尔吉·原野的写法就极为新颖、幽默、质朴、尖锐，其文字非常讲究，或正面直写，或锐角切入，或庄重得叫人想哭，或调侃得令人叫绝，且看"公鸡永远高昂着头，即使在人的面前也如此，脸庞醉红，带着鲜艳的冠子，一副王侯之相。它在观察时极郑重，颈子一顿一挫，也是大人物做派。公鸡走路是真正的开步走，像舞台上的京剧演员，抬腿、落下、一板一眼，仿佛在检阅着什么。当四野无物时，公鸡也这么郑重，此为慎独"。这段杰出描写，妙趣横生，精彩耐读，读之回味无穷。

关注过程变化。变化性，是保持审美兴趣的需要。城市公园中，园林建构多有"移步换景"之妙，才激活了游人乐此不疲的兴趣。散文的描述过程也应体现出这种变化来，在主体内容上，尤其出情味的地方，笔墨要铺张些；而一般的过渡性片断，或需要锤击出美学震撼力并发出悠悠泛音的地方，则要吝啬一点儿；具体到句子上，就是要做到笔路断与续的更迭、笔致虚与实的交织、笔墨多与少的调配，以及句式字音的长短起伏等。如果句句灵动巧妙，整体读来便匠心外露、疲劳读者、索然无味，就像摄像机镜头始终不变地对着某张面孔或某个景致一样令人烦闷，唯有笔路适时断开，续上，再断开，再续上……形成一种富于弹性的流动，令人神远，读者才能接受、喜欢、推崇。对于审美经验不足的散文作者来说，千万记住"集美之大成反而不美""句句求工则不工"。

提纯词句增气质

散文写作时，铺陈语言只是完成初稿，由于作者思想薄弱使文章厚重不够、学养不足使笔路蹒跚、文学气质匮乏使文字缺乏弹性等弊病时常存在，这时需要不断地修改，花些力气找到准确的描述落点，找到非他莫属的那个字、词、句，而不要用引号嫁接或搪塞。当然，修改是个慢功夫，就像打太极拳，需慢慢施展路数。

关注重点。主要看散文的主题是否明确，事例是否可靠，结构是否清晰，语言是否准确、简练、新颖、流畅。其实，四者中最难提纯的是散文的语言，因为散文语言的特点是将小说的细密平实同诗歌的疏朗错落集于一身。在写抒情散文时，往往要求疏朗大于细密、错落大于平实；而写叙事散文时，则要求细密大于疏朗、平实胜于错落。这是写手很难把握的。所以，人们常说散文好写又难写。

领悟方法。从实践经验来讲，主要有四种："沉淀"，散文写成后最好放一放、沉一沉，隔一段时间再拿出修改，会有"柳暗花明又一村"的感觉；"读改"，就是念一念稿子，凡拗口、读不下去的地方，恐怕就是不准确的需要修理润色的地方，或者自己读，让人边听边品味，也会辨出一些瑕疵；"反刍"，利用散步、静躺，哪怕是蹲厕所时回味稿子细节，往往会破解疑点或发现纰漏；"求助"，请行家或同事读评，达到精益求精，准确无误，方为精品。

掌握技术。修改文章也需掌握一定技术，主要体现在：增补观点、事例、标点，及不全面、不充分的内容；删赘语、不准和不清晰的字词句段；改不正确、不严谨、不恰当之处，一般集中在锤炼字句，润饰语言，检查文面，修改病句，改换标点上；调整句子、段落、事例等顺序，使文章明晰，条理清楚。想想《红楼梦》诞生的过程，曾"披阅十载，增删五次"，才演绎出经典的细节，令人拍案叫绝。

古人言："工欲善其事，必先利其器。"是的，凡事得讲点章法。作为散文爱好者，若先研透笔耕的门道，再加上锲而不舍的激情，何愁笔锋下的美人胚不现诱人的形象气质美?！

（原载《辽海散文》2015 年第 11 期）

圣地红色情结　军营绿色情怀

——陈齐贵散文集《圣地寻芳》读后

王　玮

　　与齐贵文友相识一段时间但彼此的交往却很少，尽管如此，对于他的勤奋好学、聪颖谦和还是有所闻、有所感的。此前在编辑《辽海散文》的过程中接触过他的若干篇文章，此次通过非作者渠道率先拿到他即将付梓的散文集《圣地寻芳》，集中阅读近50篇作品，纯系偶然，也属首次。读罢，自然会有一些感触，姑且以文字记之。

　　《圣地寻芳》是作者近五年来散文创作最新成果的结集，较之以前出版过的《跋涉心语》和《生命根系》又上了一个新台阶，想必亦是情理之中的事。近五年来，作者结合工作与生活，一方面阅读了大量优秀的军事文学作品，一方面实地寻访革命圣地、深入基层体察兵情和民情，读书与行路相得益彰，此间利用业余时间将自己的所思所感所悟缀句成文，结集出版，这着实是一件值得喜与贺的事情。

通览整个集子，笔者突出的感受是齐贵胸臆间呼之欲出的浓浓的圣地红色情结和军营绿色情怀。战争年代革命精神的传承，和平时期军人的奉献、牺牲与大爱均浸透于字里行间，充满了阳刚之美和向上、向善的正能量。这是部队作者难得的个性所在、气质所在，更是优势所在，一般的地方作者恐怕实难企及。

《圣地寻芳》全书分为五辑，分别是"红土叠印""忠贞涅槃""枪刺出击""绿灯引航"和"沙场论见"。前三辑更具叙事散文的意味，第四辑摹写人物的篇目居多，而第五辑则为书评与读后感。当然这样的划分并不是"截然"的，无论是叙事、记人，还是品评、议论，齐贵的文章皆具信仰坚定、观点鲜明、导向性强等特点。盖皆因作者为文的目的性相当明确：通过文字表达新时期一代军人保家卫国的血性担当。

《红安为啥这样红》以饱含深情的笔触热情讴歌了革命老区大别山人民几十年前和几十年间的忘我牺牲，"忠于信仰、坚定信念、无私奉献、不计得失、敢于斗争、敢打敢拼"的红安精神在作者笔下并非概念，而是具有鲜活的生命力。作者将这块热土视为精神家园，皆因作者深刻体悟到，"红安人视忠诚的信念为永远不落的太阳，才遇敌牢不可破、坚不可摧，方显英雄本色、圣地光环"。写红安的篇什在集子中还有一些，《再谒七里坪》就是同样精彩的一篇。较之前篇，《再谒七里坪》要柔美许多，但这种"柔"同样是刚中带柔，"历史幽深，往事斑驳"的底色依旧是经血与火洗礼后凝成的红色，依旧是"七里坪因有这中国红色文化标本而名垂青史"，依旧是"传承红色革命接力棒已成为每一个红安儿女义不容辞的责任"，作者为之豁然欣慰，读者因之肃然起敬。《丰碑》写的则是作者在西柏坡的见闻与思考，这是一个令作者心仪已久、景仰有加的地方。在这里无论是思接千载还是流连驻足，作者"思维顿时彻底通透，感慨汩汩而出"，而最深刻的一点便是：在任何时候都不应忘记西柏坡的叮咛，因为"历史和现实也无情地告诉我们，那些视西柏坡的嘱托为'耳旁风'而背叛事业的匆匆过客，已经或将被永远钉在历史的耻辱柱上"。作者深知，今天的中国正处在改革开放的攻坚期，喧哗与骚动存在、烦躁与痛苦尤深，社会出现很多文明失范、道德沦落的现象，"寻芳"所汲取的精神营养意在解决当下的种种症候。

红色情结与绿色情怀相辅相成，从两个侧面诠释着同一个主题，即新时期的军人如何"磨砺杀敌利器，夯实民族信仰和灵魂根基"。长文《寻访"北门闩"》是作者北国边陲之行后的收获结晶。"当合上采访本时，我情感的堤坝再也挡不住泪腺的涌动，这时不得不感慨：边防环境恶劣、寂寞难耐，但军人气冲天地，胆慑苍穹，如出征的勇士时刻镇守着祖国的北大门，时时展现人民子弟兵有灵魂、有本事、有血性、有品德的光辉形象。"作者并未回避驻守在"北极村"的官兵面对的是极端恶劣的气候环境和十分艰苦的生活条件，同时作者更是欣喜地发现，这些新一代"最可爱的人"没有丝毫的哀怨和牢骚，没有丝毫的迷惘与彷徨。他们以信仰的光辉融化冰雪，彰显着军人精神、品德的质地，实践着军旅价值的崇高构建。身为军人，爱连队、爱士兵、爱军营、爱武器是情理之中的事，虽然作者近些年一直在部队机关工作，逐渐远离了基层拿枪摸爬滚打的岁月，但对枪的情感却始终如一，甚至越来越深。《钢枪》《嗜枪》等篇，便是作者对枪情感笃深的真实外化。具体的表白则是："爱枪、精枪是军人的第一职责，尤其是在钢枪受到严峻挑战时，应视其第一，甚至超越自己的生命！"如此真切、深刻的体会，无疑是肺腑之言的理性升华。

常言道"爱是军人的魂"，这种爱包括"惊天地、泣鬼神"的大爱，也包括"小桥、流水、人家"中流淌出的似淡犹浓的爱意。《学院里的梧桐》，作者写大连陆军学院院里的梧桐，"树干高大，根深叶茂，人见人爱。如果媲美，它不逊于多数人赞美的贵族化的楠木和茅盾笔下极不平凡的白杨。倘若为树木投票排名，我将郑重地把第一票投给梧桐"。何以至此呢？答案是，"我非常敬畏梧桐那种要求人的甚少、给予人的甚多，不屈服于挑战、勇于向上求生存的扎根精神""仿佛看到眼前一棵棵长得高大、粗壮的梧桐，就是学院培养栋梁之材的身影"——以树喻兵，这才是作者撰文的落脚点。在《楼顶那棵榆树》中，作者同样联想到那些可亲可敬的哨兵。肆虐的狂风把一粒种子吹到楼顶，它竟然长成一棵碗口粗两米多高无畏无惧的孤树，尘埃将它覆盖，雨水为它湿润，阳光为它补钙，命悬楼顶却顽强旺盛。透过榆树，作者似乎看到了单位勤务员小刘，一个有如楼顶榆树那样顽强性格的战士。"多么可爱的战士呀，面对逆境困难，却宠辱不惊，志向愈坚，这不正是那些忠于职守哨兵的杰出代表吗？像楼顶那棵榆树一样，成为我心中一帧最美丽最崇拜最神圣的风景。"借花言志、以花喻人是《槐花魂》的一个突出特点。作者对槐花由充填胃囊的物质功用到滋补身心的精神能量的感悟升华写出了军营深处的一种生存状态、精神姿态，迷彩服下洋溢着一种特殊的青春气息。以树以花喻人，诗意盎然。直接写兵的几篇，更是"当'人'不让"。《老兵情怀》中表哥是一个血肉丰满的老兵形象，《山沟又响军歌声》既写了脱下军装的老兵们对军营的怀念，也写出驻地百姓对部队的依恋，篇中的老兵、百姓群像甚至给人一种雕塑感。《入门时的饺子味儿》视角不可谓不独特，它是集子中军营生活气息最为浓郁的一篇，通过伙食这样一个小小的切入点反映士兵的精神风貌，透视出的是一种气势、一种氛围、一种文化，作者笔下的军营生活不但有声有色，而且着实写出了"当兵的滋味"，活灵活现，生机勃勃。

　　作者并非军营生活的旁观者，而是军营生活的创造者、部队建设的参与者。将自己带进散文，构成了作者写作的又一个视角。《违纪，当年咱也吃过亏》，作者现身说法，自暴其短，在剖析自己上似乎未留情面。《心若平衡》同样写的也是作者的切身经历，文中的两件小事都很有典型意义。一件是作为"首长"的作者本人面对下级对他"表示表示"时的拒绝态度，另一件是当年作者为求提干欲向团政委"表示表示"而遭拒绝的往事。"人生就像训练场上走平衡木，内心的平衡程度决定着走平衡木的长度。"作者正是以如此平实的笔触描摹出气正风清的军营绿色生态之"精神景观"。

同样写人，第四辑"绿灯引航"显得颇为厚重。在这辑中，读者跟随作者一起结识了著名军旅词作家邬大为（《名歌流行的端倪》）、著名军旅诗人胡世宗（《金色夕阳映长征》）、"沂蒙红嫂"朱呈镕（《只缘沂蒙老区拥军情义深》）、雷锋的战友乔安山（《走近乔安山》）等，这些"重量级"人物，其形象是由一件件小事、一个个小侧面小细节"铸"成的，同样是有血有肉、可亲可敬的。而作者的笔力，往往是简单勾勒即生动传神。试举一例，《名歌流行的端倪》中写邬大为："呱呱坠地，他饱尝家庭书香的哺乳；牙牙学语，他沐浴父母唱诗的熏陶；孜孜求学，他受益江南和陕北民歌的嫡传。"这里作者运笔极简，人物成长脉络却异常清晰。再看本篇中，老师辈儿的邬大为最初却是以"学生"的身份登场的，这时作者写道："课上，他听讲精神矍铄，明显有别于其他老态龙钟的面孔，还不时地记一笔；课后，他交流热情洋溢，出口成章，仍有领导风范。"面对这样的文字，似乎只能用"言简意赅"来赞之了。在第五辑"沙场论见"中，读者看到了作者的另一种功力——思辨与鉴赏的功力。本辑中有作者对《毛泽东军事谋略论》《心胜》等颇有分量的著作的评论，有对《中国历代军旅诗词选编》宏观作品集的品评，有对自己所熟识的师长、文友作品集的鉴赏，其中不乏真知灼见和属于自己的独特感悟。

齐贵的这部散文集货真价实，情真意切，着实为他日益丰厚的"作品方阵"平添了难能可贵的量与质。当然，笔者在这"方阵"中也看到了几张稍异的"面孔"。《家教是"根"，儒学是"水"》，通篇"论文"的语式十分抢眼，诸多观点甚至语言直接源自《干部儒学读本》，其散文的"面色"稍逊；《云儿夕阳红》，恰代入小说结构元素，为增加戏剧效果而人为铺陈情节的痕迹较浓，文中人物的语言有时也稍感僵硬、概念化，如篇中王科长的一段话；《军旅，因嗜书而进取》，内容言之有物，但文风上更像一篇为先进事迹报告团巡讲而准备的讲演稿的"照单全收"。当然，文无定法、因篇制宜原本属于散文创作中的正常现象，加之每篇写作其起因、动机有异也决定了作品不可能完全按部就班。如是观之，笔者眼中的"微瑕"其实未必称瑕且肯定不会掩瑜。

2017 年 9 月 9 日

（作者系辽宁青年杂志社主编、编审。中国红色文化研究会理事，辽宁省电影家协会副主席，辽宁省散文学会副秘书长）

最美吴钩心拍遍

在中华民族五千年历史长河中，一首首诗词歌赋承载着岁月的烙印和文人墨客的情怀，至今像涓涓细流，也似汹涌大河激荡着人们的心灵。

若提这些精美文字，我独喜欢持戈马上、挥毫沙场、气冲霄汉、辉映千秋的铿锵诗词，诸如"醉里挑灯看剑，梦回吹角连营。八百里分麾下炙，五十弦翻塞外声，沙场秋点兵""练兵日精锐，杀敌无遗残"等饱蘸民族精神、凝聚英雄气节。每次咀嚼和品鉴其隽永、大气、恢宏的意韵，我内心不由得热血沸腾、激情澎湃，仿佛置身于沙场，跃马奔腾不息。

也许是军人职业所系，我更敬重和推崇从秦皇汉武到唐宗宋祖，再到卫青、霍去病、岳飞、范成大、王清惠、文天祥等为代表的诗人词人。在民族危亡关头，他们敢于横刀跃马、坚贞不屈、视死如归，以民族大义和社稷担当为己任，从而悲壮地书写了爱国情怀，成为一座座历史丰碑，历经岁月剥蚀而浩然正气弥新。

想想辛弃疾的《水龙吟·登建康赏心亭》："落日楼头，断鸿声里，江南游子，把吴钩看了，栏干拍遍，无人会、登临意。"

再想想岳飞的《满江红》："壮志饥餐胡虏肉，笑谈渴饮匈奴血。"

还有文天祥的："人生自古谁无死，留取丹心照汗青。"

…………

这一首首诗词，这一位位英雄，是栏干拍遍、易水悲歌的呼号，是折戟沉沙、枕戈待旦的苦战，是红旗漫卷、所向披靡的豪迈，曾影响无数中华优秀儿女前赴后继，为民族独立和人民解放而贡献宝贵生命。

为此，我们坚信，如此来源于火热战斗生活的军旅文化和英雄形象，反过来又鼓舞人民去投身于火热的战斗生活，其作用是其他任何一种文艺形式或同类作品都无法比拟的——这，就是古典军事文学的力量！对于当下践行强军目标的广大官兵来说，重温这种血性担当，学习这种精神形象，无异于磨砺杀敌利器，夯实民族信仰和灵魂根基。

基于这一启迪，我利用业余时间阅读过不少优秀的军事文学作品，也结合工作与生活写过一些所思所感所悟，并编撰成两本文集《跋涉心语》《生命根系》，但经名师点评和反躬自省，感觉那些作品比较肤浅、粗糙和杂乱。于是，近五年我专门聚焦军事领域，注重思维的归纳与演绎，注重取材的挖掘与提纯，注重谋篇的圭臬与技巧，最终把45篇作品结集为《圣地寻芳》。

坦率地讲，我闲暇潜心写作，主要缘于精神的召唤、责任的驱使和岗位的担当。入伍23年，我成长为军中"七品芝麻官"，实践感到：优秀的带兵人应是思想言行、作风形象、能力素质的引领者、鞭策者和开拓者，单就管人而言，仅靠权力制度是基本，还需人格魅力感召，最主要的是会用思想凝聚人心。所以，我一直坚持边工作边写散文随笔，希望通过挖掘历史与现实生活的感动、哲思、理性来启发官兵爱军精武、保家卫国的情怀，从而更好地为我们的祖国守望安宁。

缘此，粗思浅述，觉得本书有三点经验和智慧的启迪值得读者参考：

其一，思接千载，视通万里，实践才是检验真理的唯一标准。当下中国的改革，正处于喧哗与骚动的痛苦转型期，社会出现一些文明失范、道德沦丧的事件令人痛心疾首，尤其是西方敌对势力广泛利用网络和报刊宣扬"军队国家化""军队非党化、非政治化"和诋毁雷锋、邱少云等革命英雄的歪理邪说蛊惑人心，使得极少数青年官兵信仰动摇，甚至思想误入歧途，这很令人惊诧。作为基层部队带兵人，仅自己不相信不议论不传播不行，还需带动部属在思想上筑牢屏障、拒腐防蚀。于是，近些年我利用参观、学习、旅游、出差等时机，不辞辛劳探寻党的历史遗址旧址，足迹从普通山沟村庄到战火纷飞战场，从黄埔军校到西柏坡，从楚雄博物馆到四川茶马驿道，并用新鲜的、生动的、充满感情色彩的视角来描写那些历史中的一人一事一物，读之既不落俗套又真实可信，更让人在寓史于实、析事明理中增强辨别是与非、美与丑、善与恶的能力。

如第一辑"红土叠印"和第二辑"忠贞涅槃"就有鲜明的导向作用。《凝聚力量谁能敌》一文在两次反侵略战争中，用对比写法阐明清朝政府和中国共产党的思想观念和价值取向，从而得出淬炼信仰支柱、突破利益羁绊、重燃精神火炬在党、国家和军队建设中发挥的重要作用。还有《红安为啥这样红》《寻访"北门闩"》《信守诺言》《雪原·血缘》《老兵情怀》《您就是那十五的月亮》等文章，具有浓烈炽热的爱国情怀、豪迈尚节的英雄主义、激昂雄劲的尚武精神和哀怨深沉的忧患意识。这些文章每篇都有点击人心的叩问，对于澄清模糊认识、抵制腐朽思潮，鼓舞人心、激励志向很有引领作用，青年人能涉猎这样的内容涵养理想信念、内化行动追求，无疑是最便捷的最受益的文化快餐。

其二，为情造文，要约写真，生活才是感动灵魂的第一源泉。真正有血有肉有泪有情的动人作品离不开理性的真知和感性的真情，二者绝对不能对立、分割。须知，离开真情的真知，是虚浮的、虚伪的理性；离开真知的真情，是粗陋的甚至是丑恶的感性。其实，每个人都身沐在生活的"真"理，关键看能否用独特的眼光寻觅到艺术美的本质。在第三辑"枪刺出击"和第四辑"绿灯引航"中，我努力雕琢官兵的"志"，吟咏官兵的"歌"，倾听官兵的心跳，传递官兵的呼声，力求做到真知与真情水乳交融，凸现向上、向善、向美。

仅以《心若平衡》一文为例，文中讲述在野外驻训的一个晚上，一战士给我送钱想摆平违纪的小事，由此想到了自己当战士时曾给团政委孙守荣送礼的往事，但孙政委婉拒、关爱和帮助的影子一直感染我激励我引领我。当自己成长为干部后，也照着老首长的样子做，用自己亲身感悟教育违纪战士和他的指导员，把公正、公平之道延伸到基层官兵心坎上。在党中央大力惩治基层"微腐败"的今天，这种正气"接力棒"是风气建设在基层落地生根的缩影，是火热军营生活的动人写照。

此外，我笔下的北极村战士相国军、雷锋的战友乔安山、中学老师黄建平、老兵表哥钱太平、著名军旅词作家邬大为和诗人胡世宗、全国拥军模范朱呈镕等众多人物，不是虚构的，也不是捏造的，而是有血有肉、跃动纸上的真知、真情再现。我希望这些作品能震动读者心弦，更期望读者能因文中诸多人物的精神与担当而引发共鸣。

其三，变则其久，通则不乏，悟道才是探寻路径的不二法门。诗人白居易曾说过："文章合为时而著，歌诗合为事而作。"如果说伟大的文学作品是伟大时代的产物，那么优秀的文章能拨动时代的琴弦，触及时代最敏感的神经，一定有它超群的特点。

在第五辑"沙场论见"中，我撰写的 9 篇评论可以说做到了深入浅出、鞭辟入里，既评到写作技巧与思想主旨，又点拨启示，发人深省、催人奋进。在撰写两本厚重的专著《中国历代军旅诗词选编》《毛泽东军事谋略论》和 2012 年度中国散文排行榜金奖散文《渐行渐远的滋味》的评论时，我感到一篇好的散文随笔如大地上的植物在生长时需要土壤、阳光、空气、水分、肥料一样，真实是它的土壤，情感是它的阳光，语言是它的空气，技巧是它的水分，而激情是它的肥料。一般读者品味这些文字之瑕美，是摸索套路、研习蹊径，提升阅读之境界。而军人鉴赏这些思想之睿智，无异于吮吸血性基因、砥砺精神利剑。

掩卷沉思，经过五年多的工作学习与思考、构思与撰著、编辑与出版，我几乎把全部的业余精力和心血融入书中，最终浇灌出这本《圣地寻芳》。今年是个特殊年，香港回归 20 周年、全民抗战爆发 80 周年、建军 90 周年等纪念与庆典活动和召开党的十九大接踵而至，希望本书的出版能为这些增添一丝光彩。最值得欣慰的是，书中的精神热量全部来自一群普通军人的热血，甚至展示的是与军人相关的最真切的家国情怀。若问书本的思想含量如何，写作水平多高，到底能吸引多少粉丝，我想套用一句经典的话答复："只结善缘，不问前程。"

作　者
2017 年国庆节于沈阳